レジェンド・ゼロ1985

鳴海　章

集英社文庫

目次

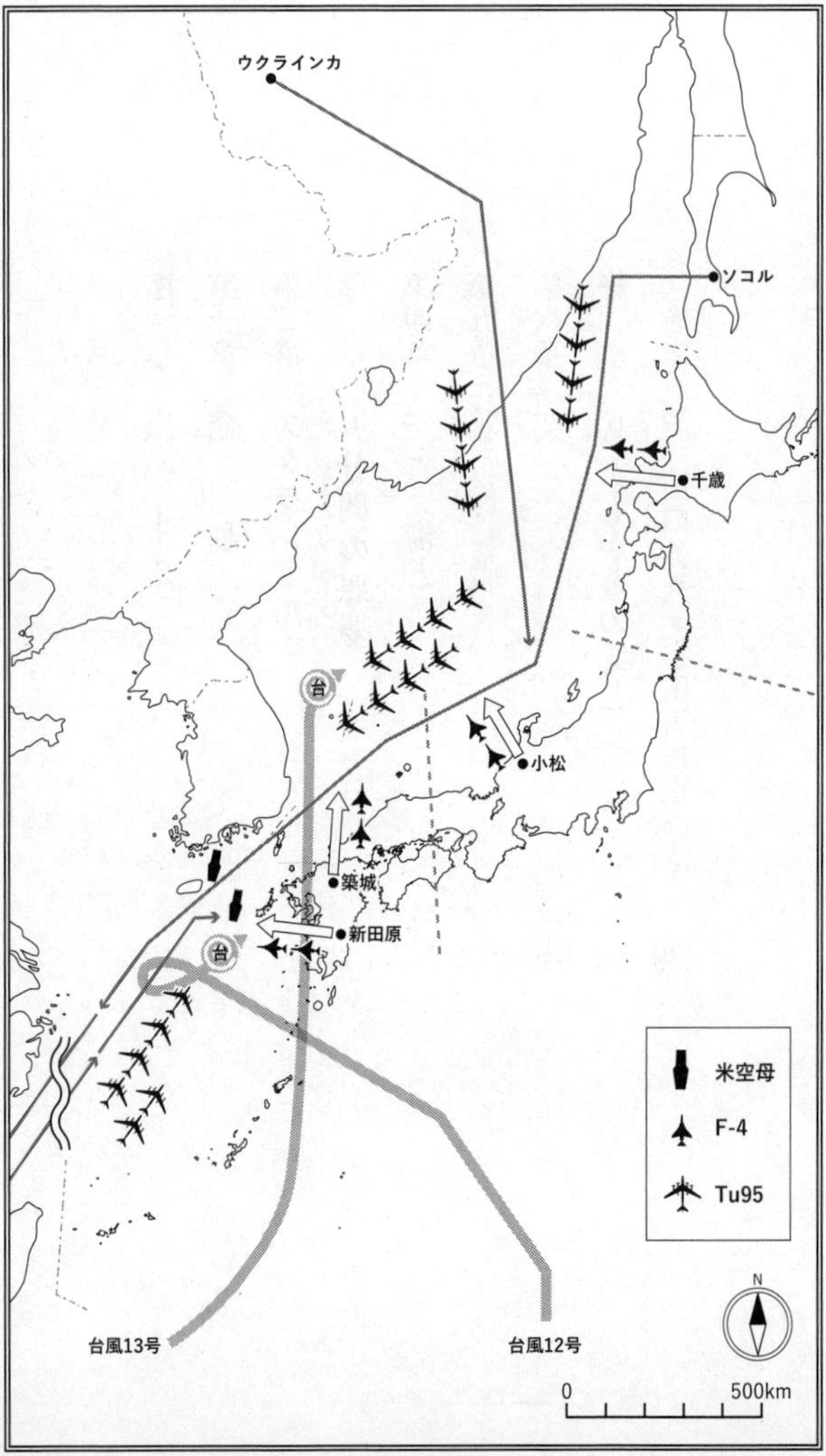

ウクラインカ
ソコル
千歳
小松
築城
新田原
台
台
米空母
F-4
Tu95
N
台風13号
台風12号
0
500km

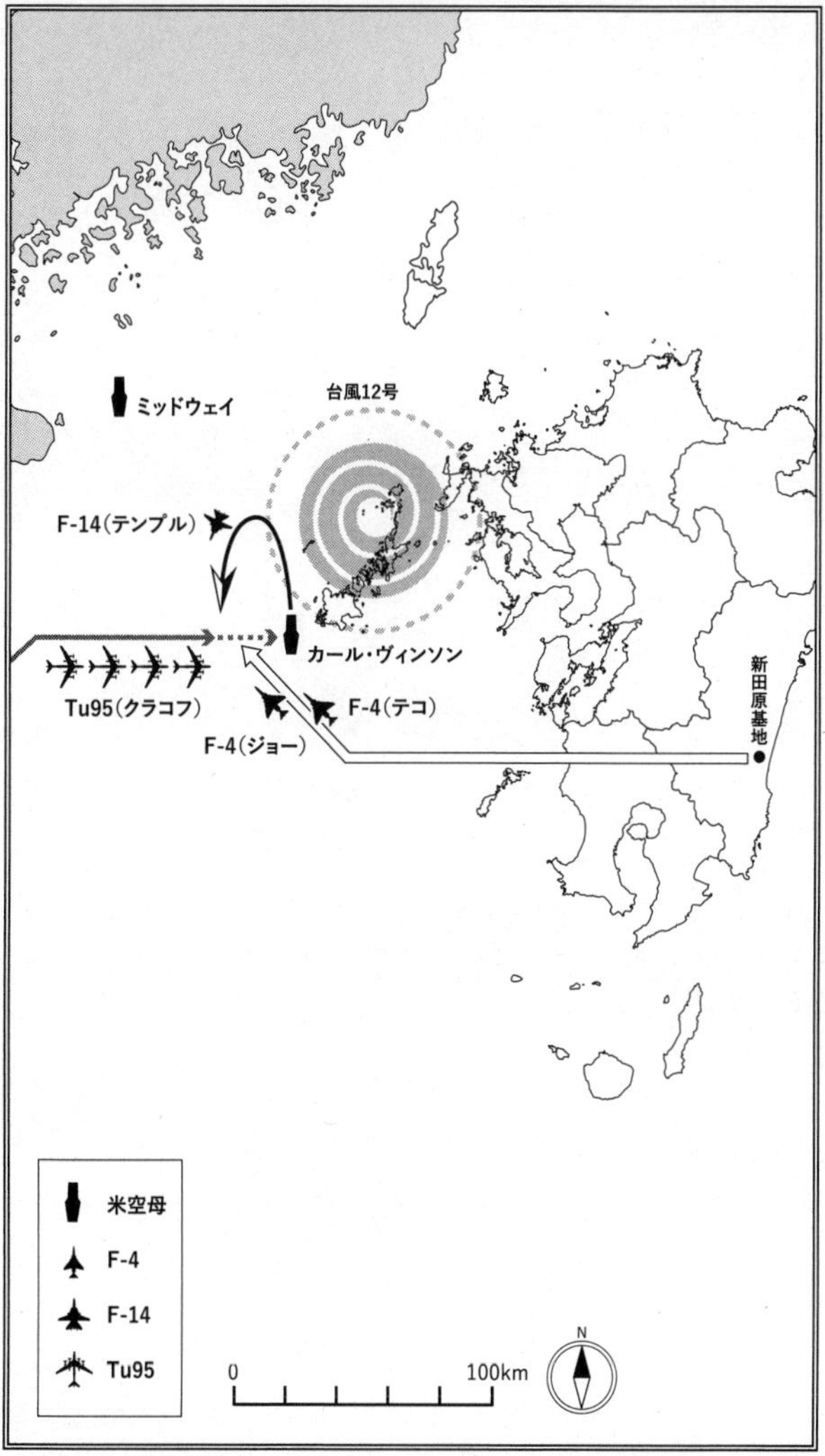

ミッドウェイ
台風12号
F-14(テンプル)
カール・ヴィンソン
Tu95(クラコフ)
F-4(テコ)
F-4(ジョー)
新田原基地
米空母
F-4
F-14
Tu95
0
100km
N

レジェンド・ゼロ1985

ZERO

LegendZero1985

１９８５　国籍不明の
１９８５　飛行機が飛んだ
風を砕くのは銀色のボディー
謎のイニシャルは誰かの名前
僕達がまだ生まれてなかった
40年前戦争に負けた
そしてこの島は歴史に残った
放射能に汚染された島
１９８５　求めちゃいけない
１９８５　甘い口づけは
黒い雨が降る死にかけた街で

何をかけようかジュークボックスで
1985　今、この空は
神様も住めない　そして
海まで　山分けにするのか
誰がつくった物でもないのに

（『1985』作詞・作曲　甲本ヒロト／唄　ザ・ブルーハーツ）

昭和六十年（1985）二月に結成されたザ・ブルーハーツが『1985』を発表したのは、その年のクリスマスライブだった。後年、甲本ヒロトは翌年には歌わなくなると考え、形として残しておくなら今しかないとくだんのライブで自主制作のソノシートを配布している。

しかし、同じ頃、日本付近を飛んでいた飛行機は、歌詞にあるように国籍不明ではなく、長大な垂直尾翼に大きな赤い星――ソヴィエト社会主義共和国連邦のマークをつけていた。

一九八五年三月、再建《ペレストロイカ》、情報公開《グラスノスチ》を掲げ、ミハイル・ゴルバチョフがソ連共産党の書記長に就任する。それはソ連終焉《しゅうえん》の始まりにほかならなかった。

きっかけは、それよりちょうど二年前、一九八三年三月二十三日のゴールデンタイムに全米で放送されたテレビ演説で第四十代アメリカ合衆国大統領ロナルド・レーガンが公表した戦略防衛構想《SDI》、いわゆるスター・ウォーズ計画にあった。ＳＤＩはソ連の大陸間弾道ミサイル《ICBM》をすべて無力化し、ソ連による先制攻撃の可能性をゼロにしてしまうもので冷戦下においてアメリカが絶対的に有利になる。

　結果的には、開発費の膨張、技術的な諸問題によって一九九〇年代には、なし崩しに消滅する。つまりははったり《ブラフ》に過ぎなかったのだが、ブラフはカードをオープンにするまでは有効であり、テーブルの緊張は一気に高まる。実際、レーガンのテレビ演説から五ヵ月後、ソ連戦闘機が大韓航空機をサハリン上空で撃墜する悲劇まで起こっている。

　一九八五年夏——米ソ冷戦の断末魔のなか、世界は、そして日本海上空は、かつてない緊張状態にあった。

序章　嵐が来る

一九八五年八月三十一日ウラジオストク時間午前十時（協定世界時《UTC》　同日００：００）、サハリン

一翅《いっし》の全長が二メートルを超え、中心の取付部をふくめた回転直径が五・六メートルになる重爆撃機Tu《ツポレフ》95のプロペラのふちに左の人差し指と中指をあてたアレクセイ・クラコフソ連防空軍少佐はそっと力をこめた。

二センチほど動く。

我ながら子供じみているとは思うが、左翼内側にある第二エンジンのプロペラをほんのわずか動かしてみるのが、クラコフにとっては飛行前に欠かせない大切な儀式なのだ。

顎を上げ、頭上の二重反転プロペラを見上げる。同軸上に前後二組取りつけられた四翅プロペラは前部が時計回り、後部が反時計回りに回転することで互いのトルクを打ち消すだけでなく、前部でねじれた空気に後部が逆回転をかけることで推力を増加させた。複雑にして精緻な二重反転プロペラのメカニズムは、ソ連航空技術の結晶であると同時

に苦肉の策でもあった。

クズネツォフＮＫ－12ターボプロップエンジン一基が発生する一万二千五百馬力を余すところなく推力に変換するには、直径七メートルのプロペラが必要とされた。しかし、それだけ巨大なプロペラを取りつければ、長大な脚で機体を高く支えなくてはならない。乗員の乗り降りに不便なだけでなく、脚部が脆弱《ぜいじゃく》になる。そこでプロペラを二重にし、反転させることで直径五・六メートルに収められるようになった。

第二次世界大戦末期、ナチスドイツが史上初のジェット戦闘機を実戦投入する。圧倒的に不利な戦況を挽回《ばんかい》するには至らなかったが、その技術は戦勝国が分け合うことで戦後の航空機を劇的に変化させる。霧状のガソリンを圧縮、爆発させ、そこで発生するエネルギーをピストンを介して円運動に変えるレシプロエンジンに比べ、ジェットエンジンは格段に大きなエネルギーを生んだためだ。

ジェットエンジンは取りこんだ大気を回転するタービンで圧縮し、燃料を混ぜて点火、膨張した排気を後方に噴出させることで推力を発生させる。第二次世界大戦後の十年あまりでジェットエンジンは急速な進歩を遂げ、三つのタイプに分かれていく。

取りこんだ空気をすべて圧縮して排気とするターボジェット、タービンの回転力でエンジン径より大きなファンを回して大量の空気を取りこみ、一部を圧縮して燃焼させる一方、ファンが取りこむ高速の空気流を燃焼室の周囲に流すターボファン、タービンの回転軸にプロペラを取りつけるターボプロップだ。どちらもタービンの回転力を推力に変換することで燃料効率を向上させることができた。

しかし、プロペラは回転速度が音速域に近づくと、空気が剝離し、推力が落ちてしまう。早い話が空回りするのだ。二重反転プロペラは音速のはるか手前でも一定の推力を生むのに役立ったが、ブレードをケースで覆うターボジェットなら強制的に吸いこんだ空気を逃がさないため、超音速でも効率が落ちなかった。だが、あまりに燃料効率が悪過ぎた。重い原爆を積んで、空気の薄い高空を、高速で長時間飛ばなくてはならない戦略爆撃機のメインエンジンには向かなかったのである。

ターボファンエンジンはプロペラの直径を小さくして多段化し、ケースで包みこんだものともいえる。ターボジェットのハイパワーとターボプロップの高効率のいいとこ取りが可能になるが、問題は巨大で高速回転に耐えるブレードを実現するための合金を開発しなくてはならないことだ。この点でソ連はアメリカやイギリスに遅れを取った。

アメリカはターボファンエンジンを選び、ソ連はターボプロップエンジンに賭けた。いや、賭けざるを得なかった。

一九五五年には、アメリカがエンジン八基の戦略爆撃機Ｂ－52ストラスフォートレスを配備しはじめていたためだ。遅れること一年、翌一九五六年にソ連はターボプロップエンジン四基で八つのプロペラを回すＴｕ95の実戦配備にこぎつけている。

一九五九年九月、ソ連共産党第一書記ニキータ・フルシチョフが訪米した際、Ｔｕ95をＶＩＰ移動用に改造、モスクワからワシントンへ直行した。プロペラ機ながら、その巨体――脚が長いため、背も高かった――は文字通り周囲を睥睨《へいげい》したのである。当時、アメリカの持つ最大の旅客機ボーイング７０７の全幅は四十メートルほど、Ｔｕ95はそれよりさらに十メートルも主翼幅が大きかった。

二重反転プロペラを持つとはいえ、プロペラの回転速度が音速に近づくと推力が大幅に低下するという物理的な制限は乗りこえられず、ターボファンエンジンを搭載する航空機に比べ、二割ほど速度は遅かった。だが、開発当初でも航続距離一万二千キロ、改良が進み、のちに一万五千キロまで延ばし、時速八百キロで巡航できる能力は戦略爆撃機として充分だったのである。

しかも一九五〇年代後半には核弾頭の運搬手段として大型ミサイルが開発され、とくに大陸間弾道ミサイル《ＩＣＢＭ》が登場すると核戦略の主役の座を譲らざるを得なくなった。ところが、戦略爆撃機はその後も重要な役割を担いつづけていた。

皮肉なことに世界の平和を守る最後の砦《とりで》として……。

核兵器を搭載し、離陸してから八時間から十二時間もかけて攻撃地点に達する戦略爆撃機と違って、ＩＣＢＭでも三十分、中距離ミサイルなら五分で標的に落ちる。当時、米ソだけでも地球五十個分を蒸発させるだけの核兵器を保有していたが、今も昔も地球は一個しかない。敵国にプレッシャーをかけつつ和平交渉をする時間は長い方が都合がよい。五分では最後の祈りを捧《ささ》げ、親しい者に別れを告げるのが精一杯だろう。

フルシチョフがワシントンに降りたったとき、ソ連はダイレクトに原爆を運搬する手段を手にしたことを証明した。国産機でモスクワからワシントンに飛んでみせたフルシチョフの狙いはここにある。

実戦配備から約三十年が経過した一九八五年八月末、Ｔｕ95はいまだ第一線にあり、クラコフは間もなく離陸しようとしていた。

「失礼します」

声をかけられ、クラコフはふり返った。小柄で浅黒い顔をした中年男——副操縦士のラザーレフ中尉が背筋を伸ばして立っていた。

「外周点検を終えました」

「ご苦労。では、先に乗って発進準備にかかってくれ」

「了解しました」

さっと敬礼するラザーレフに答礼し、クラコフは目で追った。ラザーレフは階級は二つ下だが、八、九歳年上ですでに四十歳を過ぎている。下士官からの叩《たた》き上げパイロット、Ｔｕ95の操縦にかけては防空軍でも一、二という技量の持ち主だった。レニングラード大学出身のクラコフの方が昇進ははるかに早かったが、入隊して十年、訓練期間を終えたあとも第一線の重爆撃機連隊と司令部を行ったり来たりしており、総飛行時間、中でもTu95で飛んだ時間はラザーレフにはるかに及ばなかった。

前輪格納庫にかけられた赤いハシゴを上ってラザーレフが操縦室に上がっていく。クラコフは機体後方に目をやった。機尾の下が開き、同じようにハシゴがかけられていたが、整備兵が外しているところで、ハシゴが片づけられると乗降口扉がゆっくりと持ちあがって閉じた。

尾部には銃座が設けられ、口径二十三ミリのAM23機関砲が二基、四門据えられている。敵の戦闘機が機関砲弾が届く範囲に近づき、速度を合わせてまっすぐ飛んでくれれば、撃ち墜《お》とすことができるかも知れない。銃座には二人配置されていた。銃手であり、後方の見張り員だ。Tu95の任務飛行は八時間以上つづくのがざらで、交代しながら見張りをしなければ、とてももたない。

ふたたび機首をふり返ったクラコフは目を細め、滑走路の向こう側に目をやり、基地の西側に連なる山脈の稜線《りょうせん》を眺めた。

まさか、ここに戻ってくることになるとはな……。

ため息を無理矢理嚥《の》みこみ、小さく首を振る。

クラコフはソコル基地の駐機場に立っていた。基地は州都ユジノサハリンスクから北へ四十キロほどのところにある。今、六機のTu95が発進準備を終えようとしていた。

任務は四機で行うことになっていて、クラコフは一番機の機長を務める。機長というだけでなく、四機編隊のリーダーを兼任することになっていた。階級に見合う任務でもあるが、ソコル基地から飛びたつ点に大きな意味があった。

　そのときベージュの四輪駆動車ジグリが近づいてきて、目の前で停《と》まった。ジグリは国家保安委員会《KGB》が公用車として使うことが多い。

　運転席を降りたKGBの制服を着た若い男が走って車の前を回りこみ、助手席のドアを開ける。降りてきたのはでっぷりと太った中年の男だ。飛行服ははち切れそうになっており、左手にはふくらんだ雑嚢《ざつのう》を提げている。イヤレシーバーのついた革製ヘッドギアと酸素マスク、そのほかもろもろ秘密書類が入っているのだろう。

　KGB中佐タラカノフ——今回の任務では指揮官を務める。背筋を伸ばし、わざとらしくかかとを打ちつけてクラコフが敬礼する。

「ご苦労」ぞんざいに答礼したタラカノフがすぐに手を下ろす。「準備は整っているか」

「整っております、同志中佐」

　駐機場をざっと見まわしたタラカノフが分厚い唇を歪《ゆが》めた。

「四機のはずだろう？」

「二機は予備です。万が一作戦機に故障が生じた場合、すぐに発進できるよう準備をしております」

「予備か、なるほどね」

「ご案内します」

そういいながらクラコフはタラカノフの左腰に目をやった。拳銃ケースを着けていた。Ｔｕ95の機内にも小銃、拳銃は装備してあったが、施錠された銃器庫に入っており、鍵はクラコフが持っていた。搭乗員は銃器を身につけていない。

前輪格納庫にかけたハシゴのそばまで来るとクラコフは手を出した。

「バッグをお持ちします」

タラカノフが黙って突きだしたバッグを受けとり、ハシゴを手で示した。

「ハシゴを上って、すぐ右にあるシートにおかけください」

「わかってる」

巨大なＴｕ95だが、空いている座席は一つしかない。操縦室後方、右舷側のシートだ。タラカノフにしてもＴｕ95に乗るのは初めてではないのだろう。ハシゴを上りきったタラカノフは昇降口わきの座席に躰《からだ》をねじこみ、早速シートベルトの金具を留めはじめている。その足下に雑嚢をそっと置いたクラコフは声をかけた。

「それでは私は発進準備がありますので操縦席に参ります」

「うむ」

タラカノフは顔も上げずにうなずいた。

昭和六十年（一九八五）八月三十一日午前九時三十分（UTC　同日00：30）、宮崎県

耳にあてた受話器から流れる呼び出し音がつながることなく途切れ、本庄《ほんじょう》智《さとし》は下唇を口中に巻きこんで天を見上げた。

三つ目、チクショウ、何やってんだよ？

無言のまま毒づくのは、湧きあがってくる不安を圧《お》し殺すためにほかならない。いらいらするとわかっていながら、つい発信音を数えてしまう。十回までは我慢しよう、もしくは許そうと決めているからだ。今朝早く、午前六時を回った頃に同じ番号にかけたときにもつながらなかった。

電話をしている先は妻の実家で、今は義父母と妻がいる。土曜日だが、義父の会社は休みではない。週休二日制など都会の先進的な企業が採り入れているに過ぎなかった。四度目の呼び出し音も先方の受話器が持ちあげられることなく途切れ、本庄は天井を見上げたまま半ば無意識のうちに爪先で床を打っていた。

半年前のことになる。妻の由美子《ゆみこ》が思いつめた表情で切りだした。

『ちょっといいかな』

夕食を終え、それまでテレビのバラエティ番組に大笑いしていたのに由美子の口調も

顔つきもがらりと変わり、本庄は身構えていた。

そしていきなり告げられた。

『産む』

相談ではなく、決意表明だった。結婚して七年、本庄は三十歳、由美子は三十一歳になる。妻の強《こわ》ばった顔を見つめかえしながら思わずにいられなかった。

ちょうど一年前か――。

やはり夕食後のこと、はにかむ由美子が赤ちゃんができたと切りだした。最初は呆然《ぼうぜん》とした本庄だったが、やがて躰の深いところから湧きあがってくる喜びに口元が笑み崩れるのをどうすることもできなかった。待ちに待った第一子なのだ。

しかし、一ヵ月ですべてが暗転する。赤ん坊――本庄はどうしても胎児と呼ぶ気になれなかった――に成長が見られず、弱々しい心音も間延びしているという。それから二週間後、夫婦の祈りも空《むな》しく我が子の心臓は止まった。

事後の手術を終え、病院の玄関を出てきた由美子を目の当たりにしたとき、本庄はごく当たり前のことを悟った。

傷つくのは女だけだ。

血の気を失った顔は白っぽく、まだ麻酔が抜けきっていないのか表情はうつろ、足取りはおぼつかないのに自分には髪の毛ほどの痛みも苦しみもない。以来、子供の話をしないままに過ぎ、半年前、いきなり出産宣言をされた。由美子はしばらく前から体調の変化を感じていたのだろうが、本庄には何もいわず独りで病院に行った。情けない夫が怖がっているのを察知していたからだ。

そして何より恐れていたひと言を由美子が口にした。

『またね、心音、弱いんだって』

前回と同じ病院、同じ担当医だったが、思わしくない経過を見て、提案をしてきた。担当医の恩師であり、熊本市にある大学病院の産婦人科医を訪ねてはどうか、と。日本でも屈指の名医だという。それに熊本は由美子の生まれ故郷であり、市内に実家もあった。初診を経て、由美子は実家から大学病院に通うことを決めてきた。付き添ったのは義母であり、本庄は送迎する車の運転手に過ぎなかった。

由美子の初診の翌日、本庄は自宅がある宮崎県に戻るため、義父母宅を出たあと、大学病院に新たな担当医を訪ねた。面会の約束を取りつけたわけでもなく、加藤《かとう》という姓しか知らなかったが、直接会えないまでも伝言だけでも頼もうと考えていた。

病院を訪ね、受付で本庄由美子の配偶者で、産婦人科の加藤先生に会いたいが、約束はしていないと正直に告げた。意外にも会ってくれるという。妊婦が並ぶベンチで男一人、一時間ほど待たされたが、苦にはならなかった。医大病院で、診療科目が多かったせいかも知れない。

患者が途切れたところで診察室に呼ばれ、加藤医師と向きあった。加藤医師は中年の女性だった。あらかじめ五分程度しか時間はとれないといわれていたので、示された丸椅子に座るなり挨拶もそこそこに切りだした。

去年の経緯、とくに流産後の手術を終えた由美子を迎えに行ったときの印象、ふたたび妊娠し、地元の産婦人科医に会ったことまで話したあと、ずばりと切りだした。

『母子ともに危険があると、担当の先生にはいわれました。万が一、危険になったとき、由美子は自分より赤ん坊の命を優先することを望むと思います。しかし、私は由美子を優先して欲しいと考えています。一度失っていますから由美子がどれほど傷つき、悲しむかはわかっているつもりです。でも、それはそのあと一生をかけて私が支えて……、つぐなっていきますから』

加藤医師は切れ長の眸《め》をまっすぐ本庄に据え、しばらくの間、黙っていた。やがて口を開いた。

『お断りします』

口を開きかけた本庄の機先を制して言葉を継いだ。

『お母さんも赤ちゃんも、どちらも助けるつもりですので』

次いで加藤医師がカルテに記された本庄の職業欄を見ていった。

『宮崎県にお住まいで、公務員とありますけどお仕事は？』

『F－4……、戦闘機に乗ってます』

『凄《すご》いですね。やっぱり子供の頃から憧れていたんですか』

『あ、いや……』

詰まったのは答えがわからなかったからではない。まるで逆、あっさり正解が浮かんだからだ。

たまたま航空学生試験に合格して、あとは落第して免職《メン》にならないよう必死で頑張ってきて、強いていえば、運の良さと成り行きで……。

自分が戦闘機パイロットをしていることが妻に心理的な負担をかけているのかと訊《き》いたら、あっさりそれはないといわれた。由美子は本庄の仕事を誇りにしているといったらしい。それで加藤医師も夫の職業に興味を持ったようだ。

以来、半年、休日に熊本へ行く以外、本庄は日に一度は実家に電話を入れていた。腕時計に目をやる。午前九時半を回ったところで、特別な用でもないかぎり由美子か、義母のどちらかが出るはずだ。

八……、九……。

だが、電話がつながらない。由美子が熊本に行って以来、初めての出来事に本庄は唇を嚙《か》んだ。

宮崎県のほぼ中央、太平洋岸寄りにある航空自衛隊新田原《にゅうたばる》基地の緊急発進待機所で本庄は十度目の呼び出し音を聞いていた。受話器をそっと置く。電話機は運行管理官席《ディスパッチャー》を囲むカウンターの端に置いてあった。

ボタンが並んだ電話機には三本の外線が引いてあったが、本来私用で使えるものではない。

すぐわきで本庄とともに警戒待機任務《アラート》に就いている川上《かわかみ》が腕を組み、難しい顔をしていた。のぞきこんでいるのは気象情報用のコンピューターディスプレイだ。本庄は声をかけた。

「どうかしたか」

川上は航空学生出身で同期になる。

「台風だ」川上がディスプレイを指さす。「十三号が長崎を通過してる」

五日ほど前に沖縄の南海上で発生した台風十三号は勢力を保ったまま、今朝早く鹿児島県枕崎《まくらざき》市に上陸した。当初はゆっくりとした速度で沖縄近海を東進していたのだが、昨日になっていきなり進路を北へ転じ、一気に加速、九州西岸を北上して鹿児島から長崎へ進んでいる。

お義母《かあ》さんは台風に備えて家のまわりを養生しているのかも知れない……。

無理に思いこもうとしていた。

ディスプレイを指していた川上の手が左へ動く。そこにはもう一つ、台風十二号があった。すでに昨日の段階で種子島《たねがしま》、屋久島《やくしま》の南方沖を西へ抜けていた。

「そいつがどうかしたのか」

「Uターンして来やがった」

ふたたび川上が手を動かす。指先は右上――東北東に向かう。その先には台風十三号があった。

「藤原《ふじわら》の効果っていうらしい」

「何だ、それ？」

訊き返した本庄を川上が真面目《まじめ》くさった顔つきでじっと見据え、ひと言いった。

「知らん」

第一章　発　動

午前十一時（UTC　01：00）、サハリン・ソコル基地

　Tu95が搭載している巨大なターボプロップエンジンを目覚めさせるのは内蔵されているバッテリー駆動のモーターだ。つまり自動車のセルスターターのようなものだ。最初は左主翼に二基並んだ内側――クラコフが験担《げんかつ》ぎにプロペラをわずかに動かした――エンジンを起動する。

「第二エンジン、始動」

　機内通話システムを通じて、航空機関士のゲルト軍曹が伝えた。

「了解、始動せよ」

　クラコフは酸素マスクの内側に取りつけられたマイクに声を吹きこんだ。直後、ター

ビンを回すモーターのうなりが機内に満ちた。

キャビンは与圧されているものの正副操縦士は革のヘッドギアを被《かぶ》り、酸素マスクを装着していた。万が一、機体が損傷して急減圧が生じるのに備えるためでもあるが、それより機内にこもる騒音で声が通りにくいせいだ。酸素マスクで口元を覆うことで騒音を大幅に軽減できる。

エンジンの排気音と、二重反転プロペラが起こす独特のうなりが満ちた機内に五分もいれば、頭痛がしてくるだけでなく、無線交信を聞き逃す恐れすらあった。

Ｔｕ95の操縦室で前を向いているのは二人の操縦員だけで、それ以外は全員後ろ向きだ。不時着などで急制動がかかった際、前に放りだされそうになる躰を支えるのがシートベルト――六点式で幅広であるにせよ――より背中を頑丈な座席で支えてもらった方がはるかに安全だし、そもそも操縦員以外、後ろ向きで任務に支障はない。

クラコフは左肩越しに第二エンジンのプロペラを見やった。モーターがエンジンのタービンブレードを回し、回転が一定になったところで燃料を噴出させて点火する。無事に点火し、自力運転が始まれば点火スイッチを切り、出力を上げる。定格出力に達し、エンジンに異常がなければ、高速回転する主軸をギアボックスに接続する。

前段のプロペラが反時計回りに動きはじめ、わずかに遅れて後段が反対に回りはじめる。

Ｔｕ95ではエンジンのパワーだけでなく、プロペラの回転数と取付角《ピッチ》も調整しなくてはならない。プロペラが単純な一枚の板だとすれば、進もうとする方向に対して四十五度に取りつけてあれば、空気を掻《か》き、後方へ押しやる力が最大になるが、エンジンの負荷も大きくなる。しかも実際のプロペラは効率性を求め、複雑な形状をしている。飛行するには状況に応じてパワーとピッチを微妙かつ繊細に調節しなくてはならない。

飛行において最大の推力を必要とするのが離陸時だ。燃料を満載し、武器を積んでいて、静止状態から離陸に必要な速度まで一気に加速しなくてはならない。もちろん滑走路は余裕を持たせてあるとはいえ、無限につづくわけではない。

Ｔｕ95の最大離陸重量は百八十トン強になる。全幅五十メートルを超える長大な主翼を有しても時速二百キロ以上を出さなければ、機体を浮かせる揚力を得られない。最大のパワーを発揮し、もっとも効率のよいピッチを選定し、一刻も早く離陸速度に達しようとするのは、少しでも余裕があれば、それだけ緊急事態――たとえば離陸滑走を始めたあとにエンジンが一発停止するといった――への対処に余裕が生まれる。

離陸したあとでも上昇、降下、旋回などの機動や、高度、気象条件によって航空機関士は常時気配りをつづける。そうした面倒くさいエンジンが四基あるのだ。パイロットの指示に合わせ、ときに先読みし、数百におよぶ計器やスイッチを操作する姿はピアニストにして指揮者であり、お守《も》り役のおっ母《マ》さ《マ》んでもあった。座席はクラコフの右後方、三十センチほど低い位置にある。

左右の操縦士席の間は一メートルほど空いている。そのため四本のスロットルレバーはクラコフの左に、副操縦士席では逆に右側にあった。Ｔｕ95の機首前方はガラス張りになっていて、爆撃手の席があった。一九七〇年代に入ると索敵能力を向上させ、ミサイルを誘導するためのレーダーを搭載するようになり、機首の爆撃手席は廃止され、攻撃はすべてキャビン後方の兵装担当士官が受けもつようになった。

サイド・バイ・サイドの操縦席の場合、正副操縦士が共用するスイッチ、計器類を並べたセンターペデスタルを配置するのが一般的だが、Ｔｕ95では真ん中を空けたままにしてあった。爆撃手席を廃して大型レーダーを取りつける改修は徐々に進められ、その間にも新造機が生産されていたが、改修しきれない旧型機も運用されているため、操縦装置のレイアウトを踏襲していた。

機器を改修するより人間を適応させた方が安上がりに済む。

操縦席の間にある空間は、第二次世界大戦末期に投入されたアメリカの爆撃機Ｂ－29スーパーフォートレスの名残である。第二次世界大戦中、ソ連は四発の大型爆撃機を実用化できず、領土内に不時着したＢ－29を徹底的に調査、研究し、完全にコピーするところからはじまった。与圧式の操縦室、ガラス張りの機首に陣取る爆撃手というスタイルはアメリカ方式なのだ。

コピー機Tu4の初飛行が一九四七年五月だったが、四発とはいえ、レシプロ機の命脈は尽きようとしており、ジェットの時代になっていた。ターボプロップエンジンを搭載したTu95試作機が初飛行に成功したのは、それから五年後、一九五二年である。

順調にエンジンは始動していき、右内側、左外側でもプロペラが回転を始めており、航空機関士は右外側にかかっていた。エンジンは始動するや発電機も回し、それぞれのエンジンが備えている蓄電池への充電を始める。蓄電池も独立してはいるが、溜《た》めた電力は機体全体で共用できた。

クラコフの耳元に雑音に混じって、やや甲高い声が聞こえた。

〝615から管制塔〟

〝管制塔〟

〝第一エンジンのギアボックスが不調だ。警告灯が点《つ》いている〟

クラコフは舌打ちしそうになるのをこらえ、右席のラザーレフに目を向けて機内通話で訊《き》いた。

「見えるか」

「ええ」ラザーレフが右側の窓から外を見ている。「たしかに第一のプロペラは回ってませんね」

「そのほかは？」

「三つとも正常のようですが」

６１５は二番機の製造番号から下三桁をとった機体固有の番号だった。駐機場に並び、エンジン始動にかかった六機は、それぞれが三桁の数字を呼び出し符丁として使用している。ただし、離着陸時に基地管制塔との交信で使用するのが主だった。クラコフ機は２２８になる。

クソッ、グルジア人め——クラコフは胸のうちで罵る。

二番機を受けもつ６１５の機長はジュガシヴィリという。生まれがどこか知らなかったが、名前はグルジア系だ。偉大なる鉄《スターリン》の男の本名はヨシフ・ジュガシヴィリという。

「ミーニン」

クラコフは真後ろにいる無線士を呼んだ。

「はい《ダー》、機長《カピタン》」

「私のインターコムを管制塔につなげ」

「はい、切り替えました」

クラコフは操縦舵輪《そうじゅうだりん》中央のメモに目をやり、右把手《みぎはしゅ》の上部にある無線の送信ボタンを押した。

「２２８から管制塔」

〝管制塔〟

「カモメ《チャイカ・シャスチ》6の編制変更を願う。615は飛行中止、183号機が三番機から二番機、455が四番機から三番機に繰り上げ、四番機に908が入る」

〝615は飛行中止、以下……〟

管制塔が編隊内の編制変更をくり返したあと、908号機が応答した。

〝908、了解〟

「228、以上」

右手を下ろしたクラコフは胃袋が引きつれそうになっているのを感じていた。908は五番目、つまり予備機として発進準備をしていた。機長はルーキンという若い中尉だが、操縦技量だけでなく飛行全般を見渡して管理する役割も心得ている。一方でジュガシヴィリは小狡《こずる》く立ち回っては楽をしようとするところがある。

これも運命か……。

今回の任務では列線《れっせん》に並んだ機体はいずれも帰還できないだろう。そのことを知っているのはクラコフと、KGB中佐のタラカノフだけでしかない。

いや、タラカノフにしても自分が確実に死ぬとは理解していない可能性がある。

「どうかしましたか」

ラザーレフの声にクラコフははっと顔を上げた。ラザーレフの目が心配そうにクラコフを見ている。

首を振った。

「いや、大丈夫だ。ありがとう《スパシーバ》」


午前十時（UTC　01：00）、宮崎県・新田原基地
「藤原の効果ですってぇ」

緊急発進待機所に詰めている気象隊の二等空曹が片方の眉を上げ、すっとんきょうな声でいった。短く刈った髪に白いものが混じる四十代の男だ。

「ええ」本庄はぼそぼそといった。「ふっと話に出てきたんだけど、とっさに思いだせなくて」

フライトはつねに天候に左右される。基地周辺はもちろん、演習空域までの経路《コリドー》、演習空域の天候を把握するだけでなく、一時間後、二時間後の気象状況を予測できなくてはならない。場所だけでなく、高度、時間帯などで変化する詳細な気象情報が必要になる。とくに基地周辺の状況を知っておくのが重要で、肝心なのは滑走路が目視できるか否か、だ。

いったん離陸した飛行機は必ず地上に降りてこなければならない。方法は二つに一つ、着陸か、墜落だ。そのためパイロットにとって気象学は必須なのである。

各基地に気象隊が置かれていて、隊員たちは一日に何度も隊舎の屋上に上がり、周辺

の目印を肉眼で確認し、視程情報を更新する。この肉眼で、というのが大切だ。戦闘機にはまだ自動着陸システムは搭載されておらずパイロットは肉眼で着陸点を見ながら降りてくる。逆にいうと地表なり海面なりが肉眼で確認できれば、飛行機の姿勢制御、着陸、着陸復航《ゴーアラウンド》、何でも自在にこなせる。

背中に汗が浮かぶのを感じながら本庄は言葉を継いだ。

「台風にからむ何とかってのはわかってるんだけど……」

「熱帯低気圧」

二曹がぴしゃりと訂正する。

「そうそう、そうだった」

しどろもどろに答えると二曹がにやりとして訊いてきた。

「台風と熱低の違いは、もちろんご存じですよね？」

たまに見るＮＨＫ教育の将棋番組を思いだした本庄はカウンターに両手をつき、頭を下げた。

「負けました」

からから笑ったあと、二曹が教えてくれた。

台風とは南シナ海、北西太平洋に発生する熱帯低気圧のうち、勢力圏内の最大風速が三十四ノット、秒速十七・二メートル以上のものを指す。北半球では自転によって左回り——反時計回りとなり、強風圏の大きさは台風の定義とは直接関係しないものの、半径八百キロ超の範囲で風が吹き荒れるものは超大型と称された。

「低気圧というくらいだから気圧が低くなっているところに周囲から大気が大量に流れこむ、これが強い風になるわけですけど、しかもどれも左回りですから中心から右側では南から北へ、左側では反対に北から南に吹きます。このうち中心に向かって吸いこまれる方、つまり南風の方が圧倒的に強いわけです。乱暴なたとえだけど、左回りの透明な歯車が二つあると思ってください。どちらも軸は固定されていなくて、自由に動ける。二つが接近すれば？」

「嚙み合う」

二曹がうなずいた。

「一応、藤原の効果の定義では二つの熱低の間が千キロ以下になると互いに影響を及ぼすとしています」

千キロ——本庄は半ば反射的に換算した——五百四十マイルか。

マイルとはいってもパイロットが常用する単位は海里《ノーティカルマイル》だ。一マイルは約一・六キロ、ノーティカルマイルなら一・八五キロだが、ただのマイルを気にするのは競馬のときくらいで、ふだんはノーティカルマイルしか使わないので不都合はなかった。

あらためて本庄は天気図を映しだすパソコンのＣＲＴ端末を見た。台風十三号は佐世《させ》保辺《ぼ》りにあり、十二号は西南西に行ったところ、上海《シャンハイ》沖にあった。

「げっ」

思わず声が漏れた。両者の間はせいぜい三百四、五十ノーティカルマイル、六百四十キロほどでしかない。

「そういうことです」

本庄の表情を見て、澄ました顔でうなずいた二曹に訊いた。

「今後の進路は？」

「予想がつきませんな。それこそが藤原の効果という奴《やつ》で……」

そういった二曹の眉根がぎゅっと寄り、見る見るうちに厳しくなった。

「まだ、何か」

「ディスプレイの範囲外ですが、沖縄の南東沖で十四号が発生してるんです」

「三つ巴《どもえ》？」

「そうなる可能性も皆無ではありません。現時点でわかっているのは西に向かって大陸へ抜けていくと思われていた十二号が引き返して来ていることと、十三号が北東に進むことです。十二号はずいぶんゆっくりしてたんですけど、ぐっと加速しましてね」

それこそが藤原の効果なのだろう。

「何だか面倒くさいことになってきたな、ガミ……」

声をかけたものの返事はなく、本庄は左に目をやった。となりにいるとばかり思っていた川上は待機所の中央に置かれたテーブルで、ほかのパイロットたちとお喋《しゃべ》りに興じていた。川上の声がひときわ大きい。

本庄は苦笑した。

ガミが川上の固有識別符丁《タックネーム》である。空中での無線交信はそれでなくとも忙しく、できるだけ手短に済ませなくてはならない。フライトごとに識別コードが与えられるが、くんずほぐれつとなれば、タックネームを使う。本庄のタックネームはジョーだ。

無線を通じて、ガミ、ジョーというだけで、本庄が川上に呼びかけているのが当の二人だけでなく、周波数を共用している編隊、基地にある飛行隊指揮所《オペレーション》にも伝わる仕組みだ。

ジョーは本庄という姓の後ろを取っただけだ。同じように川上も飛行隊に配属された当初、タックネームを〈カミ〉で、と具申したが、若いパイロット、通称チンピラの言い分など通るはずがなかった。人一倍声が大きく、とくに筋が通らないことに対して正論をまくしたてるときにはボリュームが一段上がる。ガミガミと叱るように聞こえ、相手が先輩、上官だったとしても丁寧語を使うだけで声のトーンは変わらなかった。ゆえに本人の申し出に濁点がついた。

本庄は傍らの電話機をちらりと見た。受話器を置いて、まだ五分と経《た》っていない。

ひょっとして、お義母さんはトイレに入っていただけかも、とちらりと思ったが、とりあえずコーヒーサーバーの前へ移動した。サーバーのわきにあるカゴから底にJOEとマジックで書いたマグカップを取り、サーバーの給湯口の下に持っていってコーヒーを注いだ。米空軍の伝統を受けつぐ航空自衛隊では、どこの基地でもコーヒーには不自由しなかった。日常勤務の最中であれば、コーヒーサーバーが置いてある談話室《ラウンジ》に行くのにタイミングを見はからわなくてはならないが、警戒待機《アラート》任務に就いている間はわりと伸び伸びと過ごせる。

サーバーが抽出するコーヒーはひどく色が薄かった。マグカップに注いでも底が見えるほどで見た目は紅茶なのだ。飲めば、コーヒーの香りと味がする。不思議だと思ったのは最初の一杯だけで二杯目から慣れてしまうし、三ヵ月もすれば、ちゃんとしたコーヒー色をしたコーヒーを飲むと胃にもたれる気がする。

立ったままひと口すったところに声をかけられた。

「台風の塩梅《あんばい》は？」

航空学生で二期先輩の藤松《ふじまつ》——タックネームはマット——だ。

「藤原の効果とやらで十二号と十三号がからみ合いそうです」

「厄介だな」藤松が自分用のカップにコーヒーを注ぎながらいう。「ひょっとしたら一つになるかも知れん」

「二つが一つに、ですか」

「今、ジョーが藤原の効果っていったばかりじゃないか。いくつか形態があるが、そのうちの一つが台風同士が寄り添って一つに融合するんだ」

唸《うな》った本庄は眉間を寄せた。

あとから発生した十四号は急速に北上、八丈島《はちじょうじま》の西を通過して、昨日、神奈川県三浦《みうら》半島の横須賀《よこすか》付近に上陸、陸地づたいに北東方面を移動中だ。

「十四号の方が先に上陸しましたね」

コーヒーをすすった藤松が眉を寄せ、渋い顔になる。

「三浦半島だろ。あっちでも被害が出てるようだな。でも、新田原《にゅうたばる》基地から見れば、この二つがまさしく前門の虎、後門の狼《おおかみ》だな」

「十二号、九州まで戻ってきますかね」

「わからんね。超大型化した台風の行き足が極端に遅くなることがあるし、勢力が大きいだけにより広い範囲に影響を及ぼす」

沖縄の南西沖から九州の北方海上まででも千キロはない。藤原の効果は二つの熱帯低気圧が千キロ圏に近づいた場合ということだったが、もし、十二号、十三号が融合すれば近年まれに見る超大型台風になる危険性があった。

本庄の脳裏に、ついさっきまで目にしていたコンピューターディスプレイが浮かぶ。

二つの台風がおそらくこれから進むであろう東、対馬《つしま》周辺にはもう一つ嵐があった。ある意味では台風よりもはるかに厄介で危険な嵐が……。

本庄の思いを断ち切るように藤松がそっと訊いてきた。

「由美ちゃん、大丈夫か」

飛行隊は一つの家族のようなものだ。藤松とは同じ官舎に住んでいて、夫婦同士で仲がいい。

共通点もあった。藤松夫婦も長年望みながら、いまだ子に恵まれていない。

「大丈夫ですよ」

本庄は手にしたマグカップに目を向けたまま答えた。藤松に答えると同時に自分にいい聞かせる言葉でもあった。

「ええ、大丈夫です」

2

午前十一時十五分（UTC　01：15）、サハリン・ソコル基地
「228、発進準備、完了」
クラコフは無線の送信スイッチを入れ、酸素マスクの内側にあるマイクに声を吹きこ

んだ。間髪を入れず管制塔が応じる。

〝228、滑走開始を許可する〟

「了解、228」

クラコフは副操縦士ラザーレフに目を向けた。目顔でうなずいたラザーレフが右舷の窓に顔を近づけ、クラコフは左舷窓から左翼の二つのプロペラ周辺に障害物がないことを確認する。

「左よし」

「右よし、出します」

左右の内側エンジンに取りつけられた降着装置のタイヤ八個のロックを解除したラザーレフがわずかにスロットルレバーを押しだすと、Tu95／228号機の巨体がふわりと前へ動いた。駐機場区画を出て、誘導路に入った直後、ラザーレフが左のラダーペダル——降着装置のブレーキを兼ねている——を踏み、機首を左へふり向けた。

228号機が誘導路に乗ると航空機関士ゲルトがエンジンとプロペラのチェックを始める。右の主翼外側にあるタンデムプロペラのピッチを軸に対して水平——抵抗のない状態にしてパワーを最小の六十パーセントまで絞る。反転するプロペラの一翅ずつがくっきり見えるほどに回転数を落とした。

次いでスロットルレバーを押しだし、出力を九十パーセントまで上げる。プロペラの回転数が高まるにつれ、一瞬それぞれが逆回転するように見えたあと、透明な円盤となる。その後、パワー六十五パーセント、ピッチを最大にセットして一基目のエンジンチェックを終え、テストは右の内側エンジンに移る。誘導路を走りきるまでに四基のエンジンすべての作動に異常がないか確認しなくてはならない。

二重反転プロペラの風切り音とエンジン音が相まって甲高さと中低音が同時に発生するTu95特有のハーモニーをかなでるようになる。

クラコフはいずれの操縦装置にも手を触れなかった。今回の任務では離着陸時に必要な補助操作を行うだけで、出発から帰還まですべての操縦はラザーレフが担い、クラコフは空中指揮官としての任務に専心することになっていた。

左の肩越しに後方を見やった。たった今出てきたばかりの駐機場――プロペラを停止した615号機の向こうから代わって二番機を務める183号機が機首をせり出してくるところだった――、その向こうに管制塔、隊舎群が見える。任務の成功、失敗にかかわらずここに戻ってくることはない。

ソコル基地は元々戦闘機部隊が配置されており、クラコフが率いるチャイカ6は一時的に展開しているに過ぎない。所属する重爆撃機部隊の基地は、西へ千二百キロ行ったところにある内陸部のアムール州ウクラインカにあった。

前に向きなおった。耳元には管制塔とチャイカ6各機の交信が聞こえている。知らず知らずのうちに615号機以外にトラブルが発生しないようにと祈りにも似た気持ちになっているのに気がつき、クラコフは酸素マスクの内側で唇を歪めた。

　任務を負った編隊指揮官として、何ごともなく必要とする四機が飛びたつことを願うのは当たり前ながら、同時に後ろめたさも感じていた。監視役であるタラカノフをのぞけば、クラコフに与えられた任務のあまりにおぞましい真の姿を知る者は一人もいなかったからだ。

　自機だけでなく、ほかの五機の搭乗員たちもすべて顔見知りだった。その全員をクラコフは死に追いやろうとしている。

　183号機の機長ミハイロフは長身瘦軀《そうく》で顔も長い。455号機のポポヴィッチは対照的に短軀でがっちりとした体型で髭《ひげ》が濃い。908号機のルーキンはひょうきん者だ。駐機場でプロペラを回しつつ、出撃命令に備えている606号機のガモフはいかつい顔をしていて、滅多に笑わず、いかにもソ連防空軍パイロットという容貌だが、重爆撃機部隊でもっとも若く、先週子供が生まれたばかりだ。

　クラコフにもアンナという妻と八歳と五歳の息子がいる。時おり家族を思うことはあったが、それでもTu95に乗りこみ、座席について計器を見渡した瞬間から点検、確認に追われ、エンジンを始動させる頃にはごく自然に家族の姿は脳裏から消えていった。

　いつもなら駐機場を出る頃には、脳裏を占めているのは任務のことだけだ。だが、今日はなかなか集中できなかった。鼻の下にむず痒《がゆ》さを感じ、口元を動かした。汗が玉になって唇をすべり落ちる。飛行服の内側は汗みずくになっており、ぐっしょり濡《ぬ》れた下着が重かった。

「カピタン？」

ラザーレフの控えめな呼びかけに顔を向ける。目をやった。

「大丈夫ですか」

「ああ、何ともない」

なぜそんなことを訊くのかと口にする前にラザーレフが告げた。

「間もなく誘導路が終わります」

前方に目を向けた。滑走路の北端へ向かう左への曲がり角が目の前に来ている。ラザーレフに目顔で謝意を伝え、無線機の送信スイッチを入れる。

「228から管制塔。滑走路への進入許可を求める」

〝228、滑走路への進入を許可する〟

「228、了解」

Tu95が前のめりに減速し、次いで左に機首を振った。滑走路につづく誘導路に入るときには、一つ先の滑走路への進入許可を得るのが手順だった。うっかりミス。背中を濡らす汗の量が増す。

酸素マスクをヘッドギアに固定している左の留め具を外し、手袋を着けた手で顔を拭った。口元にひんやりした空気が触れ、心地よい。

耳元には管制塔から最終的な気象情報が送られている。

〝気温二十二度、気圧千二十四ミリバール、南南西からの風、風力2〟

酸素マスクを留めなおしたクラコフは気象情報を復唱する。その間にラザーレフが滑走路に機体を乗りいれる。直後、後続してきた183号機のミハイロフが管制塔に滑走路への進入許可を求めた。

すべては厳密に手順が定められた儀式なのだ。

Tu95／228号機は機首を滑走路の中央ラインに乗せた。ソコル基地の滑走路は南北に二千五百メートルの長さがある。燃料を満載し、胴体内の回転式発射機は三発のミサイルを抱いているが、最大離陸重量まではまだ余裕がある。

無線機の送信スイッチを入れた。

「228、離陸許可を求める」

〝離陸を許可する〟

「228、了解」

クラコフが応答するやラザーレフは右手に包みこんだ四本のスロットルレバーを目一杯前方に押しこんだ。

午前十時三十分（ＵＴＣ　０１：３０）、宮崎県・新田原基地
「前門の虎、後門の狼なんて話をしてたからかな、ほら」藤松がにやりとして待機所の入口を手にしたマグカップで指した。「我が社の虎がおでましだ」

本庄はふり返った。待機所のドアを開け、オレンジ色のフライトスーツ姿の男が入ってくるなりキャップを取り、フライトスーツの左太腿《ふともも》の前についているバネ式のフックに挟んだ。隊舎の外へ出るときには着帽、中に入れば脱帽は自衛官の習い性になっている。

すたすたと待機室中央のテーブルのそばに来たのは、第三〇一飛行隊パイロットの元締め、飛行班長の戸沢虎徹《とざわこてつ》三等空佐だ。

テーブルを囲んでセブンブリッジに興じていた四人のパイロットが立ちあがった。

待機中の暇つぶしではなく、負けじ魂を錬磨するための訓練……、ということになっている。なぜか飛行隊では麻雀《マージヤン》をやらない。洗牌《シーパイ》の際、大きな音を立てるためだろう。旧帝国海軍ではブリッジが流行《はや》り、とくに連合艦隊司令長官山本五十六《やまもといそろく》が好んだといわれる。

テーブルに無造作に置かれた点数を記したメモに目をやった戸沢が誰にともなく訊《たず》ねる。

「一番負けてるのは？」

「はい」

四人のうち、もっとも若いパイロットが手を上げた。戸沢がにやりとして若いパイロットを見やる。

「昔々、あるところでおれがアラートに就いていたときのことだ。ジャンと鳴って、飛びだした」

アラートという言葉は航空自衛隊すべての隊員にとって特別な響きがある。

戦闘機部隊を擁する千歳《ちとせ》、三沢《みさわ》、小松《こまつ》、百里《ひやくり》、築城《ついき》、新田原、那覇《なは》の七ヵ所の航空自衛隊基地では、どこでも武装した戦闘機四機が一日二十四時間、一年三百六十五日、閏《うるう》年には三百六十六日、いつでも離陸できる態勢にある。これが警戒待機任務《アラート》だ。

戦闘機はエンジンを始動させる前に搭乗割り《アサイン》されたパイロットが自分に合わせて座席やラダーペダルを調整するところから始まり、百を超えるスイッチの調整、点検を必要とした。点検、調整をすべて済ませたあと、エンジンを始動させて、一度、滑走路上を走らせる。このときには出力を最大まで上げ、さらに増速用の再燃焼装置《アフターバーナー》も使って不具合がないかをチェックしてから緊急発進待機格納庫《アラートハンガー》に入れる。

何らかの理由でアフターバーナーに着火しない場合は別の機体に交換するが、左右のエンジンの着火がばらつくだけでも整備隊員に点検、再調整をしてもらう。その後、燃料を補給して、ヘルメット、酸素マスクをコクピットの縁に引っかけ、いざ出動が下令されれば、乗りこむや即刻エンジンスタートに取りかかれるよう準備してある。パイロット一人ひとりが自分に合わせてセットアップしてあるため、たとえ隊長であったとしても割りふられたパイロット以外の者が機器類に触れるのは厳禁されていた。

全国各地に張りめぐらされたレーダー網が敵味方識別不明機《アンノウン》を探知すれば、戦闘機部隊に緊急発進が下令される。日本の領空は沿岸から二十二キロ沖合上空でしかない。高速の航空機が接近してきたからといって警報を発しても国土に達する前に捕捉《インターセプト》するのは不可能で、そのため沿岸から百キロ以上、場所によって四百から六百キロ離れたラインまでのＡＤＩＺ——防空識別圏《エア・ディフェンス・アイデンティフィケーション・ゾーン》を設定しており、アンノウンがその範囲に接近すれば、戦闘機を発進させるようになっている。

　四機というのは、最小戦闘単位である二機編隊《エレメント》二個であり、これを五分待機と一時間待機の二つに分けている。

　戸沢のいうジャンは緊急発進を告げるベルを表している。とくに五分待機組はベルが鳴れば、五分以内に離陸発進しなくてはならない。そのためパイロットは装具を身につけたまま、神経を張りつめている。ジャンどころか、ジッと最初の音が響いた瞬間、パイロットと別室に控える整備隊員が待機所を飛びだし、戦闘機に乗る。

　かつてコーヒーに砂糖を入れ、かき混ぜたあと、よそ見をしていてスプーンを落としてしまった若いパイロットが床に跳ねたかすかな金属音を聞いただけで待機所から一人で飛びだしていったことがあった。単なる勘違いだったが、当の若いパイロットは一番乗りできたと意気揚々だった。しかし、誰も来ない。恐る恐る待機室に戻り、先輩パイロットに事情を聞かれた。すべてを話しおえたあと、大笑いされたのだが、それほどまでに神経が張りつめているという証左でもあった。

装具を着け、ブーツを履いたまま、リクライニングシートに座って、ベルが鳴る一瞬に備える。しかし、神経を張りつめているのにも限界があるので極力リラックスするように努めるが、予告なしに発進が下令されるのは珍しくないため、心身ともに弛緩《しかん》させるのは不可能だ。そのため五分待機、一時間待機のエレメントは四時間ほどで任務を交代するようになっていた。

一時間待機組でも格納庫内の戦闘機のセットアップを済ませてある点は変わりないものの、待機所内で装具を身につけている必要はなく、待機所周辺を散歩したりする程度はできる。もっとも一時間待機とはいうものの、発進が下令されてから離陸まで一時間以内に上がればいいというのんびりしたものではなく、五分待機組が出動したあとは身支度をして五分待機に就く。

ベルが鳴って、五分以内に離陸ともなれば、必然的に手順は慌ただしくなる。その様子がスクランブルエッグを作る玉子をかき混ぜる仕草に似ているとして、スクランブルと呼ばれた。

アラートが特別な響きを持つのは、スクランブルが実戦にほかならないからだ。訓練であれば、相手が何ものかがはっきりしている。アンノウン——米ソ冷戦下にあってはソ連機が対象である場合が多い——である以上、次に何が起こるかわからない。航空自衛隊創設以来、アンノウンから発砲を受けたことはない。しかし、昨日まで撃たれないことが今日撃たれない保証にはならない。

日本は、平和憲法によって他国への武力行使をしない。だが、日本国憲法は他国を縛らない。

戸沢がつづけた。

「上がって、アンノウンの目視確認《ヴイジユアルアイデイ》を取って戻ってきた。さてブリッジ再開となったが、それまでの結果を書いたメモがどこにもない。探したけれど見つからないし、待機所《パツド》に残っていた連中も知らないという」

戸沢が一番負けているという若いパイロットの顔をのぞきこんで告げた。

「いまだどこへ行ったか謎だ。わかるか」

テーブル上のメモをちらりと見た若いパイロットは歓喜溢《あふ》れる笑顔となって答えた。

「はい」

若いパイロットをからかったのか、そそのかしたのか、曖昧に笑って首を振った戸沢が声を張った。

「皆、集まってくれ」

第三〇一飛行隊が運用するF－4ファントム戦闘機は、航空自衛隊始まって以来の二人乗りである。学生と教官が乗りこむ練習機や、運用が始まって数年しか経っていないF－15複座型と違って、前後席で任務を分けている。大雑把にいえば、前席は操縦と攻撃、後席はレーダー操作と航法を担当する。単座機であれば、すべて一人でこなさなくてはならない。

メリットは二つの頭に四つの目であるため、それぞれの任務に集中できるだけでなく、空中の見張りを分担できる。視野を前方、後方、もしくは左右に二分割し、肉眼による索敵を行う。また、無線交信でも空戦訓練中に複数機が怒鳴りあったり、米軍相手に早口の英語を聞きとらなくてはならない場合でも前席は後席に確認できたりする。

もっとも訛《なま》りの強いネイティブイングリッシュが聞きとりにくいのは誰もが同じで、前席のパイロットが聞きとれず、後席に確認したところ……。

――おい、今、米軍《アメちゃん》の管制官《タワー》、何つった？

――何がですか？

後席員も人の子、聞きとれないものは聞きとれない。前席は先輩であることが多く、後席は常に従順であるようしつけられているため、すっとぼけ、何もなかったことにしてしまうのである。

前後席に同期のパイロットを乗せないという不文律がある。まったくの同期の場合、相反する意図が真正面から衝突し、互いに譲らず、ほんの一瞬でも停滞を招く危険性がある。たとえば、機体がどうにもならなくなり、射出脱出する場合だ。ここで同期の意地がぶつかったのでは命が危険になる。いずれにせよ戦闘機の動きは早く、一分一秒も無駄にはできない。

米軍管制官の無線が聞きとれなかった前席のパイロットは、無線機の送信スイッチを入れ、悠々と声を吹きこんだ。

――もう一度《セイ・アゲイン》。

複座機のデメリットは、撃墜されれば、一度に失われる命が二つになる可能性がある点だ。

従って待機所に詰めているのは、パイロットだけでも八名、単座機の倍になる。F－86Fセイバー、F－104スターファイターと単座戦闘機を乗り継いで来たベテラン戸沢がF－4部隊に配属された当初、ごちゃごちゃ人がいると映ったという。

八人のパイロットがぐるり取りまいたところで戸沢がフライトスーツのポケットから折りたたんだ航路図を取りだし、テーブルの上に広げた。全紙大の薄紙には本州西部から沖縄までの空域が印刷されていた。

戸沢は長崎県の西部に指を置いた。

「昨夜佐世保を出港したカール・ヴィンソンは現在五島《ごとう》列島の南側を西進している」

パイロットたちに緊張が走った。

アメリカ海軍のニミッツ級原子力空母カール・ヴィンソンはアメリカ海軍インド洋艦隊に所属し、来月三日から行われる米韓共同演習に参加するため、二日前に長崎県佐世保港に入っていた。

空母が単独で行動することはなく、ミサイル巡洋艦や駆逐艦、フリゲート艦、補給艦など水上艦だけで十隻あまり、さらに潜水艦二隻が随伴する空母打撃群を率いている。空母は七十機前後の作戦機を搭載し、凄《すさ》まじい攻撃力を有するが、同時に敵にとっては至高の標的となる。ゆえに打撃群の各艦艇は空母を取り囲み、護衛と周辺監視を行っている。

戸沢を囲むパイロットたちが緊張したのは、五島列島の南側を西進というところだ。五島列島までは福岡県にある築城基地が担当し、それより西は新田原基地が受けもつ。つまりカール・ヴィンソンは新田原基地が警戒する海域に入ろうとしている。ただし、空母が攻撃を受けても航空自衛隊は救援には動けない。あくまでも日本国の防衛が任務であり、日米間の集団的自衛権は認められていない。

つまり米軍が攻撃を受けたとしても、心情面がどうあれ一切の救援ができないということだ。

戸沢が言葉を継ぐ。

「今朝の気象隊のブリーフィングでもあった通り、現在台風十三号が長崎県西部を縦断中だ。悪いことに西へ逸《そ》れたはずの十二号がこちらに引き戻されていて、今夜には五島列島に達すると予想されている」

本庄はテーブルの上の航路図を見つめた。

アメリカの空母が日本海にあるとソ連が偵察機を飛ばしてくる場合が多い。また、悪天候時にも航空自衛隊の能力を測るため、偵察を行う。台風を突っ切って上がれなければ、有利に攻撃できるからだ。ＡＤＩＺに侵入してから何分で航空自衛隊の戦闘機がやってくるか、ソ連機の搭乗員たちはストップウォッチを手に待ちかまえている。

藤松が戸沢に顔を向けた。

「もう一隻は？」

ほんの束《つか》の間《ま》、藤松を見返した戸沢が答えた。

「ちょうど対馬の西にかかったところ」

今回の演習では神奈川県厚木《あつぎ》基地を本拠とする太平洋艦隊所属の空母ミッドウェイも参加する。

台風も二つなら空母も二隻だ。

　どうして台風の中へわざわざ出ていったのか。常識では考えられない。

　そのとき、ディスパッチャー席の電話が鳴りひびき、パイロットたちに緊張が走った。スクランブルの手順にディスパッチャーが電話で発進命令を受け、ベルを鳴らすというのがあるためだ。

　だが、ベルは鳴らなかった。短く受け答えをしたディスパッチャーが戸沢に告げた。

「班長、サハリンから四機上がったそうです」

3

午前十時四十分（UTC　01：40）、宮崎県・新田原基地
「以上だ。何か質問は？」戸沢は航路図を折りたたみながらパイロットたちを見まわしたが、誰も口を開かない。「よし、解散」

　戸沢が本庄に目を留める。

「ジョー、ちょっと来い」

「はい」

　背を向け、戸口に向かう戸沢に従う。

　鼻の下に髭をたくわえた戸沢の風貌は古武士然としている。見かけだけでなく、戦闘

機パイロットというより一人の武人であり、勇猛果敢の象徴である虎に徹するという名はずばり身上でもあった。それだけに指導は厳しく、オニトラが後輩や部下たちのつけたあだ名であり、タックネームはもちろんタイガー。

アラートパッドを出たところで足を止めた戸沢がふり返った。

「電話、つながらないみたいだな？」

本庄ははっとして足を止めた。

戸沢とは因縁浅からぬものがあった。まず第三〇一飛行隊に来て、ファントムに乗り始めたときの教官が戸沢だった。そのまま三〇一に配属となったあと、後席員としての錬成訓練時もそのまま戸沢の後ろに乗った。噂《うわさ》に違《たが》わず指導は厳しく、夜、基地の中にある単身者寮のベッドに入って何度も涙にくれ……、というほどではなかったにしろ、フライトのたびに大汗をかいた。

人の才能を伸ばすのに二つの方法がある。褒めて長所を伸ばすか、叱って短所を直すか。戸沢は徹底して後者だった。手順を抜かしたり、操作を間違えたりするとすかさず叱りとばされ、飛行後のブリーフィングでは失敗の原因をとことん追及され、そこでふたたび間違えたり、黙ってしまうとさらに怒鳴りつけられ、そのあとは腕立て伏せや装具を着けての場内マラソンをやらされた。

おれなんか優しい方だよ、と戸沢が宴席でいったことがある。まだ戸沢が学生だった頃、装具を着けたままの同期生がタクシーウェイで降ろされ、走らされた。その後ろから教官がプロペラを回したままの練習機で追いたてたという話だ。

とくに厳しかったのは、飛行安全に関わるミスだ。どれほど些細《ささい》でも見逃されなかったし、小さなミスがその後どのような事態に発展するか、想像して、口頭でシミュレーションさせられた。

飛行機は後戻りどころか、空中で止まることもできない。計器のわずかな差異を見逃しただけで死んだパイロットは少なくない。

本庄は、オニトラのオニトラたる所以《ゆえん》を我が身で知る数多いパイロットのうちの一人である。しかし、みょうにウマが合った。

前後席二人乗りのファントムのパイロットは学生として一通り操縦を学んだあと、まずは後席員として配置され、訓練が始まる。一定のレベルに達すると後席員としていよいよ実働任務に就くのだが、初めてホットスクランブルで上がったときも前席は戸沢だった。

パイロットに愛機はない。日々、自分が乗る機体がアサインされる。愛機と呼べるのはひとつの機体を担当する整備小隊の隊員三名であり、そのうちの責任者、いわゆる機付長の名前が機体に記されている。

アラート任務に就き、初めて対領空侵犯措置行動に飛びあがったときもたまたま戸沢の後席だったに過ぎず、単なる偶然、もしくは縁ともいえた。

後席員を一年ほど務め、その後、前席転換訓練に移行した。第三〇一飛行隊にはファントムに乗る新人パイロットの養成任務があり、ほかのファントム部隊にくらべて飛行班員が多いだけでなく、どうしても訓練時間は学生と飛行班員とで分け合う恰好《かっこう》になる。そのためほかの飛行隊であれば、半年ほどで前席転換訓練に入れるのに対し、倍ほどの期間を要し、教習所なるいささか不名誉なあだ名をつけられていた。

面と向かっていわれたことさえある。年に一度、全国に六つあるファントム部隊が一堂に会し、技量を競う戦技競技会が開かれており、本庄も後席員として一度だけ参加しているが、そのとき航空学生同期のパイロット——すでに前席員として隊長機の二番機を操縦していた——に出くわしたのだ。相手はにやりと笑っていった。

『教習所に実戦部隊が負けちゃ恥だからな』

くだんの戦技競技会では同期パイロットの飛行隊に勝っている。そのとき、本庄は戸沢の指名で後席に乗っていた。

妻の実家にかけた電話がつながらないことをずばりと指摘され、本庄はしどろもどろになった。

「あ……、いえ……」

「壁に耳あり、障子にメアリーさんの子羊というだろ」

戸沢は立派なオヤジでもある。おそらく運行管理官が知らせたのだろう。由美子がずっと熊本にいることは飛行隊では知られていた。

「ほら」

戸沢が待機所のわきに停めてある濃いブルーのライトバンを顎で指した。運転席には班長付き、次期班長といわれるベテランが乗っている。

「あいつと交代しろ」

「いえ」反射的に本庄は答えていた。「女房のことは気になりますが、ジャンと来て、エンジン二基回せば、ふっ飛びます。考えるのは生きるか、死ぬかの二つだけです」

「馬鹿もん」

久しぶりにタイガーの雷が落ち、本庄は首をすくめそうになった。相変わらず腹に響くほどの怒号だ。

「考えるのは生き残ることだけにしろ」

「はい」本庄は小さく一礼した。「それより班長の方こそ何もありませんでしたか」

「何が？」

「今朝の全体ブリーフィングのあとです。隊長に呼ばれたじゃないですか」

毎朝、午前八時にはアラートに就いている以外の飛行班員すべて、整備小隊長、気象隊の予報官が集まり、ブリーフィングが行われている。訓練幹部からその日の訓練予定、整備小隊からは所属機の状態、気象隊からは詳細な予報が説明された。

もっとも今日は土曜日だったので飛行班員はアラートに就く八名が参加しただけだった。ふだんの週末であれば、隊長か飛行班長のどちらかが出席すればことは足りるのだが、台風が接近する中、米韓演習のため日本領海にアメリカ海軍の二個空母打撃群が入っている。

最後に隊長が飛行隊の無事故記録が更新されていることに触れ、くれぐれも事故のないよう心がけよと訓示があった。短いスピーチを終えた隊長が戸沢に何かないかといった。いつもならありませんというだけの戸沢がさっと立ちあがった。

『我々の勝利とはただ一つ、誰にだろうとピストルの弾《たま》一発撃たせないことだ。現況は緊迫している。ソ連がちょっかいを出してくる可能性は低くない。連中は軍人、月月火水木金金だ。我々の苦しい立場は奴らにとっては利点でしかない。各自、心してかかれ』

最初はぎょっとしたように目を見開いた隊長が見る見るうちに仏頂面になっていった。

ブリーフィングが終了し、隊長が全員の礼を受けたあと、戸沢に隊長室まで来るよう命じた。

「ああ、あれか」戸沢がにやりとする。「多少イヤミをいわれたな。クビまでちらつかせやがった」

「クビ？」

思わず声が高くなった。戸沢が顔の前で手を振る。

「何も自衛官を辞めろってわけじゃない。おれもそろそろいい歳《とし》だからな。地上勤務に回っても不思議じゃない」

本庄は思わず唾を嚥みこんだ。戸沢がにやにやしながら付けくわえる。

「私が覚悟してるのはクビじゃなくてハラですが、っていって、出てきたよ」

タイガーならいいそうだ。

ライトバンの助手席に乗りこんだ戸沢を見送り、本庄は肚《はら》の底でつぶやいた。

班長、メアリーさんの子羊じゃなくて、メリーさんの羊です……。

UTC 01：40、サハリン東方沖上空

操縦席を目一杯後ろに下げ、もっとも低い位置にしても足下は窮屈だった。ごつい飛行靴のせいでもあったが、そもそもクラコフの身長が百九十二センチもあるためだ。シートの背もたれを倒していれば、操縦舵輪やスロットルレバーに不用意に触れる心配はなかったが、ラダーペダルにうっかり足を載せないよう終始膝を曲げておかなければならない。そのまま二時間ほども飛びつづけると膝に鈍痛をおぼえるようになる。

Tu95は海軍でも利用され、Tu142と呼称されるようになった。その際、電子機器や操作要員が増えたことにともない天井高が四十センチもかさ上げされた。その機体が空軍にフィードバックされ、新たに製造された機体だけでなく、従来から装備している機体も順次改修されていった。クラコフにはありがたい改造だ。訓練が始まった頃の操縦室では座席に滑りこむまで首をすくめていなくてはならず、座っても天井の圧迫感は消えなかった。

天井高がかさ上げされたＴｕ95では前方の窓の上に高さ三十センチもある窓が並び、大幅に開放感が増している。

それでも足下の窮屈さは変わらない。右足はたまに通路に出せるが、左足はそうもいかない。

操縦席の左側は、ラダーペダル、左太腿辺りにトリムタブを操作するための直径二十センチにもなる円盤、スロットルレバー基部、地図などを入れておく作り付けの金属製ケース、そのほか細々としたスイッチ類が配置されている。

大学に進学し、故郷を離れるまでクラコフは自分の背が高いとは思っていなかった。兄は百九十五センチあり、父はほんの少しだが、兄よりも背が高い。しかし、祖父はさらにその上をいった。クラコフが十歳のときに亡くなったので並んで背丈を比べたことはないが、二メートルを超えるといわれていた。昔の写真を見ると、確かに若い頃の父親と比べても大きなことがわかる。

父方の血統は高身長でがっしりとした体型の男が多い。奨学金をもらってレニングラード大学に進学したあと、初対面の同級生たちがいずれもクラコフを見上げ、目を瞠《みは》るのでソ連人の中でも大柄だと自覚するようになった。ガリバー旅行記――大学の図書館で見つけるまでは目にしたことはなかった――の主人公が小人国で目覚めたときの気分が少しわかった気がした。

クラコフはレニングラード州西部に広がるノヴゴロド州の、さらに西端近くに位置する都市ペストヴォ近郊で生まれた。背高のっぽのクラコフ一族を象徴するのは父だ。一九一七年八月生まれで、勝利を意味するヴィクトルと名づけられた。

祖父がノヴゴロドの山林地帯にやって来たのは十五歳のときだという。その年齢で、すでに周囲を睥睨するほど大柄だった祖父は巨木を伐《き》り倒し、周囲の誰よりもたくさんの山林を拓《ひら》いた。寡黙で粘り強く、負けず嫌いだったために、過酷で理不尽な自然に何度打ちのめされても決して倒れなかった。

また、気のいい大男は誰にも頼りにされるようになった。嵐や水害、雪崩《なだれ》、極寒、火事や事故で家族や家を失い、今日食べる物さえないという家庭があれば、祖父は食糧や薪を手に訪ねていった。何もいわず、ふらりと。

村のリーダーになっていたのも自然の流れだったろう。

十月革命のとき、祖父は皇帝《ツァーリ》を倒す運動に加わった。家族の暮らしを少しでも楽にしたかったからで、村の人々も祖父に追従し、人の輪は村を越えて広がっていった。そうしたさなか、息子が生まれ、勝利と名づけた二ヵ月後、革命が起こったのである。

祖父は共産主義者ではなかった。死ぬまで字が読めなかったが、苦にもしなかった。望んでいたのは、妻と幼い息子の口を飢えさせず、厳しい冬の寒さに耐えられる家を持つことでしなかった。しかし、息子が十歳になる頃から雲行きが怪しくなり、一九三〇年代に入ると暗転した。

スターリンが政権を握り、畑から家、鍬《くわ》一挺《ちょう》に至るすべての私有を禁じ、ブルジョアジーを反革命的として糾弾、その一環で自作農を悪と決めつけた。

たしかに祖父たちが伐りだした材木は、むくむくと急成長を始めたソ連の首都モスクワ、古都レニングラードに送られ、さらには西ヨーロッパ諸国に輸出されたが、ブルジョアジーにはほど遠く、飢えない程度のパンとジャガイモ、凍死せずに済む小さな家があるに過ぎない。

スターリン率いる党中央は、森林資源を〝みんなのもの〟とし、山林も材木業者もすべて国有、いわゆる農業集団とした。今も昔も〝みんなのもの〟など存在せず、詭弁《きべん》でしかない。〝みんな〟を代表するのは国家であり、所有の代行とは独り占めの言い換えに過ぎなかった。

祖父は集団化に抵抗した。命がけで山野を切りひらき、家族を守るために皇帝を斃《たお》し、ようやく暖かな家と食べ物を手にしたのだ。もちろん国家は容赦しなかった。

祖父が教化のため、強制収容所に送られたとき、父は十二歳になっていた。背は伸びはじめ、躰もたくましくなりつつあったが、まだまだ幼かった。残された母とともに山林を管理する集団で働く以外に生きのびる術《すべ》はなかった。命じられるままに木を伐り、黙々と重労働に耐えた。

三年して戻ってきた祖父は、長身を羞《は》じるように背を丸めて歩くようになり、もともと寡黙だったが、ほとんど喋らなくなっていた。

それでも祖父は生きて家族のもとに帰ってこられただけ幸運といえた。

一九二〇年代末からスターリンが提唱して始まった計画経済の手法はソ連を成長させ、経済大国へと押しあげていった。しかし、その一方でほんのわずかでも反対する者、規則を破る者を許さず、収容所に送られた者だけで百万人、シベリアなど未開の僻地《へきち》に追いやられた者はその数倍に達した。前後してスターリンが断行したのが大粛清であり、政治家、軍人など合わせて数十万人が処刑もしくは追放された。

父ヴィクトルは祖父が戻ってきたあとも農業集団の一員として働き、出世することを選んだ。ただし、巧妙に立ち回って、規模の大小にかかわらず組織のナンバーワンにはならなかった。ナンバーワンになれば、周囲の嫉妬を買い、些細なミスを密告されるのはまぬがれない。

そうしてノヴゴロド州の森林集団における幹部となり、もちろん共産党にも入党した。誰もが父を国家への忠誠に篤《あつ》い理想的なソ連人と見なした。ソ連人など、どこにもいない。かつて哲学者や思想家が生みだし、その後、国家が便利に利用した虚構だ。

父の本意がどこにあったか。家族にさえ語ったことはないが、二十五歳のときに生まれた長男に祖父の名をつけ、二人の女の子を挟んで、十年後に生まれた次男に自らの名をつけたことに本意の一端を垣間見《かいまみ》ることができる。

二人目のヴィクトルの名は革命の勝利ではなく、クラコフ一族の再生が託されており、それは同時に祖父を廃人同様にしてしまった国家に対する復讐《ふくしゅう》を意味していた。

クラコフは子供の頃から成績優秀だったが、名門レニングラード大学へ進めたのは、父が森林集団の幹部であったことが大きく影響している。また一族の復讐心《ルサンチマン》がクラコフの内側で不屈の闘志となっていた。

レニングラード大学経済学部を卒業したクラコフは空軍を選んだ。奨学生としてトップクラスの成績をおさめていたクラコフは行き先を自ら決めることができた。党中央でも、国家保安委員会《KGB》でも、権力の中枢に進むことも不可能ではなかったが、パイロットの道を選んだ。空軍では花形といわれた戦闘機ではなく、重爆撃機を選んだ。

空軍に入った翌年、一九七六年九月にベレンコが日本に亡命したせいで戦闘機への搭載燃料が半減されたためだ。航続時間を極端に短くすれば、二度と亡命などという不心得を起こすパイロットが出ないと考えたのである。

単座の戦闘機ならパイロット一人が亡命を決意すれば飛んでいけるが、七名から十数名が乗り組む爆撃機であれば、全員そろって亡命とはなりにくいし、鈍重な爆撃機なら戦闘機を緊急発進させれば、いつでも撃墜できる。

レニングラード大学卒のクラコフは空軍において将来を嘱望される存在であった。そのおかげで実戦部隊だけでなく、司令部における幕僚勤務も課された。

燃料を半分しか搭載しない戦闘機と、幕僚勤務が重なって、クラコフを窮地に追いこむなどとは夢にも思わなかった。ちょうど二年前……。

そのとき、耳元に耳障りな警報が響き、クラコフの回想は断ち切られた。

目を上げ、計器盤の上部に取りつけられているレーダー警戒装置を見やった。中央に描かれた機体のシンボルマークの左に赤いランプが灯《とも》っている。

敵性レーダー波を左舷に受けていることを示している。だが、警報は弱い。視線を下げ、高度計に目をやった。間もなく一万メートルに達しようとしている。機首はほぼ真西に向けられている。所属部隊が展開するウクラインカ基地に向かう通常の航路である。レーダーは北海道稚内《わっかない》にある日本空軍のものだろう。だが、機首を南に転じないかぎり日本の戦闘機が上がってくることはない。

Ｔｕ95は水平飛行になった。クラコフは副操縦士ラザーレフの左腕をぽんと叩いた。

ゲルトが目を向けてきたところで機体後部を指す。

ゲルトがうなずく。酸素マスクとヘッドギア前縁に挟まれた目が悲しみをたたえているように見えた。クラコフは目だけでにやりとして見せ、次いで酸素マスクの留め具を外し、ヘッドギアを脱いだ。ハーネスと座席ベルトの連結を解いて、立ちあがり、ヘッドギアと酸素マスクを座面に置くとスイッチ類が並んだ頭上パネルにぶつからないよう首をすくめて通路に立つ。

操縦席から出ると通路は三十センチほど低くなっているので背を伸ばすことができた。右舷の航空機関士ゲルト、左舷の無線士ミーニンに声をかけ、後部に向かう。中央奥、一段高い席では兵装担当士官スミルノフが背を向けている。席が一段高くなっているのは天井に透明なドーム状の観測窓があるためだ。座面に立てば、頭をすっぽり入れることができた。

左舷の航法士ゼレンスキーがふり返ったのでうなずいて見せた。右舷に目をやるとヘッドセットも着けずにタラカノフが座り、窓の下辺に左肘をついて外に広がる雲海を眺めていた。

「同志中佐」

クラコフは声を張った。タラカノフがふり返る。

「コーヒーでもいかがです？」

タラカノフが座っている予備席の背中側には飲み物のサーバーが取りつけられていて、乗員なら誰でもコーヒーを飲むことができた。タラカノフがうなずくのを見て、クラコフはサーバーの上の棚からマグカップを取りだし、コーヒーを注いだ。

タラカノフに差しだす。

「ありがとう。ちょうど咽《のど》が渇いていたんだ」

にこりともしないでカップを受けとったタラカノフがいきなり床に中身をぶちまけると持参した雑嚢から瓶を取りだした。ちらりとラベルが見えた。中身はウォッカ、それもかなりの高級品だ。

空になったカップにウォッカを注いだタラカノフがひと口飲んでクラコフをふり返る。

「君にとって今回の作戦は軍人として、いや、人間としての名誉回復の好機だ。決して逃さないことだ」

人間として?——反発を感じながらもクラコフは表情を変えなかった——あんたたちにいわれたくない。

思いとは裏腹に落ちついた声で答えた。

「わかっております、同志中佐」

「我々の期待を裏切るな」

窓の外に目を向け、ウォッカをあおるタラカノフに向かって、クラコフは形ばかりの敬礼をすると操縦席に引き返した。

午前十時四十五分（ＵＴＣ　０１：４５）、宮崎県・新田原基地

待機所に戻ると永友真浩《ながともまさひろ》が気象用コンピューターのディスプレイを心配そうな顔をして見ていた。永友は本庄の後席員にアサインされている。

本庄はわきに立って声をかけた。

「気になることでもあるのか」

「台風もそうですけど、さっき班長に電話が来て、ソ連の飛行機が上がったといってたじゃないですか」

「そうだな。だけどＡＤＩＺに近づかないかぎりうちらには関係ない」

「同期が千歳にいましてね」

千歳基地には同じくＦ－４を擁する第三〇二飛行隊が配置されていた。永友と同期ならまだ後席員だろうかとちらりと思った。すでに前席転換訓練に入っているかも知れない。

永友がつづける。

「デン……、田川《たがわ》という奴なんですが、昨日の夜、電話が来たんですよ」

「いい若い者《もん》が金曜の夜に同期に電話かよ。色気がないな」

「いやぁ、あいつも今日はアラートなんで、暇こいてたんじゃないですかね。そしたら私もたまたまアラート前で家におった、と」

「DJの同期なら、まだ後席か」

DJと呼ばれて、永友がちょっと顔をしかめる。今年の夏、タックネームが変更になった。小型オートバイのコマーシャルに出ている黒人俳優だかモデルが永友にそっくりだと評判になり、班長の戸沢がタックネームの変更を命じたのだ。本人はしっくり来ていないのかも知れない。

「そうです。もう前席《ぜん》転換《てん》訓練には入ってるんですけど、アラートはまだ無理です。前席がですね、あの伝説《レジエンド》の男なんですよ」

「ああ、あれか」

第三〇二飛行隊の那須野治朗《なすのじろう》三等空佐は十年ほど前、イスラエルで実戦に参加したと噂されていた。あくまでも噂だが、そのときシリア空軍機を撃墜したという。

「レジェンドねえ……、おれには信じられんけどな」

本庄は腕を組み、首をかしげた。

4

午前十一時（UTC　02：00）、宮崎県・新田原基地
「台風十三号の直撃を受けた鹿児島県カモウ町の八幡《はちまん》神社では社殿が大破し……」

ニュースを映しだしているテレビ画面を見て、本庄は胸のうちでつぶやいた。

今、カモウといわなかったか。

画面に出ているテロップには蒲生八幡神社と書いてあるが、アナウンサーがはっきりカモウとくり返した。

「またこの神社の御神木で、推定樹齢千五百年とされている特別天然記念物の大クスも甚大な被害を受け……」

画面に映しだされている巨木は根元付近が大きく抉《えぐ》られ、周囲には折れた枝が何本も落ちていた。台風十三号による死者、行方不明者は現時点でわかっているだけで十名を超えているが、被害状況が明らかになるにつれ、さらに増えると予想できた。

待機所中央のテーブルを囲んだ連中もさすがにトランプに手を伸ばす気にはなれないようで全員がテレビに目を向けている。すでに死者、行方不明者が出ている以上、深刻にならざるを得ないし、ましてや隣県での出来事だ。蒲生町《かもうちょう》は錦江《きんこう》湾北西部の山地に

位置する。

テーブルのわきに立ち、やはりテレビに目を向けている永友を見て、同期が千歳基地でレジェンドの後席に乗っているといっていたのを思いだした。

千歳か……。

北海道生まれの本庄だったが、道東の片田舎《かたいなか》の町に生まれ育ったので、千歳にそれほど縁があったわけではない。しかし、人生を変える分岐点となったのは間違いない。

高校三年生の春、そろそろ進路を決めようかと考えていた本庄だったが、これといってやりたいことが思い浮かばなかった。田舎町とはいえ、一応の進学校で同級生の八割以上は大学受験を考えていた。本庄も何となく大学へ行こうとは思っていたが、志望校も思いつかなかった。

そうした中、クラスメートの一人が表紙に戦闘機の写真が載ったパンフレットを見ていた。父親が陸上自衛官だったが、陸上自衛隊と戦闘機がどうしても結びつかなくて訊いてみた。クラスメートは笑って、航空自衛隊のパンフレットだと教えてくれた。それが航空学生制度を知ったきっかけになる。

航空学生は高校を卒業して受験でき、将来は戦闘機のパイロットになれるとクラスメートは鼻の穴をふくらませ、まるで自分がもう航空学生の一員であるかのように自慢しはじめた。学生とはいっても自衛官の身分が与えられ、給料がもらえるし、パイロット養成の主力コースで、実際、航空自衛隊のパイロットは七割方が航空学生出身者だという。

親父は陸上自衛隊だろというと、それこそ父親に勧められたというのだ。戦闘機パイロットはとんでもない高給取り――実際にパイロットとなって俸給を手にすると、確かに給料は悪くないものの、とんでもないというほどのレベルではなかった――だし、中途退職して民間航空会社のパイロットに転じることも可能だという。給料をもらいながら飛行機の免許が取れるというのだ。

ただし、競争倍率が高く、合格するのは至難だともいった。

本庄が惹《ひ》かれたのは、三次試験まで進めば、適性検査として飛行機に乗れるという点だ。間もなく十八歳になろうという時期だったが、それまで一度も飛行機に乗ったことがなかった。

乗ってみたいと思った。試験には通らなかったとしてもただで飛行機に乗れるなら受験する価値はある。飛行機に乗れるのは、一次の筆記試験、二次の身体検査をパスした者だけという部分は考えないようにした。

クラスメートとともに札幌で実施された一次試験、二次試験を受けた。残念ながらクラスメートは一次試験を通らなかったが、本庄は合格した。三次試験は山口県防府《ほうふ》市で行われるという。ここで目算違いが生じた。一次、二次と合格したことを喜んだ父親が奮発して千歳から東京まで飛行機で行く費用を出してくれることになったのだ。帰りは列車ということだったが、気にはならなかった。

つまり航空学生の試験で生まれて初めて飛行機に乗るはずが試験に向かうときに旅客機に乗ることになったのだ。

案内板を見ながら新千歳空港を歩いているとき、空港全体が震えるほどの轟音《ごうおん》に足を止め、大きな窓の向こうに広がる滑走路に目をやった。最初、音源が見つけられなかった。だが、音は確実に聞こえている。窓に近づいた本庄は長い滑走路に小さな飛行機が一機だけ止まっているのを見つけて、ぽかんと口を開けた。空港全体を震わせる大音量と、小さな飛行機とがまるで結びつかなかったのだ。

連想したのは、セミだ。夏の盛り、大木に止まって大音量で鳴くミンミンゼミのようだと思った。

今から思いかえせば、飛行機はF－86Fセイバーで、停止させたまま、思いきりブレーキを踏んで出力を八十パーセントまで上げるエンジンランナップを行っていたのだ。いったん轟音が静まったかと思うとさらに大きな音が響きわたり、空港の大きな窓がびりびり震えるのを感じた。ブレーキペダルから足を下ろし、出力を離陸に必要な最大まで上げたのだから当たり前だ。

小さな機体はあっという間に加速し、飛びたっていった。空の彼方《かなた》に小さくなっていく機体を目で追いつづけたのはいうまでもない。すっかり見えなくなったあとも空を見つめつづけ、思った。

ひええ、カッコいい――。

十二年前の出来事だ。三次試験も無事合格し、通知を手にして入校を決めた。自衛隊に入り、パイロットを目指すと聞いた母親は心配していたが、父親は大喜びした。本庄を決意させたもっとも大きな理由は頭の上にどよんと乗っていた受験の二文字が消えた点にある。

本庄が航空学生を卒業する頃には自衛隊初の複座機としてF－4ファントムが導入され、主力戦闘機となっていた。当然、第一志望はファントムだった。念願かなってファントムライダーの一員となってからはずっと、転換訓練を受けた第三〇一飛行隊で勤務している。

その後、訓練で何度も千歳基地へ飛び、滑走路に出てランナップをするときには、ついい空港ターミナルに目をやってしまった。ぽっかり口を開けた間抜け面の高校生がそこに立っているような気がしたからだ。

テレビの画面では、台風が通過していったあとの九州西部一帯の被害状況が次々に映しだされていた。

UTC　02：10、サハリン東方沖上空

操縦席に戻ったクラコフはシート座面に放りだしてあったヘッドギアを取り、とりあえず腰を下ろした。ため息を吐《つ》き、ヘッドギアを被ったが、酸素マスクも顎のストラップも留めなかった。座席ベルトとハーネスは何とか連結した。

また、ため息が漏れる。タラカノフから人間として名誉回復といわれてから脳裏にはある声がくり返し蘇《よみがえ》っていた。

照明がすべて消えた……、照明がすべて消えた……、照明がすべて消えた……。

雑音混じりの無線交信ながら声の主の驚愕《きょうがく》と苦悶《くもん》、そしてまぎれもなく怨嗟《えんさ》がありありと表れていた。

悪夢が始まったのは、すべてはあの日――一九八三年九月一日未明だった。

サハリン・ソコル基地に置かれていた防空司令部――暗号名《コードネーム》〈デプタット〉――の幕僚として勤務していたクラコフは当直に就いていた。深夜、上部組織であるハバロフスクの極東軍管区空軍司令部から緊急無線が入った。

当直士官のクラコフが応答すると、すぐに基地司令官である大佐を呼べという。カムチャツカ半島のレーダーサイトが北東上空をこちらに向かってくる機影を発見し、状況から判断して米軍の電子偵察機ＲＣ－１３５であり、すでにソ連側の識別コード６０６５が付与されたとのことだった。

一九八〇年代に入ってからアメリカはヨーロッパ、極東での挑発行動をくり返していた。一九七九年末、ソ連は同盟関係にあったアフガニスタン政府の要請を受け、軍事介入を行っている。前年、アフガニスタンでは反体制派の武装勢力が蜂起し、七九年にはほぼ全土を支配するまでになっていた。しかし、アメリカが国際社会に向けて自由、平等、平和と口当たりのいい、思考停止ワードを並べたてながら、陰では反体制武装勢力に武器を大量に流し、ＣＩＡの準軍事組織《パラミリタリー》がゲリラたちを訓練しているのは明らかだった。それがソ連による軍事介入のきっかけとなった。

一九八〇年、モスクワで開催されることが決まっていたオリンピックについて、アメリカはボイコットを表明し、同盟各国に足並みをそろえるよう要請した。アメリカの影響下にあった日本、西ドイツ、韓国や、反共産主義色の強い国など五十ヵ国近くが不参加を決めた。これは表に見える運動に過ぎなかった。アメリカはアフガニスタン反体制勢力への軍事支援を継続させ、同時にソ連に対する政治的、軍事的挑発をくり返してきた。

アフガニスタンへの軍事介入から三年半が経過しているが、かの国の政情はいまだ安定せず、戦争状態がつづいている。

また、アメリカはソ連に対し、軍事的挑発を継続しており、その一つにアリューシャン列島からカムチャツカ半島にかけての空域における軍用機の領空侵犯があった。一九八三年夏には空母打撃群をソ連領海ぎりぎりまで進出させている。電子偵察機ＲＣ－１

35などすっかり馴染《なじ》みでもあったが、ハバロフスクの軍管区空軍司令部からソコル基地に直通電話が入ったのには特別な理由があった。

カムチャツカレーダーから6065が消えたというのだ。

またか、と思いながらもクラコフは司令官コルヌコフ大佐に連絡を入れ、上級司令部からの命令を伝え、現状を報告した。大佐は三十分ほどでソコル基地司令部地下通信室にやって来たが、赤らんだ顔は不機嫌そのもので酒臭い息を吐いていた。大量のウォッカを飲み、寝に就いたところを起こされたのだろう。

大佐も、クラコフも何も起こらないことを予想していた。ハバロフスクから連絡を受けたとき、またかと思ったのも同じ理由だ。極東のソ連防空警戒網は、アメリカが喧伝《けんでん》するほどには優秀ではなかったからだ。設備も機材も数はそろえてあったものの、いずれも古い上、整備や補修が充分ではなく、人員も不足していて、識別不明機を見失うことが多かった。

ところが、午前三時過ぎになって事態が一転する。カムチャツカレーダーが今度は半島の西側を飛行する機影を捉えた。しかも機影は突如出現したという。カムチャツカレーダーは、低空飛行をつづけた6065が上昇し、サハリン上空に向かっていると説明した。

だが、本当のところはレーダー機材が故障していたか、間抜けな要員が居眠りでもしていたのだろう。６０６５の識別番号に91という符号を添えていたからだ。91は未確認を表す。つまり６０６５らしいが、ずっと追尾していたわけではないと一応の表明をしている。あとになって追求されたとき、６０６５を追尾しつづけたとも、いったんレーダーから消えたと報告したとも主張できるよう記録に残したのだ。

防空識別圏どころか領空に向かって一直線に飛行してくる機影が６０６５、米軍のＲＣ－１３５に違いないとハバロフスク軍管区司令部、麾下《きか》のソコル基地司令部は確信し、戦争勃発の危機に戦慄してしまった。

アフガニスタンへの軍事介入に始まったアメリカとの緊張関係は、前年十一月、ユーリ・アンドロポフが共産党中央委員会書記長に就任してピークに達していた。

長年にわたってソ連国家保安委員会《KGB》議長を務めてきたアンドロポフは、もともとアメリカが核兵器による先制攻撃をソ連に対して行おうとしていると疑っており、就任して四ヵ月後、アメリカ大統領のレーガンが戦略防衛構想《SDI》をぶち上げてからはその疑念が確信となり、世界中のＫＧＢ要員にアメリカによる先制核攻撃の兆候を監視させる一方、全軍に最大級の警戒態勢を命じた。

トップが抱いているのは疑念ではなく、確信である。先制核攻撃が間違いなく来るという先入観をもって監視をつづければ、取るに足らない動きでもすべて攻撃準備と映る。たとえば、血液銀行の動きがあった。ソ連は西側のいう血液銀行に貯蔵される血液がボランティアによる採血でまかなわれているということを信じなかった。銀行の名の通り、血液を買い集めていると見ていたのだ。ボランティアからの採血である以上、毎月の採血量には増減がある。貯蔵血液量の増大は、戦場で負傷した兵士用の備蓄増とみなされた。

そもそも情報の流れもいびつだった。KGB各支局から上がる報告は貯蔵血液増加だけしかなかったのである。減ったと報告しようものなら、職務怠慢とそしられ、増えたといえばちゃんと目を光らせていると褒められるのだ。

アンドロポフは確信をますます深めていった。

軍は最大級の警戒態勢を強いられながらも財政悪化による予算削減にあえいでいた。補給はとどこおり、現場将兵の負担は過酷になっていた。

そうした中、6065はまっすぐサハリンに向かって飛行している。ハバロフスク司令部はただちに戦闘機による邀撃《ようげき》を下令した。機材の不備、人員不足、そしていきなり領空へ深々と侵入されたことへの驚愕と恐怖による混乱は、邀撃に上がった戦闘機にも現れている。

下令直後、四機が上がった。内訳はサハリンの南東部に位置するソコル基地から二機、ソコルから三百キロほど北にあるスミルヌイフ基地、それに海峡を隔てた沿海州のジェムギ基地からそれぞれ一機ずつであった。

戦闘機は次々に目標の捕捉に失敗する。6065が飛行する高度一万メートルまで上昇するためには大量の燃料を必要とするが、タンク半分の燃料しかない。しかもスピードを上げれば、また、燃料を消費し、基地に戻ることさえおぼつかなくなる。

そうした中、一機だけが６０６５を捕捉するのに成功した。ソコル基地を飛びたったSｕ15戦闘機――コードナンバー８０５――だった。

８０５号機は国際航空協定で決められた通り、国際緊急周波数二四三メガヘルツで呼びかけを行った。だが、返事はなく、なおも６０６５は飛行をつづけた。

そして最悪の事態が起こった。６０６５にサハリン上空、よりによってソコル基地の真上を横切られたのだ。

無線での呼びかけに応答しないので司令部は８０５号機に対し、警告レベルを引きあげるよう命じた。機関砲による警告射撃である。命令に従い、８０５号機は四百発もの機関砲弾を発射している。

六キロ後方から……。

通常、警告射撃に使用されるのは、弾頭に仕込まれたマグネシウムを燃焼させることで強烈な光を発する曳光弾《えいこうだん》だが、ソ連の邀撃機にはそもそも搭載されていない。領空侵犯を警戒するのではなく、防空を目的とする邀撃機が威力の劣る曳光弾など搭載していないのは世界的な常識だ。昼間であったとしても機関砲弾を目にすることは不可能だった。たとえ曳光弾を積んでいたとしても六キロも後ろから撃ったのでは６０６５の視界に入るはずもなかった。進行方向の前方に撃ちこんで初めて対象機のパイロットが気づくのである。

ハバロフスク司令部からソコル司令部に指令が来た。805号機を前進させ、6065の操縦席から見える位置に行って、強行着陸させよという内容だった。だが、すでに805号機の燃料は基地へ戻る最低限の量に近づいており、加速して追いつき、並行して飛びながら強行着陸を命じることは不可能だったし、同時に上がったほかの三機はすでに燃料が尽き、基地に戻っていた。

ようやく6065に追いついたパイロットから目標機が加速していると報告が入った。そのときクラコフは、ソコルとハバロフスクの司令官同士が言い争うのを聞いている。上級のハバロフスク司令官は現場の判断を優先するといい、ソコル司令官は反論した。撃墜を命じるなら最上位の将官でなくてはならない、と。

ソコル基地の司令官は大佐、ハバロフスク司令官は少将の地位にある。

早い話、責任をなすりつけあったのだ。そこへなおも目標機が加速しているという805号機の切迫した報告が入り、ソコル司令官の大佐はクラコフを見た。

マイクを持ちあげたクラコフは送信スイッチを入れた。

『目標を撃墜せよ』

誰もが目標機が6065という識別番号を付与されたRC－135だと確信し、これから始まる戦争に震えあがっていた。８０５号機がミサイルを二発撃ち、通信を送ってくるまで……。

〝目標機の……、照明がすべて消えた〟

クラコフは恐怖が咽元にせり上がってくるのを感じた。

過去からの声にとらわれ、呻《うめ》きそうになったクラコフを飛行するＴｕ95の操縦室に引き戻したのは航法士ゼレンスキーだった。

「カピタン、あと五分で旋回点です」

クラコフは顎の左側にぶら下がっていた酸素マスクを口元に押しあて答えた。

「了解」

ちらりと右を見る。ラザーレフがうなずいた。

「あと五分で南に変針する。旋回に備えよ」

Ｔｕ95／228号機を先頭とする四機編隊は一斉に南に針路を変える。目標は日本と韓国の間に展開している二個の米空母打撃群だ。

クラコフはヘッドギアのストラップを締め、酸素マスクを留めた。

午前十一時十五分（ＵＴＣ　０２：１５）、北海道・千歳基地

航空自衛隊千歳基地の緊急発進待機所《アラートパッド》で三等空尉田川幹也《みきや》は目を上げた。トイレに立

っていた那須野治朗三等空佐が戻ってきたのだ。

五分待機に就いている那須野、田川組はフライトスーツの上に窮屈なＧスーツを着け、フライトブーツのジッパーも上げてあった。那須野は今日のアラート勤務で前席に割り振られているだけでなく、田川には名付け親でもあった。

パイロットは固有のタックネームを持っている。田川の場合はデンだ。新田原での機種転換訓練を終え、千歳の第三〇二飛行隊に配置されたとき、隊長からタックネームの希望はあるかと訊かれたのでディーン《DEAN》と答えた。ジェームズ・ディーンのファンというわけではなかったが、少なくとも新田原で仮につけられたタックネームよりはマシだ。

同時期に学生として入ったのは三人で、田川のほかは竹村《たけむら》、永友の二人だった。そのときの隊長がいきなり怪獣シリーズで行こうといいだした。

『竹村はケツをとってケムラー、あとの二人はペギラとガラモンだ』

田川がペギラ、永友がガラモンになった。訓練中、三人はずっとそのタックネームで呼ばれた。昨日の夜、アラート前夜で酒も飲めず、独身宿舎にいた田川は怪獣シリーズ仲間の永友に電話をした。金曜の夜で宴会に出かけているかも知れないとは思ったが、暇つぶしの相手がほかに思いつかなかった。ところが、永友もアラート勤務に割り振られており、官舎——新婚だったので官舎があたっている——にいた。

ガラモンと呼びかけるとＤＪになったといい返された。すぐにオートバイのコマーシャルが浮かび、大笑いしてしまった。DJ、DJと連呼しながら踊る黒人が確かに永友に似ていたからだ。永友は不満そうだったが。

タックネームならおれもだ、と田川はいったものだ。

ディーンを希望しますというと隊長は顔をしかめて首を振った。入りたての若僧には不似合いだというのだ。異議を唱えてくれたのが那須野だった。

『Aだけ抜いたらいい。あとは田川が精進して、いずれエースになれば、そのときAを戻すってことで』

DEANからAを抜いて、デン……。

いきなりベルが鳴りひびき、ちょうど格納庫につながるドアの前にいた那須野が真っ先に飛びだしていく。田川も二番機の前後席員といっしょに駆けだす。

サハリンからソ連機が上がったことは情報として入っていた。西に向かっているということでスクランブルはかからなかった。

格納庫のF－4に駆けよりながら田川はちらりと思った。

南に機首を向けたんだな……。

第二章　スクランブル

午前十一時十六分（ＵＴＣ　０２：１６）、北海道・千歳基地

ホットスクランブル下令を告げるベルが鳴ったとき、ちょうど格納庫へ通じるドアの前にいた那須野が先行し、田川はあとを追う恰好《かっこう》となった。ドアを開ければ、そこはもう格納庫、Ｆ－４の油圧装置を動かす作動油の甘酸っぱい匂いが立ちこめている。

待機所のドアは機首側、機尾側に二ヵ所あって、機首に近い方から五分待機組のパイロット四人、機尾側から十人の整備隊員が飛びだす。格納庫は二つ、手前が一番機、奥が二番機になっている。そのため二番機のパイロット、整備隊員は機体の前後に分かれ、いったん外に出てとなりの格納庫まで駆けていく。

すでに那須野は操縦席の縁に引っかけてある梯子《ラダー》を上りきり、操縦席に入ろうとして

いた。ラダーに飛びついた田川は最初の段に左足をかける。左足と決まっていた。ラダーは七段で、最上段に左足がかかったところで右足を空気採入口《エアインテイク》の上に載せなくてはならない。逆だと踏みかえる時間をロスする。

五分待機といってもエンジンを回して、滑走路を離れるまでに許された時間でしかなく、四分台で離陸できるよう訓練を積んでいる。

右足をインテイクに載せ、後席風防の縁をつかんで左足を引きよせると同時に整備隊員がラダーを外した。田川は右足で射出座席の座面を踏んで乗りこみ、シートに腰を落とすや右腕をハーネスに突っこみ、そのまま右サイドパネル中央にある慣性航法装置《INS》のつまみを待機《スタンバイ》から起動《アライン》に切り替えた。

ホットスクランブルがかかったとき、後席員は一瞬でも早くINSをアラインさせることに命をかけている。航法を担うINSは作戦の命脈を握っている。自分がどこを飛んでいるかわからないのでは、そもそも作戦はできない。そしてINSを目覚めさせ、確実に働かせられるのは後席員だけなのだ。

スクランブル用に指定された機体は、いったんエンジンを始動して滑走路上でアフターバーナーを使い、シミュレートテイクオフを行って不具合がないことを確かめたあと、アラートハンガーに入れられる。所定の位置で停止し、車輪止め《チョーク》を噛まされてから外部電源を接続、エンジンがシャットダウンされたあと、後席員はINSに現在位置を表す緯度、経度を入力してからスイッチをオフにする。これでＩＮＳに内蔵されているジャイロコンパスが固定される。

通常であれば、ジャイロが回りはじめ、一定の回転数に達して安定したあと、現在位置を入力するのだが、これだけでも五分や六分を要する。こうした前段階をあらかじめ済ませておけば、ＩＮＳの電源を入れ、九十秒ほどでジャイロの回転が安定したところで、ＩＮＳと機上コンピューターを接続できる。

五分以内に離陸しなければならない状況下でこの時間短縮の意味は大きい。

そのほか田川はすべてのスイッチ類をエンジンスタート直前の状態に置き、酸素マスクを機体につないだヘルメットをコクピットの縁に置き、座席に連結してあるハーネス――海水に浸かると自動的にふくらむ浮き袋や発煙筒、海水に染料を広げるダイマーカー、発信器などを詰めたサバイバルベストが一体になっている――の右側を広げておく。飛び乗って、座面に尻をつくと同時に腕を突っこみ、ＩＮＳノブに手を伸ばすまでを一挙動で済ませるためにほかならない。

ＩＮＳをスタンバイに入れたときには、那須野は右エンジンの始動にかかっていて、コンプレッサーから送られてくる空気でエンジンのタービンブレードが回りはじめ、格納庫には騒音が満ちて機体が細かく震動する。

Ｆ－４のエンジン始動には機外の補助動力を必要とした。胴体下面にある取付口にエアコンプレッサーから伸びる直径四十センチもある太いホースをつなぎ、そこから高圧空気を吹きこんでタービンブレードを強制的に回す仕組みだ。

F－4はJ79ターボジェットエンジンを二基積んでいるのでホースも二本つないであった。通常の訓練フライトの際は右エンジンを回したあと、ホースをいったん取り外し、左エンジン用の取付口に接続しなおすのだが、スクランブルに備えて待機させてある機体には両エンジン用のホースがすでに接続してある。エンジンが始動すれば、ホースを外すだけでよく、少しでも時間を節約できる。エンジンスタートは通常通り、右、左の順にかけるが、二本同時に回すことも可能だ。

田川はヘルメットを被《かぶ》り、顎のストラップを留めた。ヘッドフォンから那須野と整備隊員の慌ただしいやり取りや無線機《ラジオ》の音声が流れてくる。

次いでGスーツのホースを機体につないだ。Gスーツはふくらはぎから腹部までを覆っており、エンジンから抽出した空気を取りこんで内蔵されている気嚢がふくらむようになっている。Gは躰だけでなく、内臓、血液にも等しくかかる。

機動中の戦闘機には下方にGをかけることが多く、F－4の場合、最大六Gに耐えられるよう設計されていた。平常の六倍の重さになった血液は当然下半身に押しよせるのだが、このとき、Gスーツはセンサーの働きによって気嚢をふくらませ、腹と両太腿《ふともも》、ふくらはぎを圧迫して血液をせき止める働きをする。脳に血液が回らなければ、失神、そして死の危険が待っている。

　初めて経験するとGは何とも不思議だ。地上でごく普通に生活していると人間の躰には地面に向けて一Gの重力がかかっている。戦闘機が空に腹を向け、宙返り《ループ》できるのは機体下面に向かって二G以上の重力がかかっているためだ。ジェットコースターのループも原理は同じで、ちょうど二Gなら躰はひっくり返っているのに、重力の感じ方はリビングで椅子に座っているのと同じになる。

　田川はちらちらとINSのインディケーターを見ながらハーネスを固縛し、股間にある射出座席《エジエクシヨンシート》の点火ハンドルを覆っているカバー——ロアガードを下げた。ロアガードは安全装置も兼ねており、上がっている状態ではハンドルに触れられないだけでなく、射出システムが作動しないようになっている。射出座席にはロケットモーターが内蔵されていて、パイロットがハンドルを引くことで点火、座席を機体から二十メートルほど上まで弾《はじ》きとばすようになっている。

　座席の後ろに重たいエンジンを搭載するジェット戦闘機は不時着ができなくなった。プロペラ機なら前方にエンジンを積んでいるため、地面に腹をこすって急制動がかかってもエンジンは前へ飛ぶ。だが、ジェット戦闘機では行き足を無理矢理止められれば、エンジンを固定してある太い金属のピンが折れ、二基のエンジンが前進、確実に操縦席を押しつぶす。まだエンジンが稼働中ならパイロットの肉体など回転するブレードでミンチに……。

結果は想像したくない。

射出脱出した先輩たちは何人かいたが、田川自身はシミュレーターでの経験しかなかった。二十メートルもの高さに打ち上げられるのは高度ゼロ、速度ゼロでもパラシュートが開く高度を稼ぐためだ。もっとも上空にあるときに射出したとしても生存確率は五十パーセントといわれる。射出時、パイロットには十五Gもの重力がかかるし、腕や足が座席の幅からはみ出していれば、簡単に切断される。無事に機外に脱出できたとしても海に落ちれば、溺死の可能性があるし、緊急事態は悪天候下で発生する確率が高い。

右エンジンの出力がアイドリング状態の六十五パーセントで安定したところで那須野が左エンジンの始動に取りかかった。

航空自衛隊のF－4EJは、米空軍のE型をベースに日本向けに改良された機体だ。元々、空母艦載機として開発されたF－4は海軍型が先で、そちらは前席にしか操縦桿がない。後席員はレーダーや航法装置を操作することに専念する。空軍型は、万が一前席のパイロットが負傷しても後席員が操縦して基地に戻れるように設計されている。もちろん前後席で任務分担するようになっているため、後席に配置されている計器類はエンジン関係だけでなく、高度計、速度計、姿勢指示器などだが、必要最低限であり、後席からはそもそも前がほとんど見えない。

それでも機体を操り、着陸させられるよう訓練を受けていた。

ＩＮＳパネルのグリーンランプが灯った。田川は那須野に告げた。

「ＩＮＳ、接続します」

「了解」

那須野が答えるのを聞き、ＩＮＳのノブをアラインから航法《ナブ》に切り替えた。以降、Ｆ－４がどの方向に動こうとＩＮＳの加速度センサーが加速度の方向と大きさをリアルタイムで計測する。加速度を積分すれば速度が求められ、算出された速度をもう一度積分することで距離が求められる。機体が動いた方向と距離をつねに把握することでＩＮＳは機体の位置を出せるだけでなく、地面と平行する水平面を姿勢指示器に反映させ、機体の傾きや反転を表示するようになっていた。

那須野が管制塔に出発を告げ、左右を確認するとＦ－４を前進させた。格納庫から操縦席が出たあたりでブレーキをかける。田川は右に目をやった。二番機が格納庫から出てくると那須野はブレーキを緩め、二基のＪ79エンジンを吹かして短い誘導路を進み、滑走路に出た。

アフターバーナー点火。機体が一気に加速する。田川はいつものように背中がシートに押しつけられるのを感じた。

UTC　02：30、北海道西方沖洋上、Tu95／228号機

「おい、交代の時間だろ。さっさとそこをどきやがれ」

イヤレシーバーから聞こえてきたぶっきらぼうな声の主は尾部銃手イワノフだ。機内通話システムは常時スイッチが入っている。ヘッドセットから延びるマイクを手で覆うか、口元から遠ざけておけば、声が筒抜けになることはない。

「まだ大丈夫だよ」

答えたのは、もう一人の銃手スロコムスキーだ。なおも二人の短い押し問答がつづく。どちらも若かった。イワノフは二十一歳、スロコムスキーにいたっては十九歳になったばかりだ。

またか――クラコフはため息を吐きそうになる。

階級ではイワノフが伍長《ごちょう》、スロコムスキーは上等兵だが、部隊への配属はスロコムスキーの方が三ヵ月ほど早い。学歴の差が昇進速度に現れていた。イワノフは中等教育を修了し、スロコムスキーは初等学校を卒業した直後に空軍に志願入隊している。

尾部銃座がある後部与圧区画は狭い。そこに二つの座席があった。最後尾には幅が狭く上部のすぼまった小さな窓があるが、一段低い二つ目の座席には窓がなかった。その席の両側に長円形の透明なドームが取りつけられているタイプもあるが、どちらかといえば旧型で、クラコフ機にはなかった。あまり役に立たなかったと見え、改修を受けた

機体ではどんどん廃止されていた。

尾部銃座には二砲身の二十三ミリ機関砲二基が備えつけられ、上下に百二十度、左右に六十度動かすことができ、最大射程は二千メートルを超える。銃座の上に後方警戒／射撃管制用レーダーがあるものの機敏に動きまわる現代戦闘機に対してさほど有効とはいえないし、大型爆撃機に真後ろから近づく間抜けな戦闘機パイロットはいない。

尾部銃座にも着弾点をガラスパネルに表示する電影照準器は備えつけられている。しかし、視野が限られるし、あまりあてにはならない。後方用のレーダー照準器のディスプレイは下段の席にあり、発射ボタンはどちらの席にもあった。

尾部銃手の二人組は座席を交代しながら見張りをするのだが、敵性の戦闘機が接近してこないかぎり任務はない。そうなると大敵は退屈で、たとえ空と雲しか見えなくとも最後尾の座席の方が気が紛れる。時間を決めて交代するように命じてあるのだが、若い二人は席の取り合いをしてはしょっちゅうもめていた。

いきなりスロコムスキーが声をかけてきた。

「カピタン、後ろから戦闘機が近づいてきます」

クラコフはレーダー警戒装置をちらりと見た。レーダー波は左の真横と前方から照射されていたが、後方からは浴びせられていない。

「射程内に入ったら撃ってもいいですか」

緊急発進してきた日本空軍の戦闘機は内部規定によって、敵味方識別不明機——不明なら明らかに敵だとクラコフは思う——とは六百メートルの間隔をあけなくてはならないのは、日本周辺を飛ぶソ連軍パイロットにとって周知の事実だ。ひと言でいえば、連中は緩いのだ。だが、ときには禁断のエリアに踏みこんでくる性根の据わったパイロットもいる。

一方、Ｔｕ95の尾部銃座に据えられている機関砲の有効射程は九百メートルを超える。たとえ日本空軍機が内部規定を遵守していてもこちら側はいつでも撃ち落とせるわけだ。

「ダメだ、スロコムスキー。監視を継続するだけにしろ」

「はい、カピタン」

さして不満そうな声音でもない。本気で射撃許可を求めてきたわけではない。単なる退屈しのぎなのだ。クラコフは腕時計を見た。ソコル基地を飛びたって、ほぼ一時間十五分、第一旋回点で南に機首を向けてからほぼ二十五分ほど経過している。離陸直後からレーダーに捉えられているのはわかっていた。西進している間は日本空軍も何の反応もしなかったが、南に向かえば、当然スクランブル機を上げてくるだろう。

第一旋回点で南に変針する際、クラコフは自機を最後尾につけた。現在、編隊は183号機を先頭に455号機、908号機とつづき、しんがりをクラコフの228号機が務めている。四機のＴｕ95は一列になって飛行していた。

「スミルノフ中尉」

兵装担当士官を呼んだ。

「はい、カピタン」

「敵機が見えるか」

「少々お待ちを」

耳元でがさがさと音がする。前部与圧区画最後方にある座席の上に立ち、天井にとりつけられた透明なドームから後ろを見ようとしているのだ。

「見えました。七時の方向、二機、まだだいぶ離れてますが、接近してます。測距しますか」

「いや、まだいい」

後方を警戒するためのレーダーを作動させれば、日本空軍機に警告を与えるだけだ。晴天の真っ昼間だから目視は可能だし、地上のレーダーサイトがチャイカ6編隊を捉えているので誘導するのは簡単だろう。

「カピタン」

今度は無線士のミーニンが声をかけてきた。

「どうした？」

「日本空軍機が国際緊急通信の周波数で声をかけてきました」

「何ていってるんだ？」

「それが……、何だかわけのわからない呪文みたいな感じで」

「私のヘッドセットにつなげ」

たしかにミーニンのいう通りわけのわからない声が聞こえていた。

〝トウイ……、チェ……、チェベーリ、イポーニ……〟

午前十一時三十分（UTC　02：30）、北海道西方沖洋上、F－4

「とうい……、ちぇ……、ちぇべーり、いぽーに……」

するっといえるのは日本《イポーニ》だけだ。田川は右の太腿に巻いたニーボードに指をあて、カタカナで書いたロシア語による警告文を読みあげながら舌打ちしそうになった。ボードとはいうもののバインダー式の手帳のようになっていて、表紙を閉じてマジックテープできっちり留められる。

毎朝行われる全体ブリーフィングで、訓練幹部や整備小隊、気象隊からの注意事項を書きとめたりするページのほか、緊急事態の手順などを挟んであった。その中にロシア語による警告文のあんちょこもある。ロシア語の読み書きなどまったくできないからすべてカタカナ表記だし、先輩が作成したものを丸写ししているだけだ。くだんの先輩もさらに先輩のメモを写しただけで、どこまでさかのぼれるのか見当がつかなくなっている。

無線機のセレクターをガードチャンネルに合わせ、送信ボタンを押して警告することがソ連機に接近した際の手順の一つになっていた。一通り読みあげ、送信ボタンから指を離したが、耳元には雑音が聞こえるだけでソ連機からの応答はない。もっとも相手がロシア語で何かいってきたとしてもまったく理解できないだろう。

「無視《シカト》ですね」

「通じてないのかも知れん。いいよ、警告はした。カメラの準備をしろ」

「はい」

ヘルメットを被ったあと、ストラップを斜めにかけて胸元に吊《つる》してあるビデオカメラを手にした。今年になって登場したばかりの8ミリビデオを使う最新式のカメラで、去年までのタイプに比べればたしかに小型になっていたが、それでもまだ一眼レフカメラよりは大きく、狭苦しい後席で使うのには苦労がいった。F－4の場合、前席が操縦しているので後席員は両手が使える。単座機では、どうやって撮影するのだろうと思ってしまう。ビデオカメラを使うようになったのは、フィルムと違って現像する手間がない分、迅速に解析できるからだ。

電源を入れ、両手でカメラをかまえた田川は思わず嘆声を漏らした。

「相変わらずバカでっかいな」

目標が大型機——おそらくソ連のTu95ベアか、Tu16バジャー——といわれていたが、目の当たりにすると声が出るほど大きい。

ベアだ。両翼の幅が五十メートルもあり、ファントムの約四倍になる。データは知っていたし、今までにもヴィジュアルアイディを取ったことはあるが、昼間に見るのは今回が初めてだった。

田川はビデオカメラを持ちあげ、ファインダーをのぞくと録画ボタンを押した。四角いファインダー内に赤くRECの文字が表示される。

「撮影開始しました」

「了解。接近して潜りこむ」

F－4が高度を下げたのだが、ファインダーの中ではベアが上方へ移動したように見える。二重になったプロペラがゆっくり回転しているように見えるのがベアの特徴だ。尾部銃座をファインダーの中心にとらえ、倍率を上げた。じりじりと前進していくのに合わせ、胴体下部の撮影をつづける。

目標機に追随する位置が後方であれ、真横であれ、間隔は二千フィート——約六百メートルと決められている。いくらベアが巨大だといっても片翼はせいぜい二十メートルちょっとしかないのだが、それでも翼下に潜りこんでいくように感じた。

「機首まで撮りました」

「同高度につける」
那須野がF—4を上昇させ、ベアの左側に並べた。彼我《ひが》ともに南に向かっているので
ベアと日本領空との間に割りこむ恰好となる。
「屋根から顔出してる奴がいるぞ」
ベアよりわずかに高い位置につけた那須野にいわれ、カメラをゆっくりと前へ振り、
ズームアップした。ベアの操縦席の上には透明なドームがあり、そこに赤ら顔のソ連兵
が頭を突っこんでこちらに顔を向けていた。四角張った大きな顔だ。
カメラを向けているのに気がついたわけでもないだろうが、何と手を振ってきた。
「あまり賢そうじゃないな」
那須野がぼそりと漏らしたあまりに的確な感想に吹きだしそうになる。直後、那須野
の声が緊張した。
「デン、カメラ下ろせ。確認《チエツク》、三時方向《スリー・オクロツク》、同高度《レベル》……、かなり遠い」
カメラを下ろした田川はとなりのベア越しにスリー・オクロック——右の真横に目を
凝らした。見るべき場所を指定されれば、目標を見つけやすいものだが、何も見えなか
った。
「いえ、何も見えません。すみません」
「謝ることはない。おれが神経質になっているだけかも知れない。見逃せば、次は実弾

が飛んでくる……、っていきなりそれはないか」

那須野が低く笑った。

実弾、と田川は胸の内でくり返した。那須野がイスラエルに派遣され、実戦に参加したという噂がある。発射した母機は肉眼で見ることができてもミサイルを見つけるのは不可能だ。そもそも小さい上、音速の数倍で飛び、ロケットモーターが白い煙を曳《ひ》くのは数秒でしかない。

「そろそろ帰投限界燃料《ビンゴ》だ。帰るぞ」

主翼を小さく振った那須野が右旋回に入れる。千五百メートル後方につけていた二番機が追随する。その向こうに千歳から上がってきたバックアップ機が接近してくるのが見えた。

ジークは何を見たのかな——田川は胸の内でつぶやき、左後方をふり返った。

いくら目を凝らしても西の空には何も見えなかった。

2

午前十一時四十五分（ＵＴＣ　０２：４５）、宮崎県・新田原基地
アラートパッドに運ばれてきた昼食を食べ、本庄は永友や二番機のパイロットたちと

ともにGスーツを着けた。通常ならば、上番して四時間で五分待機と一時間待機を交代するところだが、運行管理官のカウンター前で受話器を耳にあてている藤松、その後ろで見ている川上たち三人のパイロットも装備を外していない。

基地全体に漂う緊迫感のためだ。第五航空団司令は今週半ばから東京に出張しているため、副司令、飛行群司令など航空団幹部が招集され、会議が始まっているらしい。

「ああ、ジークが発見《タリー》したんか……」

藤松が電話口でいった。ジークは千歳基地の第三〇二飛行隊にいる伝説のパイロットだが、本庄は信じ切れないでいる。

イスラエルで実戦に参加し、敵機を撃墜したなんて……、映画や小説でもあるまいし。

この日、アラートについているパイロットの中では藤松がもっともキャリアが長く、階級も最上位であるため、パッド長を務めていた。また本庄にとっては忘れえぬ成長をうながしてくれた先輩でもあった。

初めて二機編隊長としてアラートに就き、スクランブルで上がったときの後席に藤松が座っていた。ベルが鳴り、一番機の前席に駆けあがって、エンジン始動にかかったとき、本庄はまるで夢を見ているような、現実から浮遊した感覚に陥っていた。自分で思っているよりはるかに緊張し、完璧に舞いあがって《パーペキテンパって》いたのだ。

右エンジンに圧縮空気が送られ、タービンが回りはじめたとき、パイロットが見ているのは計器盤の右寄りに並んでいる四段の丸い指針式計器——上から燃料流量計《フューエル・フロー》、回転計《RPM》、排気温度計《EGT》、排気ノズル開閉指示器——だ。

まずRPM計が反応し、指針が十パーセントに達したところでパイロットはスロットルレバーの後ろ側についている点火装置《イグニッション》のボタンを押し、レバーをアイドルポジションまで押しだす。これで回転するタービンに霧状の燃料が送られ、イグニッションが火花を飛ばす。フューエル・フロー計が動き、次いでEGT計が反応する。フューエル・フローは一定のままだが、無事に点火すれば、EGTが下方を時計回りに嘗《な》めながらぐいぐい回っていく。

RPMが四十五パーセントで補助動力装置をカットし、エンジンの自力運転を開始する。排気温度はいったん六百五十度まで上昇したあと、四百度に落ちついたところで無事にエンジンが始動したことになる。発電機《ジェネレーター》も回りだして電力を供給しはじめるため、計器盤右端の各種警告灯がいっせいにオレンジ色に発光し、コクピットはにぎやかなことになる。警告灯は各種チェックが終わるごとに消灯するか、グリーンに切り替わる。エンジン計器の上にある火災警報ランプ、主警《マスターコーション》報ランプが真っ赤に光らないかぎり気にすることはない。同じ手順で左エンジンも無事に始動させることができた。

あとから思いかえせば、このときまだ現実味に乏しく、ふわふわした感覚の中にいた。発進準備を完了し、機付長の敬礼にうなずき、スロットルレバーをわずかに前進させたときにそれは起こった。

当たり前のことながらスロットルレバーの動きに連動して、すべてのエンジン関連計器が同時に動きだす。何度も見ている光景なのに訳がわからずパニックに陥った本庄は目を剝《む》き、胸のうちで叫んだ。

何だ？　何が起こってるんだ——。

そのときイヤレシーバーに藤松の声が聞こえた。

『ジョー、訓練と同じだからな』

いつもの藤松の声にすっと落ちついたのを憶《おぼ》えている。

藤松のひと言で、指針の位置がくっきりと見えた。デジタル表示と違って、針が動くアナログ計器は一々数値を読みとることなく、だいたいの位置で判断が利く。空中戦の機動訓練中など計器をのんびり眺めている暇はない。ざっと視線を走らせるだけで飛行機の姿勢、速度、高度、エンジンの状態など知りたい情報をつかめる。

落ち着きを取りもどした本庄は格納庫から頭を出したところでウィングマンも準備を整えて出てきたのを確認し、そのまま滑走路に出た。

スクランブルはすでに下令されており、滑走路に入るときには目標の方位、高度が知らされ、最大出力《バスター》での離陸が許可される。スロットルレバーを前進させ、止まったところで左に押しやって段差のあるレールをさらに前へ進め、再燃焼装置《アフターバーナー》に点火、背中が座席に押しつけられる急加速を感じながら滑走を開始する。

七十ノット――時速百三十キロで方向舵《ラダー》が利くようになり、離陸速度百二十ノットまではあっという間だ。操縦桿を引き、滑走路を離れた刹那、リーダーとウィングマンの決定的な違いを思い知らされた。ウィングマンの視界には、つねに先行するレーダー機の排気か、機体各所に設けられた航空灯、編隊灯がある。

だが、リーダーの前には無限の暗黒が広がるだけだった。

電話をかけている藤松を見ながら、この人が後ろにいてくれたおかげでリーダーとして初のスクランブルを無事に成し遂げることができたと思う。そのときは指示されたポイントまで進出したものの、アンノウンはすでに針路を変更して日本領空から離れており、基地へ帰ってきたのだった。

「わかった。ありがとう」

受話器を置いた藤松が周りに集まっているパイロットを一瞥《いちべつ》する。

「三〇二がヴィジュアルアイディを取った。相手はベア、四機、縦列飛行《イントレール》で飛んでたらしい」

藤松が電話していた相手は千歳基地に勤務する同期のパイロットだ。

「四機か」

川上が短く刈った髪を掻く。藤松が言葉を継いだ。

「それとこれはジークと後席の……」

「デン、田川です」

永友が答える。藤松がうなずく。

「ジークとデンが目視《タリー》しただけで、佐渡《さど》や輪島《わじま》のレーダーも確認できてないんだが、西方洋上に機影があったようだ」

佐渡には第四六警戒群、輪島には第二三警戒群のレーダーサイトがあり、日本海洋上を監視している。

「ジークたちはどの辺を飛んでたんですか」

訊いたのは川上だ。

「能登《のと》半島沖、高度は三万、ほぼ同高度だったようだ。もちろん距離なんかはわからんし、ちらっと見えた程度らしい」

三万フィート、約一万メートル上空ということになる。

川上が腕を組んだ。

「二十マイルくらいか」

「それ以上だろ、たぶん。二十ならレーダーを試したはずだ」

F－4が搭載している機上《オンボード》レーダーの最大探知距離は五十海里といわれるが、種々の条件を整えた試験の結果に過ぎない。搭載しているバッテリーで照射できる電波は弱く、また受信用アンテナも機首に収まる直径でしかない。地上のレーダーサイトは強力な電源を持ち、パラボナアンテナの直径も二十メートルを超えるが、電波はまっすぐにしか飛ばないため、地球の丸みに邪魔されて探知距離が限られる。

Ｆ－４のオンボードレーダーが確実に目標を捉えられるのは二十海里がいいところで、ごくまれにレーダー探知ぎりぎりの距離を飛ぶ戦闘機を肉眼で見つけるパイロットがいる。目がいいだけでなく、勘が働き、極限まで意識を目標に集中できるためだ。

レジェンド扱いは伊達《だて》ではないのかも知れない。

「とりあえず千歳、小松、築城では非常呼集をかけて、増強が命じられた。千歳は五分組を上げて、一時間組も上がってるんで、急いで増強中らしい」

増強とは警戒待機につける戦闘機の数を増やすことを指す。単に飛ばせるようにするだけでは意味がない。空対空ミサイルと二十ミリ機関砲弾を搭載し、アラートに対応できる資格を持つパイロットを集めなくてはならない。土曜日ゆえ、出勤していない隊員もすべて呼び集め、いわば基地全体で待機できる態勢を作るということだ。

アラートに就いていた二組の二機編隊を上げている以上、千歳基地のアラートハンガーは空っぽだ。そして日本海洋上をベアの編隊が南下中で、さらに機数が増えそうだとなれば、日本海に面した石川県小松基地、福岡県築城基地に増強が命じられるのも不思議ではなかった。日本海の上を飛ぶアンノウンへの対処は主に小松、築城が受けもっている。

新田原基地は太平洋側にあり、同じ九州の築城とは百海里ほどしか離れていないが、この距離が案外大きい。

藤松が本庄に目を向けてきた。何を訊こうとしているのか、すぐにわかった。つい先ほど由美子の実家に電話を入れたが、まだつながらない。本庄は小さく首を振った。藤松が永友に目をやる。

「おい、DJ」

だが、永友は背を向けたまま、返事をしなかった。藤松がもう一度くり返す。

「DJ」

はっと顔を上げた永友がふり返る。

「はい。すみません。まだタックネームになれないもんで」

「ピグモンに戻すか」

「ガラモンですが……、いえ、DJでお願いします」

「今日の昼飯は？」

「地鶏《じどり》を使ったチキン南蛮です。宮崎のチキン南蛮はうまかですからいずれ全国的に有名になるんじゃないですかね」

藤松が苦笑する。アラート待機に就いているパイロット、整備隊員の食事は三食とも運ばれてくる。今日の昼食は下味をつけた鶏の唐揚げに甘酢とタルタルソースをかけた地元の名物料理だ。永友は宮崎に多い姓だが、ＤＪは福岡の出身で、今のところ宮崎に親戚はないらしい。

すでに本庄たちは食事を済ませていた。装具を身につけ、五分待機になったところで藤松や川上たちが昼飯となる。

本庄と永友はテレビの前に置いてあるリクライニングチェアに腰を下ろした。本庄は右に目をやった。格納庫につづくドアの上にある赤いランプが灯っていた。反対側にも同じドアがあり、先ほどまで点いていたランプは消えている。五分待機組のＦ－４がどちらの格納庫にあるかを示しているのだ。

テレビに目をやった永友がつぶやくようにいった。

「アメちゃんの空母くらいになると台風のまっただ中でも揺れないんですかね」

「どうだろうな。保木《ほき》ならわかるかも知れないけど」

「モミーですね。そういえば、あの人は空母に乗ったことがあるんでしたね」

「連絡要員でな」

正確を期するなら連絡要員として乗りこんだ小松基地副司令のお付きとして、だなと思う。モミーこと、保木籾太郎《もみたろう》は本庄とは航空学生の同期で、今は小松基地の第三〇六飛行隊にいる。

午前十一時四十五分（UTC　02：45）、石川県・小松基地

「ぐーっといって、ぐーっといって……」

保木はそういいながら左手を緩やかに斜め上にもっていった。聞いているのは後席の横澤《よこさわ》と二番機の二人のパイロットだ。

小松基地のアラートハンガーからはすでに二機がスクランブル発進しており、保木たちは一時間待機から五分待機に繰り上げになっていた。

航空自衛隊には、北から北部航空方面隊、中部航空方面隊、西部航空方面隊、南西航空方面隊の四つに分けられ、日本列島を東西に輪切りにするようにそれぞれ太平洋側、日本海側の両方を担当していた。

日本海側における北部と中部の境界線は、山形県と新潟県の県境延長線上にある。サハリンを飛びたった四機のベアが南下し、千歳基地からスクランブル機が発進し、日本領空とベア編隊の間に割りこむ恰好で対処してきた。境界に差しかかったところで小松基地があとを引きうけ、五分待機組が発進、現在ベアに随伴している。

一方、九州西方には二つの台風があり、すでに十三号は今朝早く鹿児島県に上陸、北上しながら長崎県西部をなめ、今は福岡県北方沖、関門《かんもん》海峡の西北にあった。先に発生した十二号はいったん上海方面にまで行きながら十三号に引き戻され、今は鹿児島県西

方沖約四百キロの地点にあって、徐々にスピードを上げながら北東へ進んでいた。ちょうどその二つの台風に挟まれる位置に米海軍の空母ミッドウェイとカール・ヴィンソンがあって、韓国に向かって航行していた。

保木は一昨年、日米共同演習の連絡要員——航空、海上自衛隊の幹部、あわせて十名ほど——としてミッドウェイに乗った。ミッドウェイは太平洋艦隊に所属し、米海軍厚木基地を母港としていた。

「ぐーっといって」

保木がくり返し、徐々に左手をせり上げるにつれ、見ている三人が前のめりになってくる。

「そして……」

そういうと三人の顔にようやく安堵《あんど》の色が浮かんだ。

「また、ぐーっとせり上がっていく」

「そんなぁ」横澤が顔をしかめた。「そこまで行って、まだ引っぱるんですか」

「巨大空母の揺れってそんな感じだよ」

横澤が唇を尖《とが》らせる。

「十万トンでしょ。びくともしないって印象がありますけど」

「うねりだ。多少の大波ならシナノがいう通りびくともしないけど、海面はうねってる。

いってみれば、土台が動くわけだ」

シナノは長野県出身である横澤のタックネームだ。

「なるほど、そもそも土台が動くんじゃどうしようもないですね」

「おれが乗ったのはミッドウェイだったけどね。たしか十万トンはなかったと思うけど、それでもC－2から甲板に出たときはでけえと思ったよ」

ミッドウェイは太平洋戦争末期に就役した古強者《ふるつわもの》だ。竣《しゅん》工《こう》当時の満載排水量は六万トンだったが、一九五〇年代半ば、艦載機がレシプロエンジンのプロペラ機からジェット機に変わるのに合わせ二年がかりの近代化改修を受け、さらに一万トン増え、七万トンになっている。大型空母には違いなかったが、動力源に原子炉を用いない通常動力型である。

一九八〇年代に就役したカール・ヴィンソンは二基の原子炉を持ち、満載時の排水量は十万トンを超える。

保木はつづけた。

「どれほど大型艦でも必ず揺り戻しは来る。だけど、今いったみたいにずっと一方に揺れてるんだ。いつ来る？　いつ来る？　って待っているだけでくたびれちまう」

「酔いそう」横澤が顔をしかめた。「そんなに長い周期だとパイロットには向きませんね」

「いっしょに乗った海上自衛隊幹部に八千トンクラスの護衛艦乗りがいたんだけど、そいつはおれよりひどく船酔《かいじ》いしてたよ」

「船乗りなのに？」

「揺れの周期が違うんだと。八千トンといえば、日本じゃ最大級だけど、ミッドウェイと比べても十分の一くらいでしかない。予期しないときにすとんと落とされるとやっぱり気持ち悪くなるらしい」

話をしながらも保木はまったく別の疑問を抱いていた。

どうして昼間なんだ？

米空母が日本海に入れば、ソ連はさかんに偵察機を上げてくる。たしかに各種アンテナを機体のあちこちに突きだし、電子情報を収集することは可能だが、胴体内の爆弾槽がどうなっているかは外見ではまったく判断がつかない。アンテナはダミーに過ぎず、胴体内部にミサイルを抱えている可能性は否定できない。

保木はF－4のパイロットになってからずっと小松基地の第三〇六飛行隊に勤務している。中部航空方面隊にあって、日本海に面する小松基地は南下してくるソ連機に対し、数多くスクランブルをかけてきた。午前九時から翌日の午前九時までの二十四時間に八度も上がったことがある。対象機はTu95ベア、Tu16バジャーが多かったが、ときには輸送機もあった。大半のスクランブルは真夜中だった。

たった一度だが、世界最大の輸送機An《アントノフ》22に遭遇したこともある。新月の夜にもかかわらずAn22は航空灯をすべて消しており、レーダーを頼りに接近、相手の左舷後方、二千フィートにつけた。そこでいきなり対象機がすべての航空灯を点け、あまりの巨大さに左急旋回《レフト・ブレイク》して離れたことがあった。

An22は全幅でベアを十五メートル上回っており、輸送機だけに胴体が太かった。目の前にいきなりシロナガスクジラが現れ、空を飛んでいたのだから悪夢以外の何ものでもなかった。

しかし、今回は昼日中にベアがイントレールで飛んでいる。

「いくら船が大きいといっても海自が船酔いはシャレにならんでしょう」

横澤の言葉にあとの二人がうなずく。

経験してみないとわからんよ——保木は胸のうちで答え、立ちあがった。ディスパッチャーのカウンターにある気象情報用のパソコンを見た。台風の位置は刻々と更新されているが、大きな変化はない。二隻の空母がどこにいるか、正確な位置は秘匿されていて、航空総隊司令部経由で〝この辺〟と知らされるに過ぎないが、いずれにせよ二つの台風に挟み撃ちに遭うような恰好だろう。

そのときディスパッチャー席の電話が鳴り、アラートパッドの空気がさっと張りつめた。ディスパッチャーが受話器を顎の下にあて、声を張った。

「スクランブル」

パイロットたちがさっと立ちあがり、ドアに向かう中、保木はディスパッチャーを見やった。目が合う。ディスパッチャーが落ちついた声で答える。

「新目標です」

ひとつうなずき、保木は開けはなたれたドアに向かって駆けだした。

3

午前十一時四十八分（ＵＴＣ　０２：４８）、石川県・小松基地
新目標です――。

落ちついた様子できっぱり答えたディスパッチャーの声が脳裏に残っていた保木は横澤につづいてＦ－４の前席に乗りこみ、両腕をハーネスに通してヘルメットを被ると酸素マスクを口元に押しあてて機首右横で格納庫の壁際、エアコンプレッサーの操作パネルを前に立っている機付長に告げた。

「両方、同時に回す」

「了解」

機付長が右手の親指を突き上げる仕草――サムアップをするのを見ながらヘルメット

のチンストラップを留め、酸素マスクを固定した。あらかじめ外部電源をつながれているF－4には電力が供給されており、機付長が頭に載せているヘッドセットと保木とをつなぐインターコムはすでにつながっている。

保木は右スロットルレバーには右手を被せるように載せ、後面にあるイグニッションスイッチに親指をあてた。左スロットルレバーには左手をひっくり返し、中指をあてて、コールする。

「センド・エア」

「センド・エア」

機付長がくり返し、操作パネルにある二本のレバーを同時に引き下げた。コンプレッサーが圧搾《あっさく》空気を送る唸りが徐々に大きくなり、格納庫の中にこもり始める。保木はエンジンのRPM計を見ていた。真上を指していた指針が同時に左へ倒れている。左舷エンジンがほんのわずか早く回転を増していくが、ほぼ同じペースと見なせる範囲だ。

左、そして右のエンジンの回転が十パーセントを超えたところでふたたびコールする。

「テンパーセント、イグニッション・オン、スロットル・アイドルポジション」

「テンパーセント」

機付長が操作パネルの出力表示計を見て答えるのを聞き、保木は左右のイグニッションスイッチを指先に感じながらしっかりと押しこんだ。

イグニッションスイッチに内蔵されているバネは案外強く、ちょっと油断すると指から外れ、戻ってしまうことがある。外部からエアを送られ、回転しはじめているタービンによって燃焼室では空気が流れており、排気口から後方へ噴出している。

たった一度、ミスをしたことがあった。やはりアラートに就いているときで右エンジンをスタートさせるとき、ひょいと別のスイッチに気を取られた。そのときにイグニッションスイッチから指が外れていた。気がついた保木はあわてて押しこんだ。頭にあったのは、五分以内に離陸することでしかない。すでにRPMは四十パーセントに近づいていて、燃焼室で燃料を混ぜられた空気が後方に噴出していた。そこにイグニッションが火花を飛ばしたのである。

地面が揺れるほどの爆発音とともに後方には機体長の二倍ほどもある火柱がほとばしった。管制塔への報告は後席にまかせ、素早く計器をチェックしてエンジンに異常がないことを確認した保木はそのまま離陸準備を進めた。

不幸中の幸いだったのは、目標機が針路を変更し、防空識別圏を離れていったのでスクランブルが中止《キル》となったことだ。計器に異常は見られなかったものの、そのまま飛びたっていれば、空中で不具合が生じたかも知れなかった。急遽《きゆうきよ》、新たな機体が用意され、アラートハンガーに運ばれてきたのはいうまでもない。後日、詳細な検査を受けたが、エンジン、機体ともに異常はなく、F－4がタフな戦闘機であることを示した。

「二十……、三十……、四十……」

ＲＰＭ計を見ながらコールしていく。機付長が追随する。

「四十五、エアカット」

「四十五、エアカット」

機付長が操作パネルの二本のレバーを上げてコンプレッサーを止めたときには二基のＪ79ターボジェットエンジンの騒音が格納庫を満たしていた。保木は口の中で呪文のようにチェック項目をつぶやきながらスイッチ類が所定の位置にセットされているか確認していく。チェックは左のサイドパネル後方から前方、正面計器盤、右のサイドパネルを前から後ろへと移っていき、最後に股間に手をやってロアガードを下ろし、尻に敷いたハーネスを取って右、左の太腿の付け根の留め具に差しこんだ。

その間にも三人の整備隊員が主翼、胴体の下に潜りこみ、点検孔《こう》がきちんと閉じているか、安全ピンのフラッグがないか確認していく。通常、Ｆ－４が地上にあるときは可動部が不用意に動かないよう赤く、細長いフラッグのついた安全ピンを挿してあるが、アラートハンガーに入れたときに抜いてある。発進直前には、赤いひらひらしたフラッグが万が一にも残っていないことを確かめるだけだ。

こうした中、武装担当の整備隊員だけは翼下に吊《つ》りさげた赤外線追尾式空対空ミサイルＡＩＭ－９Ｐ——サイドワインダー・ナイン・パパの安全ピンを抜き、ミサイルの筐体《きょうたい》横にあるレバーを安全位置《セイフ》から発射可能《ファイア》に回し、固定する。

　やがて後席の横澤がコールする。

「ＩＮＳ、ＯＫ」

「了解」

　ＩＮＳを起《た》ち上げ、異常なく航法装置に接続したことをひと言で伝えてきた。答えた保木は機付長に向かって両手の拳をあわせ、外側に親指を突きだして広げた。主輪にかませてある車輪止め外せ《チョーク・オフ》の合図だ。すでに機付長が使っていたインターコムは外されているため、意思の疎通はハンドサインで行った。

　腰をかがめ、機体下面をのぞきこんだ機付長が両手をさっと広げた。右主輪にかませてあったチョークを整備隊員が抜き、主翼の下から出ているはずだが、操縦席からは見えない。機付長が確認し、躰を起こしてサムアップを送ってきた。

　サムアップで答えた保木は右手で操縦桿をつかみ、左手をスロットルレバーに載せると左右のエアインテイク前に人や物がないことを自分の目で確認した。左右のラダーペダル上端を奥へ踏みこんでブレーキをかけるとスロットルレバーをわずかに前進させた。

　機付長が敬礼を送ってくるのにスロットルレバーから離した左手で答える。右手は操縦桿下部にあるボタンを小指で押したまま離せないからだ。地上にある間、ボタンを押している間、前輪がラダーペダルの動きに応じて左右に動くようになっている。

格納庫を出たところでスロットルレバーを戻し、軽くブレーキを当てる。F－4がつんのめって減速し、右に目をやった。二番機が出てくるのを確認して、短いタクシーウエイを滑走路に向けて進んだ。保木は操縦桿を前後、左右に倒し、フラップをハーフの位置に入れた。

小松基地の滑走路は民間の小松空港と共用だが、スクランブルがかかると自衛隊が優先することになっている。滑走路は、全長二千七百メートル、幅四十五メートルで東北東から西南西方向に設けられている。アラートハンガーは北東端にあるので風向きに関係なく、西南西に向かうランウェイ06を使用する。

後席の横澤が管制塔と慌ただしく、やり取りしているのに耳を傾けつつ、滑走路に乗りいれる。その間に管制塔から無線が入った。滑走路上の風が南西方向から三メートル、気温摂氏三十度、気圧は千十二ミリバールと気象情報につづいて、命令が伝えられた。

〝エンジョイ編隊一番機《エンジョイ・ゼロ・ワン》、緊急発進命令《オーダー》、方位十度《ベクター・ゼロ・ワン・ゼロ》、高度三万フィート《エンジェル・スリー・ゼロ》、リングアイと交信せよ《コンタクト・リングアイ》〟

エンジョイがこの日、保木の編隊に割り振られた識別符丁で、離陸後、機首方位を北方の十度に向け、高度三万フィートまで上昇してリングアイ――輪島分屯《ぶんとん》基地にある第二三警戒群の防空管制官の指示を受けろということだ。

横澤が応答する。

「了解、エンジョイ・ゼロ・ワン。復唱する《コール・バック》」

二人乗りのF－4は前後席で任務分担ができるため、保木は操縦に集中できる。そのまま滑走路に入り、左のラダーペダルを踏んで機首を西南西の滑走路端に正対させるとスロットルレバーを鉤《かぎ》状のレールにそって前進させ、アフターバーナーに点火した。

F－4が急加速し、あっという間に離陸速度の百三十ノットに達し、総重量二十トンを超えるファントムは大空に羽ばたいた。

新目標って、ジークが見つけたって、アレかな……。

操縦桿上部のトリムタブを親指で下向きに何度か動かしながら保木は胸のうちでつぶやいていた。

UTC　02：50、石川県沖日本海洋上
「カピタン」

インターコムを通じて無線士のミーニンが呼びかけてきた。

「何だ？」

「ウートカ・ピャーチから連絡です」

「つないでくれ」

「了解」

耳元にざらざらした空電の音が響き、つづいて野太い男の声が聞こえてきた。

〝こちらウートカ・ピャーチ〟

クラコフは操縦舵輪の右側上部にある送信ボタンを押した。

「カモメ6《チャイカ・シャスチ》だ。ずいぶん遅かったじゃないか」

鴨　5《ウートカ・ピャーチ》がウクラインカの重爆撃機部隊の基地から飛んできたTu95四機編隊に付与された暗号名で、声をかけてきたのは一番機の機長であり、編隊長を兼ねるボンネル大尉だ。

〝思いのほか向かい風が強かったもので〟

「おかげでこっちはのんびり散歩できたがね」

クラコフはちらりと左翼に目を向けた。内側エンジンのプロペラが止まっていた。両舷ともに内側のエンジンは燃料をシャットダウンしてあるが、取付角《ピッチ》をわずかに変えてやるだけで回転し、再起動ができる。

〝申し訳ありません〟

「冗談だよ」クラコフは笑っていい、言葉を継いだ。「そのまま待機してくれ」

〝了解〟

送信ボタンから指を離して座席の左側に作り付けになっている金属ケースの蓋を開けた。小物入れだが、航路図などを入れておくことが多いので地図入れと呼んでいる。クラコフはビニールケースに入れた日本海の航路図を取りだした。民間航空路や日本が定めている軍事演習用空域が印刷されており、世界中のどこでも手に入れることができた。英語版だが、支障はない。飛行機に関わる仕事をしていて英語が読めないようでは役立たず呼ばわりされても仕方がない。

ビニールケースの上から油性色鉛筆で今回の任務で飛ぶ経路、ウートカ5との合流ポイントが記してある。ポイントのわきには手書きで０６００、０３００と書きこんであった。地図を取りだしてしまえば、ビニールケースの線や文字は落書きほどの意味もなくなる。０６００はモスクワ時間の午前六時、０３００は協定世界時《UTC》を表していた。窓の外は真昼である。

軍隊では、広大な国のどこにいてもモスクワ時間で行動する。ウクラインカとサハリンは時制が同じだが、たまたまに過ぎない。作戦によってはソ連東端の部隊と同時に動くこともある。

インターコムで航法士を呼んだ。

「ゼレンスキー、ウートカ5との合流は三十分遅れでも大丈夫か」

「はい、大丈夫です、カピタン」

本来、チャイカ6とウートカ5の合流はモスクワ時間の午前六時に予定されていた。だが、ウートカ5が予定よりも遅れた。サハリンのソコル基地を飛びたったクラコフはこれまで千二百キロを飛んできたが、ボンネルたちの方が五百キロも長い航程を飛行してきた。

送信ボタンを押した。

「集合時間を０６００から０６３０に変更する」

〝０６３０に変更、了解〟

ボンネルが一音ずつ区切るように応答してくる。

「あとは予定通りか」

あえて作戦に参加している機数とは訊ねなかった。誰が傍受しているとも知れない無線に載せるべきことではなかった。

〝はい〟

ウクラインカ基地で予備を含め何機用意したのかはわからない。クラコフが所属する重爆撃機部隊の本拠地である以上、用意できる機数はソコルに派遣された分遣隊よりは多いはずだ。いずれにせよ計画通り四機編隊であることは間違いなさそうだ。

「結構。あとで会おう。通信、終わり」

〝了解、通信終わり〟

合流すれば、クラコフは八機のＴu95を率いることになる。通信を終え、航路図を地図入れに戻した。酸素マスクを外し、大きく息を吐く。右席のラザーレフの視線を感じたが、目を向けず両手で顔を擦《こす》った。作戦時刻の変更となれば、タラカノフにも報告しなくてはならないが、気力が湧かなかった。

同時に若い、金髪の男の顔が脳裏に浮かぶ。顔を合わせたのはちょうど二年前になる。

一九八三年九月一日午前九時（UTC 23：00）、サハリン・ソコル基地

クラコフはソコル基地の会議室で目標を撃墜した戦闘機Su15のパイロットと向かいあっていた。

パイロットがぼそぼそといった。

「ライトが点灯したのは見ました。それだけを待っていたんですから」

Z《ゼー》・G《ゲー》灯のことだ。戦闘機の機上レーダーが標的を捉え、ロックオンしたことを知らせる、小さなグリーンの光を放つ表示灯だ。計器盤上部の真ん中にあり、真っ赤な光を放つ火災警報灯と並んでいる。

見事なまでの金髪は濡《ぬ》れ、無惨なほどくしゃくしゃになっていた。シャワーを浴びるようにいわれたのだろう。グレーのスウェット上下を着て、裸足《はだし》にプラスチックのサンダルをつっかけた姿は英雄にはほど遠かった。げっそりした頬は血の気がなく、目元だけが赤い。

クラコフが手にした書類の氏名欄には、ユーリ・アレクセーヴィチ・ユロフスキー中

尉とあり、胸から上を撮った写真が添えられている。空軍の制服をきちんと着け、カメラを正面から見据えている写真と、目の前にいる男とはまったくの別人に見えた。写真は半年前に撮影されたものだが、十五年前といわれた方が納得できただろう。

ユロフスキーは傷だらけの机にぼんやりとした視線を向け、目を上げようとしない。机を挟んだ向かい側にはソコル基地司令官、ユロフスキー直属の上司である戦闘機部隊の隊長、それにクラコフの三人だけしかいなかった。

空は分厚い雲に覆われ、周囲は暗く、一方、基地は異様な熱気と恐怖の入り混じった空気に充ち満ちていた。

いよいよアメリカとの戦争が現実となったのだ。本来であれば、アメリカ空軍の電子偵察機RC－135を撃墜した英雄として大歓迎を受けるべきユロフスキーだが、戦争の準備に追われ、誰もが走りまわり、そこここで怒鳴りあっていた。誰もが過度の興奮状態にあるのは、あるいは肚の底からわきあがってくる恐怖を覆い隠そうとしていたせいかも知れない。

たった一人、ユロフスキーをのぞいて……。そしてユロフスキーが深い物思いに沈んでいるのを理解していたのはクラコフだけだった。

ユロフスキーの駆るSu15がミサイルを二発発射、命中を確認した直後、地下指令室のスピーカーから声が流れた。

照明がすべて消えた——。

標的がRC－135であるならば、一切の灯火は消してあるはずだ。レーダーで探知されているとはいえ、わざわざイルミネーションを点けて、敵の仕事をしやすくするはずはない。

ユロフスキーは何も見ていなかったのか。

いや、見ていたはずだ、とクラコフは思った。

サハリン、クリル、ハバロフスクから四機の戦闘機が邀撃に上がったが、目標を捕捉できたのはユロフスキーだけでしかない。しかも撃墜命令は一度取り消されている。そのときユロフスキーは目標機に並びかけ、間近で目視している。機上レーダーで捕捉し、接近したとしても闇夜の飛行機を肉眼で発見できたのは目標機が航空灯やストロボライトを点けていたからにほかならない。胴体に並ぶ窓の灯さえ見ていたかも知れない。

ソコル基地とユロフスキーの間でかわされた交信は、クラコフもリアルタイムで聞いている。少なくとも地下指令室にいた通信員、司令官も聞いていた。それでいて目標がアメリカの偵察機であることを誰一人疑わなかったし、なぜユロフスキーが発見できたのか考えもしなかった。

防空ラインどころか領空へ深々と侵入され、自分たちの基地上空を堂々と横切られたことで全員が錯乱状態にあった。

目を伏せたユロフスキーがぼそぼそとつづけた。

「気になっていたのは燃料計だけでした。エンジンを回していられるのは、せいぜい十分だったんです。基地はほぼ真下でしたから今なら間に合う……、それしか考えられませんでした」

失地回復にはまだ間に合う、否、絶対に間に合わせなくてはと思っていたのはソコル基地、ハバロフスク司令部の誰もが同じだった。領空侵犯を許すという取り返しのつかない失敗を少しでも小さなものにする方法は二つに一つしかなかった。RC－135を強制着陸させるか、もしくは……。

だが、目標機はユロフスキーの無線に一切応答しなかったし、警告射撃にも反応がなかった。方法はたった一つになった。米軍機を撃墜すれば、戦争が始まるかも知れない。領空を侵されたという恥を世界中にさらすことになっても、撃墜地点がソ連領空内であれば、少なくとも先に手を出したのはアメリカで、ソ連は応戦しただけという大義名分は成り立つ。正義は我が方にある。

だが、とクラコフは思いなおした。任務中のパイロットが考えるのは、目の前にあるミッションをミスなくやり遂げ、基地に戻ることでしかない。戦争の大義など、しっかりした大地の上にある建物の、暖かな部屋に座っている連中が考えることだ。パイロットの脳裏には手順通りに操作し、確認し、次の手順に移行することだけしかない。

人間の本能でもっとも強いのは、生存にかかわるものだ。それは一見、勇猛果敢、任務のためなら命を捨てることをいとわないパイロットにとっても同じこと、破滅願望のあるような輩《やから》はパイロット、軍人としてまず排除される。戦争は勝利するまで継続しなければならない。決して自分に酔うためのゲームではない。

だからクラコフには痛いほどわかる。燃料が乏しくなり、基地に戻れるか否かぎりぎりという状況がどれほど不安か……。自分もまた一介のパイロットにほかならないからだ。いくら訓練を積んでいても飛行中の火災と燃料の枯渇がパイロットにとってもっとも憂慮すべき事項に違いなかった。

命令を果たし、一刻も早く機首を巡らせて基地に帰ることだけを考えていたユロフスキーはじりじりしながら撃墜命令を待っていた。そこへ命令が下り、二発のミサイルを発射して、命中するのを確認した。

よかった、生きて帰れる。安堵し、ようやく極度の緊張が解けた瞬間、ユロフスキーは目標機の照明が消えるのを見た。

目標機の照明はずっと見えていたが、意識の表層にはのぼってはいなかった。見えているのに見ていなかった。

基地に戻ったユロフスキーを出迎えたのは、司令官でも飛行隊長でもなく、基地の保安を受けもつＫＧＢだったらしい。だが、ＫＧＢにしてもサハリンに配置されている人数は少ない上、誰もが戦争準備に駆りだされた。そのためユロフスキーの尋問は空軍に引き継がれた。極東軍管区空軍司令部も戦争開始に向け、右往左往、大騒動をくり広げていたのは同じで、くだんの尋問にクラコフを立ち合わせるのが精一杯だった。

日《ひ》が昇り、基地が陽の光に照らしだされる頃、目標機が民間航空機であるとアメリカ、韓国が騒ぎはじめ、ソ連をのぞくあらゆる国が同調しはじめた。ソ連共産党中央は強く反発した。

先に手を出したのはアメリカであるのは間違いない。たとえ撃墜されたのが民間機であったとしても国際的なルールを無視し、他国の領空内を飛行したのだ。常識的に考えて、撃墜されたとしても文句はいえない。立場が逆転し、アラスカの米軍基地上空をアエロフロート機が飛びぬけようとすれば、アメリカは戦闘機を上げ、コンタクトを試み、強制着陸を促すだろう。すべてを一切無視し、逃げだそうとすれば、躊躇《ちゆうちよ》なく撃墜する。

自国の民間航空機であったとしても国家保安上重大な危機と判断すれば、軍の最高司令官である大統領は撃墜を命じる。

しかし、ユロフスキーの感情はまったく別だ。自らが放ったミサイルが目標に命中したとき、初めて偵察機ではなかったのかも知れないと疑問が湧いた。

民間機かも知れない……。

当事者であるユロフスキーがもっとも近くにいたのは間違いなく、次がソコル基地地下指令室にいて命じたクラコフだ。命令を伝えただけという言い回しは逃げに過ぎない。それでなくてもソコル基地司令、ハバロフスクの極東軍管区空軍司令官、ソ連空軍上層部、ソ連共産党中央と現場から遠ざかるほど撃墜の文字は現実味を失い、書類に印字されたインクに過ぎなくなる。

撃墜されたのが韓国の民間航空機であることが徐々に明らかになっていき、アメリカとその同盟国がソ連を批判したが、ソ連は負けなかった。一方でモスクワにいる雲上人たちは極東軍管区空軍がとんでもない間違いをしでかしたと考えはじめた。極東軍管区空軍司令部はクリル諸島やサハリンの防空司令部の失策を考え、ソコル基地を責めはじめた。ソコル基地は、目標を見間違え、三百人近い民間人を虐殺したユロフスキーの責任を追及しようとした。すべて保身のためだ。そしてクラコフも自らの身を守るため、口を閉ざすことにした。

卑怯《ひきょう》にも……。

一九八五年八月三十一日ＵＴＣ　０２：５５、石川県沖日本海洋上、Ｔｕ95

「カピタン」

声をかけられ、クラコフは右席のラザーレフに目を向けた。ラザーレフの黒い目が後方に向けられる。

「わかってる。ありがとう」

クラコフはヘッドギアを取り、座席ベルトを外して天井パネルを見上げた。ため息が漏れる。頭の芯が熱っぽくうずいている。


午後〇時十五分（ＵＴＣ　０３：１５）、石川県沖日本海洋上、Ｆ－４

小松基地を離陸し、機首を日本海に向け、二番機と編隊を組んだところで保木はアフターバーナーをカットした。アフターバーナーは、文字通り燃焼室後方で熱い排気に燃料を噴射し、再度点火することで推力を増大させる。最大まで吹かせば、推力は倍になるが、燃料消費率は四倍かそれ以上となり、いくら燃料があっても足りない。

アフターバーナーを使わず、ＲＰＭ百パーセントのミリタリーパワーで上昇をつづけた。その間、横澤がリングアイと交信し、目標に関する情報を集めた。やはり北部航空方面隊から引き継いだベア四機編隊とは別口でウラジオストク上空経由で日本海洋上に出て南進していたものが針路を変え、日本領空に向かったということだ。

「捕まえました」後席の横澤が嬉《うれ》しそうに報告してくる。「正面、約二十マイルですね」

「了解」

答えた保木は目を細めた。二十海里先なら戦闘機でも何とか肉眼で見つけられる。だが、相手は巨大なベアなので苦もなく目視できた。黒点がぽつん、ぽつんと四つ確認できた。ベアくらいの大型機になると一列になっての編隊飛行といっても前後五海里ほども間隔を空けており、四機となれば、二十海里もの長大な縦隊になる。

左に目をやった。はるか前方に水蒸気の帯《コントレール》を曳いている小さな点が見てとれた。白い帯を目で追っていけば、発見するのは難しくない。一海里ほど離れた位置に小松の五分待機組が張りついているのだろう。

保木はこれまで最大十六機のベア編隊に遭遇したことがある。そのときの半分とはいえ、八機の重爆撃機が一列で飛んでいるのは大編隊に違いなかった。

4

午後〇時十八分（ＵＴＣ　０３：１８）、石川県沖日本海洋上、Ｆ－４
保木は燃料計を一瞥した。胴体内の残燃料を表す円形のリボンは10の辺りにあり、その下のデジタルカウンターも残燃料が一万一千ポンドだと示している。
Ｆ－４の燃料タンクは、胴体内に区分けされた七個、左右の主翼内に一個ずつあり、合計で約一万三千ポンドを搭載でき、左右の翼下にそれぞれ二千四百ポンド強の増槽を吊り下げれば、トータルで一万七千八百ポンドの燃料を積んでいることになる。
百、二百、四倍とＦ－４パイロットはつねに脳裏に置いている。Ｆ－４が搭載しているJ79エンジンは通常飛行をしているときには、毎分百ポンド、アフターバーナー《A／B》なしの最大出力、ミリタリーパワーで毎分二百ポンドの燃料を消費し、A／Bに点火すれば、消費量はミリタリーパワーの四倍になるという意味だ。F－4には二基のエンジンがあるので数値はすべて倍となり、A／Bを焚《た》けば、毎分千六百ポンドの燃料を使うことになる。計算上は十分もフルA／Bを使えば、搭載燃料はすっからかんになるが、試してみるパイロットはいない。

　ふだんの訓練時に指定空域まで進出する際には、少しでも燃費のよい速度、高度を選び、燃料消費効率を最高に保つように心がけている。より多くの燃料を訓練で使用するためだ。Gをかけて旋回すれば、速度は落ち、機速を維持するためにはミリタリー、A／Bを多用する。

　ホットスクランブルで上がったときは、いち早く目標を捕捉しなくてはならない。しかし、実はこのときこそ燃費に気を配って飛んでいる。本番は目標機を捕捉したあとの対領空侵犯措置行動にあり、燃料が多いほど千変万化する状況に対応する余裕となる。単純な話、識別不明機がしつこく領空侵犯をしかけてきても、燃料があれば対処をつづけられるし、バックアップ機を待つこともできる。

　燃料と高度が充分にあって、エンジンさえ回っていれば、たいていの事態には対処できるとパイロットは考える。

しかし、今回は新手の目標が出現したと聞いて小松基地を上がり、速度を上げてきたので通常のスクランブルより二千ポンドほど多く燃料を使っていた。

保木はスロットルレバーの左側面についた無線の送信スイッチを押し、編隊内周波数で二番機に呼びかけた。

「ホーク、モミー」

二番機パイロットのタックネームがホークだ。

〃はい《ツー》〃

「残燃料《フューエル》?」

〃一万千八百《ワン・ワン・エイト》ポンド〃

さすがだな、と保木は素直に舌を巻いた。タックネームは鷹《たか》ではなく、抜け目ないくせ者《ホークアイ》に由来している。

ウィングマンはリーダーを目視しながら追随しなくてはならないため、エンジン出力も細かく調整する必要がある。そのため燃費は悪くなるのが普通だ。だが、できるパイロットはリーダーの動きを先読みして機体を動かす。

たとえばリーダーの左後ろについている場合だ。リーダーが右旋回したとき、連動させることばかりにとらわれていれば、大回りになるが、リーダーの未来位置が予測できていれば、ショートカットし、最短距離でウィングマンのポジションにつけられる。目はつねにリーダー機に向けながら的確に状況を把握しているわけだ。

こうした工夫で節約できる燃料はわずかだが、積みかさねると大きい。

間もなく京都府と島根県の境界線延長に達し、西部航空方面隊の築城基地から上がってきたF－4に引き継ぐことになる。燃料は充分残っていたし、機体にも異常はない。

予想外だったのは四機が倍の八機に増えたことだ。

保木は左前方、わずかに低高度を飛行しているベア編隊の先導機を見やった。全長二十海里にもなる長大な編隊でも最初に行動を起こすのは先導機で、二番機以降は追随するのみだ。右前方、ほぼ同高度にさらに四機が飛んでいる。そちらの編隊の先導機にも先に上がった五分待機組のF－4二機がついているはずだが、さすがに二十海里も離れると、F－4を見つけるのは難しい。もっともベアの群れが見えているのでF－4を見つける必要はない。

ベアの二個編隊は徐々に距離を詰めていた。先を行く四機はいずれも内側のプロペラを止めているのが見てとれる。速度を落とし、追いついてきた四機と合流するのだろう。

ひょっとして合流するために昼間に飛んだのか――保木は目をすぼめ、先行する四機から自分が捕捉した四機に視線を動かした。

今朝からの動きを見ていると先行する四機はサハリンから上がったらしい。ソ連極東空軍の重爆撃機部隊は内陸部にあって、サハリンには戦闘機部隊が配置されているはずだ。

わざわざサハリンから上がってきたことにも何か理由があるのかも知れない。

そのとき前を飛ぶF－4編隊が経ヶ岬《きょうがみさき》の防空管制官と交信する音声が耳元に聞こえた。管制区が石川県の輪島から、より西方を担当する京都府の経ヶ岬になっている。五分待機組はビンゴ燃料に近づいており、保木たちが後方についたことから帰投することになった。二機のF－4が左へ逸れていくのを見て、保木はスロットルレバーに手を置いた。だが、左を飛ぶベア編隊に加速する様子はないので、そのまま追随飛行をつづけることにした。

やがて二つのベア編隊がゆっくりと融合し、先行する編隊の最後尾機と追いついた編隊の先導機とが横並びになった。両者の間は二百フィートほどしかなく保木には双方の機の翼端が触れあいそうに見えた。すでに先行していた四機のベアも停止させてあったプロペラを回しはじめていた。

保木は燃料計にちらりと目をやり、八機となったベアに視線を戻した。間もなく築城基地の第三〇四飛行隊のF－4が左前方に現れるだろう。境界線で保木たちはお役御免となり、基地に向かって機首を巡らすことになる。

スクランブル発進してから警戒管制群の指示を受け、四機のベアを見つけ、ここまで随伴してきた。その間、手順《プロシジャ》と確認《チェック》に追われ、恐怖を感じる余裕はなかった。

怖くないって？——保木は自らに訊いた——本当のところ、戦争なんか起こるわけないと思っているからじゃないのか。

法律でいえば、保木に交戦権は認められていない。武装した八機のソ連機が目と鼻の先を飛んでいるというのに許されるのは警告まで、だ。領空に接近するほどに警告は厳しさを増していき、領空に入りこみ、日本の国民と財産に攻撃をくわえれば、撃墜できるのかも知れない。その辺りの基準は曖昧だ。

保木に認められるのは、刑法上の正当防衛の域を出ない。万が一、ベアの尾部銃座からの攻撃でウィングマンが撃墜されたとしても手出しはできないことになっている。ウイングマンを撃ったベアにミサイルを撃ちこめば、私闘か、せいぜいよくて過剰防衛といわれるだけなのである。

だが、ウィングマンを撃たれて、何もしないですごすごと帰るような男にリーダーはつとまらない。いや、立場が逆でリーダーを墜とされたあと、帰投命令が出たとしてもウィングマンは敵機に襲いかかるだろう。

そのくらいの闘争心なくしてファイターパイロットは務まらない。

戦争が始まるかも知れないが、いろいろ屁理屈《へりくつ》をこねるのは政府、政治家の仕事だ。現場のファイターパイロットは、あくまでも冷静に撃つ。

ふたたび保木は自問した。

本当か……。

UTC03：20、石川県沖日本海洋上、Tu95

クラコフは身をかがめ、タラカノフの足下に転がっていたウォッカの空き瓶を拾いあげ、ついでにだらりと下がった右手がつまんでいる金属製のカップを取りあげた。座席ベルトに支えられたタラカノフの躰が揺れている。首をかしげ、胸につけた唇は濡れ、よだれが制服を濡らしていた。

操縦室の右舷後方にある座席はあくまでも予備でしかないので任務は割り振られておらず、計器類といえば、酸素供給装置の状態を知らせるモニターと機内通話装置の端末があるだけだ。機内通話装置につながれたヘッドセットがタラカノフの頭に載せられているものの斜めになっていて覆っているのは左耳だけでしかなかった。

「中佐」

クラコフはそっと声をかけたが、タラカノフの目は閉じられたままだ。ウートカ5との合流が三十分遅れになることを報告に来たのだが、すっかり眠りこけているようでは仕方がない。あとでもう一度来ることにして操縦席に戻ろうとしたとき、声をかけられた。

「カピタン」

ふり返ると航法士のゼレンスキーが席を立ち、手を差しだし、クラコフの手元に目を向けた。

「私が片づけておきます」

「ああ、よろしく」

空き瓶とカップを渡したとき、機体がわずかに右に傾いた。クラコフは顔を上げ、兵装担当士官に呼びかけた。エンジン音が高まったので声を張らなくてはならなかった。

「スミルノフ中尉」

「はい」

スミルノフは短軀、首のない太った四十男で、天使のような童顔。生粋のＴｕ95搭乗員で下士官からの叩きあげ、現在の階級は中尉だ。航法士のゼレンスキーは軍曹、やはり叩きあげだ。スミルノフとは対照的に細身である。

「左舷を見てくれ。ボンネルが合流したんじゃないか」

「少々お待ちを」椅子の座面に立ちあがったスミルノフは天窓の枠に手をかけ、左を見た。「来てます」

「了解」

操縦席に戻ろうとしたクラコフをスミルノフが呼びとめた。

「カピタン」

だが、スミルノフは答えようとせずにやにやしながらゼレンスキーを見た。

「ダーニャ、カピタンにご報告とお願いがあるんだろ？」

「いや……、何もこんなときじゃなくても」

うつむいたゼレンスキーが顔を赤らめる。頭頂部まで真っ赤になっているのが金髪の間からでさえ見えた。

「何だ、ゼレンスキー」

一瞬、口元に笑みを浮かべているスミルノフを睨《にら》み、ゼレンスキーが顔を向けてきた。

「実は……」

もじもじして言葉が途切れたゼレンスキーをスミルノフがほらほらといわんばかりに見ている。唇を嘗めたゼレンスキーは肚をくくったように声を圧《お》しだした。

「来月、マリアと結婚することにしました」

「そうか」クラコフは自然と顔がほころぶのを感じた。「それはよかった。おめでとう」

直後、胸の底に感じた刺すような痛みを気取られないよう口角を大きく持ちあげた。与えられた任務を考えれば、基地に帰投できる望みはほとんどない。基地から車で三十分ほどのところにあるセリシェヴォの街中にあるスーパーでゼレンスキーと連れ立っているマリアを見たことがある。小柄で丸顔の可愛《かわい》らしい女性だ。それほど若くは見えなかったが、ゼレンスキーが三十代半ばだからほぼ同年代だろうと察しがついた。

大学卒業後、クラコフは二年間の訓練を経て、ウクラインカ基地の重爆撃機部隊に配属された。ちょうど八年前になる。

国内でも随一といわれる最高学府を出ながら爆撃機操縦員になろうというクラコフは変わり者と見られ、部隊の大半を占める下士官、兵から叩きあげた搭乗員たちには冷たい視線を向けられ、表面上はともかく、現場ではまともに相手にされないことも多かった。

そうした中、最初に乗り組んだメンバーにスミルノフとゼレンスキーがいた。

当時、スミルノフはまだ下士官の航法士、ゼレンスキーは一等通信兵だった。二人はクラコフを受けいれ、Ｔｕ95の搭乗員としてだけでなく、重爆撃機部隊の一員として、どのように振る舞うべきかを懇切丁寧に教えてくれた。

三年後、ウラジオストクで一年間極東軍管区司令部の幕僚勤務を経て、ふたたびウクラインカ基地に戻ったときもスミルノフ、ゼレンスキーが迎えてくれた。クラコフが新米機長となったときは、同じ機のクルーとして支えてくれたのである。クラコフにとってはともに飛ぶ仲間であると同時に親のような存在とさえいえた。

ソコル基地司令部勤務となるまでいっしょに飛びつづけたのである。

一九八三年一月、クラコフはソコル基地司令部幕僚を命じられ、転勤した。そしてその年の八月末、悪夢の事案が起こった。

ふたたびウクラインカ基地に戻ったのは、去年の十月だ。スミルノフは中尉に昇進して兵装担当士官を務め、ゼレンスキーは軍曹、航法士に転じていた。そして二人とも初めて出会ったときと変わらずクラコフを温かく迎えてくれた。

それだけに……。

クラコフは思いをふり払い、ゼレンスキーに訊ねた。

「それで私に頼みというのは？」

「結婚式にはカピタンもぜひ出席していただきたいのです」

「喜んで出させてもらうよ」

嘘《うそ》に胃がちりちり痛む。もう一度おめでとうといい、クラコフは操縦席に戻った。

午後〇時三十分（ＵＴＣ　０３：３０）、宮崎県・新田原基地
フライトスーツにＧスーツ、首にタオルというのがアラートパッドにおける川上の定番スタイルだ。飛行隊でもなぜかタオルを首にかけていることが多かった。本庄は川上と並んで気象情報用のパソコンを前にしていた。ディスプレイには三十分ほど前に送られてきた気象衛星の写真が映しだされていた。写真には緯度、経度、日本列島の輪郭線が重ねられている。

台風十三号は福岡県の北方沖に移動していたが、渦巻く雲は北は対馬、東は山口県西部、西南方向は五島列島をすっぽり覆っていた。十二号は鹿児島県の西方、四百キロほどのところにある。まだ雲は洋上にあるだけだが、風は強まっているかも知れない。

「ミッドウェイとカール・ヴィンソンは十三号の雲の下だな」

川上が低い声でいった。

「それでも左側になった分、少しは楽になったんじゃないか」

本庄は答えた。

北半球において反時計回りに回転する台風は、中心の西側を吹く北風より東側の南風の方が強烈だ。進行方向に対して東を右、西を左ということもあった。

タオルの両端を手でつかみ、首の後ろをぱんと叩いた川上が鼻で笑った。

「どっちにしたって台風の中だ」

「まあな」

「千歳、小松、築城は増強がかかった」

「そうだな」

増強がかかれば、アラートに就いている四機のほか、さらに四機を作る。パイロットだけでも十六名が必要だし、整備やそのほかの支援要員も増員しなくてはならない。土曜日だけに非常呼集がかけられているだろう。平日ならば、すべての訓練が中止され、飛んでいる機体は即刻基地に戻される。

またしても、川上がふんと鼻で大きく息を吐いた。本庄は目を向けた。

「どうした?」

「条件はそろってる。台風が来てて、アメリカの空母が二隻、目と鼻の先でアメリカと韓国が演習をやろうって土曜で、こっちは出勤してる者が少ない。まあ、ベアが八機ってのは確かに多いけど、今まで経験がないわけじゃない」

「そうだな」

川上がぎょろ目を動かし、まっすぐに本庄を見た。

「怖いか」

「いや、別に」

反射的に答えたあと、自分の胸のうちを探った。恰好つけて強がりをいっていないか。いや、とすぐに思う。緊張はしているが、いつものソ連機接近が知らされたときと変わりはない。恐怖心は欠片《かけら》もなかった。

ディスプレイに目を戻した川上がうなずく。

「おれもだ」

口角が下がり、それでなくともいかつい顔立ちが凄《すご》みを増している。

「何か、まずいのか」

ほんのちょっと首をかしげたあと、川上が答えた。

「本当は怖がるべきじゃないのか」

真意をはかりかね本庄は黙って川上を見返していた。

「ソ連の爆撃機が八機、うちらのＡＤＩＺを飛んでいる。ひょっとしたら武装してるかも知れないだろ。機関砲だけじゃなくて、もっと強力な武器で」

「そいつを使わせないようにするのがおれたちの仕事だろ」

「タカくくってるんじゃないか。戦争なんて起きっこないって。だから怖くない」

胸を衝《つ》かれた気がした。川上がまたタオルの両端をつかんで首の後ろで音を立てる。

「おれは飛んでる最中、手順《プロシジャ》とそれがちゃんとできてるかって確認《チェック》に追われてる。離陸《エア・ボーン》して、針路《ヘディング》はいくつ、高度はどんだけ、速度は……、燃料は……、レーダーはちゃんと動いてるのか」

レーダーが故障すれば、シグナルが出るし、そもそも地上のレーダーサイトが目標を捕捉してスクランブルをかけてくる。だが、レーダーがカタログ通りに作動していたとしても音も光もない。後席に何度も訊く。何かないか、もやみたいなものでも映らないか、と。Ｆ－４のレーダーでは目標をきっちり捉え、ディスプレイに輝点として映しだすとはかぎらない。夜間であれば、目の前は真っ暗で何も見えず、日本のＡＤＩＺを飛ぶソ連機が航空灯を点けているはずもなく、レーダーを攪乱《かくらん》させる電波を発していることも多い。

川上がつづける。

「プロシジャとチェックの連続で考えごとをする暇はない。敵機が動けば、それに対処しなくちゃならない。またそこで次のプロシジャ、チェックだ」

「そうだな。間違いなくやらなくちゃならないから」

「それだよ」

「何が？」

「戦争って、おれたちが忙しくしている間に自動的に始まるんじゃないか。敵機に動きがあったとしても連中が何を考えてるかなんて、おれたちが考える暇はない」

戦争は自動的に始まる。日常生活の連続線上で……。

何とか口を開いた。

「相手が領空侵犯しそうになれば……」

しかし、言葉に詰まってしまった。敵機が針路を変え、まっすぐ領空に突っこんでくれば、よけいに手順と確認が増え、文字通りパイロットは忙殺される。

奴らが戦争をしかけようとしていると考える暇はあるか。

たしかに自動的に始まるのかも知れない。

UTC　03：33、石川県沖日本海洋上、Tu95

操縦席のレフトシートに座ったクラコフはヘッドギアを被り、座席ベルトを留めた。左舷に目をやる。Tu95が並んで飛行しており、右舷の窓からパイロットが見えた。クラコフ同様ヘッドギアを被り、酸素マスクは顔のわきにぶら下げている。ボンネルだ。機長だったが、クラコフ機と横並びになることを想定して右側に座ったのだろう。ボンネルが手を振るのが見え、クラコフも左手を挙げて答えた。

そのとき耳元に雑音が聞こえた。誰かが機内通話システムにヘッドセットを接続したのだ。搭乗員は出発前からつなぎっぱなしにしている。今さら端子を挿しこむなど一人しかいない。

「搭乗員諸君……」

タラカノフの声が耳を打った。酔っ払っているのか、語尾が不明瞭だ。

「まず、諸君に栄誉ある任務に選ばれたことで祝意を伝えたい。そして我が国の希望を諸君が担っていることを改めて伝えたい」

クラコフは心臓が咽から飛びだしそうになるのを感じていた。

タラカノフがつづける。

「諸君は核ミサイルをもってアメリカの空母を消滅させるという栄《は》えある任務に……」

クラコフは目を閉じ、歯を食いしばった。それでも声は漏れた。

「クソ……」

タラカノフの得意気な演説はつづいている。

第三章　五分間の悪夢《ピャーチ・ミヌート・カーシマル》

UTC 05：24、日本海洋上、Tu95

タラカノフの演説から二時間弱が経過していた。その間、クラコフもラザーレフもほとんど言葉を交わしていない。二人ともヘッドギアは被っていたが、酸素マスクは片方の留め金を外してぶら下げている。

左前方に目をやった。巨大な灰色の壁がそそり立っている。壁の表面には不規則な横縞《よこじま》が走り、肉眼で見ていてもはっきりわかるほど左から右へと流れていた。

台風だ。

クラコフは腕時計に目をやった。日本製のデジタルウォッチで、切り替えでモスクワ時間と協定世界時《UTC》のどちらでも表示できる。今はUTCを表示させてあった。酸素マスクの内側にあるマイクに手をあて、ラザーレフにいった。

「第二案を考えなくちゃならないかな」

ラザーレフが左に目をやり、厳しい表情でうなずく。

「そのようですね」

クラコフは大きく息を吐き、ヘッドギアを脱いだ。

「中佐に説明してくる」

「了解しました」

上部スイッチパネルに頭をぶつけないよう慎重に立ちあがり、操縦室後部に向かった。

後部右舷側の座席では窓を背に傷だらけの革シートに横座りになったタラカノフがクラコフを睨《ね》めつけながらゆっくりとヘッドセットを外した。機内通話装置からプラグを抜いてコードを巻きつけ、足下に置いた雑嚢に放りこむ。

次いで左腰から右肩にかかっていた革のストラップを外し、帯革のバックルも外して、拳銃ケースごと雑嚢に落とす。草色の制服の、はち切れそうになっていた四つの金ボタンを外そうとしたとき、指先が胸元の染みに触れた。

居眠りしている間に垂れたよだれの跡だ。指先の臭いを嗅いだタラカノフは制服の裾にこすりつけ、悪態を吐いた。

「クソッ《ブリン》」

ついでに生あくびをする。ボタンをすべて外し、前を広げた。ワイシャツのカラーを緩め、首の後ろに手を回して、ホックで留めるネクタイを取る。ぞんざいに丸めて雑嚢に放りこみ、大きく息を吐いた。

足を引っかけていた筐体の上から制帽を取り、頭に載せる。口を開きかけ、思いついたように雑嚢に手を突っこんでウォッカの瓶を取りだした。キャップを回して封を切り、周囲を見まわす。カップは片づけさせている。だが、タラカノフはわずかばかり肩をすくめたあと、キャップを外して、直接口につけた。逆さまになった瓶の中を大きな泡がせり上がっていく。苦悶の表情を浮かべながらも瓶を口から外そうとはしない。三分の一ほどを飲みくだし、瓶を下ろして、横殴りするように口元を拭った。

目を上げる。白目には、網目状になった細い血管が見えていた。クラコフには見慣れた典型的なＫＧＢの貌《かお》だ。

「すべては順調かね、同志少佐」

「針路の左前方に台風が居座っております」

タラカノフが鼻をならし、だみ声で吐きすてた。

「ウクラインカの編隊との合流が三十分遅れたせいで作戦に遅延が生じているんじゃないのか」

「どちらも想定内です。作戦にはつねに複雑な要素がからみます。気象とか、機体とか、その他諸々《もろもろ》……、とくに本作戦のように八機が協働する場合には」

タラカノフがちらりと肩をすくめる。

「想定内ならば結構だ」

「台風の状況によっては代案に移行せざるを得ません」

「代案ね。怖じ気《おけ》づいたわけではあるまいな」

ウォッカの瓶を握りしめているタラカノフの右手は白くなっていて、関節が浮き、小刻みに震えていた。言葉を右手が裏切っているように見える。

怯《おび》えてるのは、この男の方じゃないのか……。

すぐに反問が湧きあがってくる。

お前は、どうなんだ、ヴィクトル？

生と死の狭間《はざま》はほんのわずかでしかなく、どのように身をひねろうと巨大で鈍重なTu95がすり抜けられる可能性はほとんどなかった。

クラコフの視線に気づいたタラカノフが咳払《せきばら》いし、上目遣いに睨みつけながら圧《お》しだすようにいう。

「いずれにせよ失敗は許されない。とくに君はな、同志少佐」

「重々承知しております。任務を成功させるため、全力を挙げて指揮を執っております。作戦変更する場合はもう一度報告にまいります」

「結構」

うなずいたタラカノフがウォッカの瓶を持ちあげる。クラコフはじっとタラカノフの目を見つめていた。だが、睨み合いはわずかな間でしかなかった。タラカノフが手を下ろし、左手のキャップを戻して、くるくる回す。そのときになって初めて気づいたように小刻みに震えている瓶を見つめた。唇をへの字に曲げ、瓶を雑嚢に戻す。

ふたたび目を上げたタラカノフが低く、濁った聞きとりにくい声で切りだした。

「一九八三年九月一日、彼の地《か》はまだ夜明け前だった」

彼の地がサハリン州ソコル基地を指すのは明白だ。クラコフは奥歯を噛みしめ、何もいわずにタラカノフを見返している。機内にはエンジン音がこもっていたが、目の前にはスミルノフやゼレンスキーがいる。二人ともヘッドセットを着け、計器盤に目を向けたまま、クラコフたちを見ようとはしなかったが、聞こえていない保証はなかった。

しかし、気にする様子を見せずタラカノフが言葉を継いだ。

「ユロフスキーが戻ったのは、報告書によれば午前四時二十七分だった」

左胸の内側で心臓がびくっと反応する。領空侵犯した大型機を撃墜したＳｕ15のパイロット、ユロフスキーが基地に戻った正確な時間など記憶にない。

「君と、間抜けな戦闘機部隊の飛行隊長がユロフスキーから話を聞いたのは、それから四時間以上もあとだった」

脳裏にありありと浮かんだのは、ユロフスキーの濡れて、くしゃくしゃになった金髪とグレーのスウェット上下を着ていたことだ。シャワーを浴びて着替えたばかりなのがわかっただけだ。飛行隊内部での飛行後ブリーフィングは、通常パイロットが飛行隊に戻った直後に行われる。おそらくユロフスキーは着陸した直後からＫＧＢの尋問を受けていたのだろう。その後、シャワーを許され、ようやく飛行隊長の前に現れたのだ。

クラコフは飛行後のブリーフィングに立ち合うよう命じられた。なぜクラコフだったのか。理由は説明されなかった。

隊長とユロフスキーの二人が同じ会話を何度もくり返していたのは憶えている。

『目標機はすべての航空灯を消していたのは間違いないんだな？』

『ミサイルが命中した直後、照明が消えたのは目撃しました』

ブリーフィングは昼食を挟み、午後遅くまでつづいた。昨日の夕方出勤したユロフスキーが待機室に入り、夕食を摂り、午後十時過ぎに仮眠室に入ったこと――ユロフスキーは飛行服を着けたまま簡易ベッドに入り、まどろんだと答えている――、午前二時過ぎに待機命令が出て、二時四十五分に離陸したこと、午前三時頃、目標機をレーダーに捉え、接近したこと……。

その後、撃墜命令が出て、撤回され、強制着陸させるよう命じられ、うまくいかず目標機が加速したので再度撃墜命令が出た。

強制着陸させようとしたとき、ユロフスキーは目標と並んで飛んだ。

『並んで飛んだのなら、そのとき目標機が一切の航空灯を消していたのを目撃したはずだろう』

『ミサイルが命中した直後、照明が消えたのを目撃しただけです』

ユロフスキーの答えは最後まで変わらなかった。

ブリーフィングという名目の尋問後、パイロットのユロフスキーは精密検査を受けるため、医務室に連れていかれ、戦闘機部隊の隊長とクラコフは別室に用意された豪華な夕食を摂ることになった。クラコフが幕僚として勤務していた司令部からは報告書の作成は明日でよいとの連絡を受けていたので、隊長とクラコフはとりあえずたっぷりした食事を腹に詰めこむことにした。隊長は識別不明機が領空に接近しているとして未明に呼びだされ、一方、クラコフは前日から当直勤務に就いていた。

「ユロフスキーを尋問したあと、君たちはお役御免となって、ささやかな夕食を供された。そうだろ？」

「はい」

「テーブルにはアララットまであった」

ラベルにＡＲＡＲＡＴと印刷されていたのは憶えている。タラカノフがにやりとする。

「アルメニア産のコニャックでも最高級品だ。たいそう美味《うま》い。そうだろ？」

「はい」

脚のついた細長いグラスに注がれたコニャックは上質で咽に引っかかることがなく、いくらでも飲むことができた。二人きりの食事は事件のあとだけに陰鬱な空気に支配されてはいたが、酒は止まらなかった。たちまち一本が空き、すぐに二本目が運ばれてきた。

「そのときまで飲んだことがあるか」

「いえ」

「だろうね。だからアララットを選んだ。君たちはろくに味なんか知りやしない。それゆえ多少混ぜ物をしても気がつかない」

「混ぜ物といわれますと?」

タラカノフは口角をさらに持ちあげただけで答えなかった。だが、その後に起こったことを考えれば、答えを聞くまでもなかった。

食事をしている最中に眠気が差してきて、椅子に座ったままクラコフは半ば失神するように眠りに落ちた。

「目が覚めたとき、うす暗い部屋のベッドに寝かされていた。そこがどこか、君にはまるで見当もつかなかったに違いない。そこがどこかが気になったんじゃないか」

「基地の医務室だと思いました」

「そんなところだろうな。だが、君が本当に気にするべきは、そこがどこかということよりコニャックで酔いつぶれてから何時間経過していたのかという点だった」

たしかに、とクラコフは胸の内でつぶやいた。時間感覚を失うほど深い眠りに落ちていたクラコフにはせいぜい数時間としか思えなかった。

脳裏に初老の男の面差しが浮かぶ。特異な容貌からクラコフは内心でコゥバと呼んでいた。

一九八三年、日時、場所、不明

テーブルを挟んで向かい側に座っている男は焦げ茶色の背広を着ていた。やや小太り、丸顔でテーブルの上で組んだ指は太くて短かった。丸顔で、目を引いたのは左右に張りだした立派な眉だ。その下の丸い目は明るい茶色で眼《め》の光が強かった。鼻は尖った先端が下がっている。

ミミズク《コゥバ》みたいな顔をしているとクラコフは思った。

「あの……」

男と向かいあってしばらく経つ。腕時計を持たないクラコフには時間の感覚がない。睨みあって十五分か、あるいは三十分、それ以上になるような気もする。

「何だね？」

男が落ちついた声で訊き返した。

「何とお呼びすればいいのでしょう」

改めて軍人が単純明快な世界にいることがわかる。制服には階級章や軍歴、勲功が一目でわかる略綬《りゃくじゅ》がある。

「ドクトルで結構」

医者なのか博士なのかはわからない。だが、ドクトル・コゥバにはそれ以上説明するつもりはなさそうだ。六十歳くらいか、とクラコフは思った。左右に張りだした立派な眉も大きくひたいがせり上がった頭も白髪が多い。

相手が年上なら父称《ふしょう》に名前をつけて呼ぶのが礼儀だ。クラコフならアレクセーヴィチ・ヴィクトルになる。ドクトルでは必ずしも尊称にはならないが、相手に名乗る気がない以上仕方がない。

クラコフはふたたび口を開いた。

「質問は許されますか」

「かまわないよ。答えられることには答えよう」

一瞬、迷ったが、ずばりと訊くことにした。KGBの制服を着た二人組——どちらも階級章は軍曹だった——に起こされ、この部屋に連れてこられた。クラコフはグレーのスウェットを着て裸足、ベッドのわきに置いてあったプラスチックのサンダルをつっかけた。その恰好はユロフスキーを連想させた。

目を覚ましたのは病室のような印象の小さな部屋でパイプベッドだけが置かれていた。自分がどこにいるのか、どうしてこんなところで寝ているのかわからないまま、二人のKGBの下士官に促され、部屋を移動してきた。長い廊下の両側にはドアが並んでいたが、番号や名称を記したプレートは見当たらなかった。

連れてこられた部屋は目を覚ました部屋と同じく殺風景な造りで、違いといえば、ベッドではなくテーブルが一つと椅子が二脚あるだけだった。共通点が一つ、どちらにも窓はなかった。

ほどなく白い上っ張りを着た男がトレイに載せた食事を運んできた。揚げパンとスープ、少量のサラダが添えられ、大きなコップに氷を浮かべた水が入っていた。空腹だったクラコフはあっという間に平らげ、そのあとKGB軍曹にトイレに連れていかれた。用を済ませて戻ってきたときには、ドクトル・コゥバが入口に背を向けて座り、テーブルに置いたトレイは片づけられていた。

クラコフは唇を嘗め、声を圧しだした。

「ここはどこですか」

「病院」

「病院？　私はどこも悪くありませんが」

「一種の隔離病棟」

KGBの制服に隔離病棟と来れば、どのような施設か察しはつく。

「どこにある病院なのでしょう？」

「次《シエブーシ》は？」

答えるつもりはないという意味だろう。

「あれから……、ソコルでの一件からということですが、何時間経過してますか。その後、何かわかりましたか」

「次」

説明が一切なかったので答えも期待してはいなかった。情報の遮断、枯渇は対象者を孤立させ、不安に陥れる常套《じようとう》手段であることは知っていたが、実際にやられるとかなり堪《こた》えた。自分が尋問の対象者になっているのを知る。

罪名はわかっていた。サハリンの防空部隊で当直についていながらみすみす米軍機に領空侵犯を許し、あまつさえ基地の上空を横切られている。致命的なミスに違いない。

無駄だと思いつつ、重ねて訊いた。

「ソコル司令官や戦闘機部隊の隊長はここにいるのでしょうか」

ドクトル・コゥバはすぐに口を開こうとはせず、まったく表情を変えずにクラコフを見つめていた。クラコフは胸の真ん中あたりに鼓動を感じた。咽が渇いたが、コップは片づけられている。

やがてドクトル・コゥバがいった。

「次」

「あ……」目を伏せ、口の中でぼそぼそと答えた。「それだけです」

「結構。それじゃ、まずこれを聞いてもらいたい」

ドクトル・コゥバは足下に置いた書類カバンからカセットテープレコーダーを取りだし、クラコフの前に置いた。黒いボディでスピーカー部は銀色、SONYというロゴが入っていた。手を伸ばしてきて、再生ボタンを押す。テープが回りだし、スピーカーからノイズが流れだした。すぐに声が聞こえた。

〝805、デプタット、目標は左、距離130〟

〈デプタット〉はソコル基地防空司令部の暗号名であり、聞こえているのは自分の声だが、録音だと別の誰かが喋っているようだ。

ソコル司令部からSu15を駆るユロフスキーに目標が彼の左を飛行しており、米空軍のRC－135がソ連領空まで百三十キロに迫っていることを伝えた。このとき、クラコフはまだ805というコードナンバーしか知らず、ユロフスキーの顔を見たこともなかった。

スピーカーから流れる声はずいぶん昔に録音されたように聞こえた。ソコル基地にかぎらず作戦機と司令部との交信は記録されている。基地の音声テープをダビングしたのだろう。古く感じるのは、ダビングをダビングし、音質が劣化しているせいかも知れなかった。ひょっとしたら昨日の録音という可能性もあった。

〝了解、目標方位０７０〟

どうしてユロフスキーが目標の方位を七十度といったのかはわからない。クラコフはソコル基地のレーダーが捉えている画像を映しだしているディスプレイを見て、ユロフスキーから見て左に目標があることを伝えた。自機を中心に目標の位置をいうにしても左側なら百八十度から三百六十度の範囲になる。

ディスプレイには、６０６５－91と識別ナンバーが添えられた三角マークと、８０５と振られたユロフスキー機の三角マークが表示されていた。三角マークの尖った先端は進行方向を示し、航跡がマーク後方に破線となってつづいている。

クラコフはすぐに応答している。

〝目標は左にある。針路は二百四十度〟

６０６５は西南西に向かって飛行をつづけており、領空にぐんぐん接近していた。

〝距離百二十〟

ほんの数秒で領空までの距離が十キロ縮まっていた。

６０６５はまだサハリン東方洋上にあり、８０５は向かいあう恰好で接近していた。

高度は一万メートル、６０６５は時速九百キロ、８０５は七百キロほどだった。相対速度は時速千六百キロ、一秒間に四百五十メートルの割合で接近している。

ふたたびクラコフの声がスピーカーから流れた。

〝８０５、目標は貴機に向かっている。貴機から目標までの距離は七十〟

ユロフスキーが６０６５と接触するまで二分半ほどしかない。

切迫した無線交信を聞いているうちに、あのときの情景がありありと浮かんでくる。クラコフが見つめていたレーダースコープには８０５が左に旋回し、６０６５の後方に回りこもうとしているのが映しだされていた。

そのとき司令所の片隅ではソコル基地司令官のコルヌコフ大佐がハバロフスクにある極東軍管区空軍司令官の将軍と電話で何やら言い合いをしていたのである。次いで受話器の送話口を手で覆ったコルヌコフが声を張って命じた。

『クラコフ大尉をのぞいて、全員退出しろ』

だが、そのやり取りは録音されていない。録音はあくまでもソコル基地と８０５号機の交信を記録したものでどちらかが送信ボタンを押さないかぎり電波には載らず従って録音もない。地下指令室には十名ほどが詰めていたが、コルヌコフの命令に従ってそそくさと出ていった。

鉄扉が閉ざされ、自動的にロックされるとコルヌコフがクラコフを見た。

『805に撃墜の準備をさせろ。ただし、真後ろから接近させてはならない』

撃墜という言葉が初めて発せられた瞬間だった。あくまでも準備させろということではあったが。真後ろから接近させるなというのは、RC－135が尾部に防御用の機関砲を備えているためだ。805は6065の右後方に位置し、しかも距離を縮めていた。乏しい燃料を焚《た》き、加速したのは間違いない。

クラコフはテープレコーダーを見つめたまま、胃袋がきりきり痛むのを感じた。あのときと同じように暗闇をたった一人で飛びつづける805号機パイロットの孤独と恐怖が無線を通じて伝染してきたように感じたからだ。

あの瞬間の、あの場所にクラコフは引き戻されていった——。

2

一九八三年八月三十一日ウラジオストク時間午前四時二分（UTC　18：02）、サハリン・ソコル基地地下指令室

ソコル基地司令コルヌコフの命令で、クラコフ以外の士官、下士官が地下指令室を出ていったのは、モスクワ時間で午後九時、ソコル基地では午前四時になる。

地下指令室に三つ並んだ丸い壁掛け時計の秒針はきっちりとシンクロしていた。時計

はいずれも二十四時間表示の指針タイプで、左端の一つはあとの二つに比べて一回り大きく、二十一時二分を指している。真ん中が四時二分、右端が十八時二分だ。三つの時計の上には、デジタル表示器が取りつけられていて、１９８３／０８／３１／２１０２／１５と並んだ数字が赤く鈍い光を放っていた。
デジタル表示器および大時計が指しているのは、どちらもモスクワ時間だ。

　広大なソ連では、西のカリーニングラードから東のカムチャツカまで十一のタイムゾーンに分かれている。真ん中の時計は、ソコル基地の現地時間であるウラジオストク時間、右端は協定世界時《ＵＴＣ》を示している。ＵＴＣは民間航空の国際線や西側、とくに米軍が通信に使うことが多い。

　ソ連全軍やＫＧＢなどの全国を管轄する機関は、すべてモスクワ時間を使用することになっていた。それゆえソコル基地では、朝食を午前零時から一時、昼食を午前五時から六時、夕食を午前十一時から正午、夜食を午後四時から五時の間に摂るように定められているが、時計が示す時間がどうあれ、朝、昼、夜、深夜であることに変わりなく、生理的には問題なかったし、どこの基地に配属されようと新兵の頃からモスクワ時間での行動を強制されているため、時間感覚は骨の髄まで染みこんでいる。

　地下指令室に出勤してきたコルヌコフに対し、日付が変わる頃から東方に位置するカムチャツカ半島各地のレーダーサイトがアラスカを飛びたった米空軍の偵察機――Ｒ

た。

C－135を捕捉、6065の符丁をつけて追随していることをクラコフは説明していた。

レーダーディスプレイを見たコルヌコフが6065に91という未確認の識別番号が付けられている点について見解を求めてきたので、目標に一時欺瞞《ぎまん》行動を実施し、レーダー画面から消えたためと答えている。午前三時過ぎにふたたび同じ空域で似たようなエコーを捕捉したが、出発地から捉えつづけていた6065と同一なのか必ずしも確認できていないので、そのため91が添えられたのではないか、と。

指令室の鉄扉が閉まったのを確認したコルヌコフが目を向けてきた。

「805の現在位置は？」

ちらりと目の前のディスプレイを見たあと、クラコフはコルヌコフに視線を戻した。

「6065の左後方に回りこもうとしております」

うなずいたコルヌコフはスタンドマイクの送信スイッチを押した。

「失礼しました、将軍。805号機は目標から見て、右方九十度の位置から旋回しております。目標を目視で識別させるため、誘導しております」

〝目標は何ら識別の表示をしていないのか〟

コルヌコフの前に置かれたスピーカーから声が流れた。おそらく極東軍管区空軍司令官だろうとクラコフは推測した。

「その通りです。そのため邀撃戦闘機に接近を命じ、現在誘導中であります」

〝真後ろからは接近させるなよ〟

司令官の言葉にコルヌコフがむっとしたような顔つきになる。6065がRC－135である以上、尾部に防御用の機関砲座を備えていることはわかっている。だが、コルヌコフは口調を変えずに応答した。

「かしこまりました。805に対して、目標に対して一定の角度を保って接近するよう命じます」

〝忘れるな、目標はケツに機関砲をつけている〟

司令官の言葉にコルヌコフの口角はますます下がった。クラコフに命じる。

「805にレーダー照準を準備をさせろ」

「はい。それとそろそろ805の燃料が厳しくなっているかと存じます」

「わかってる。私は戦闘機上がりだ」

言外に司令官とは違うと匂わせているのだ。

たしか地対空ミサイル部隊の出身だったなとクラコフはちらりと思ったが、よけいなことはいわずマイクに向きなおって送信ボタンを押した。

「805、デプタット」

〝805〟

「貴機の目標は敵性軍用機だ。レーダー照準の準備を開始せよ。領空侵犯後、ただちに撃墜しなければならない。レーダーで捕捉でき次第、報告しろ」

〝了解……、目標の速度は？〟

「９００」

ディスプレイには、目標が時速九百キロで針路二百四十度を飛行中であると表示されていた。じりじりと８０５が６０６５との距離を詰めている。真後ろではなく、６０６５の左後方に占位していた。

スピーカーから司令官の声が流れた。

〝ソコル、状況は？〟

すかさずコルヌコフが答える。

「６０６５はテルペニア湾上空を針路２４０のまま、飛行中。現在、ソコルから上がった邀撃戦闘機が六キロ後方につけております。武器使用を許可しました」

テルペニア湾はサハリン南部の大きな湾でソコル基地の北東部にあたり、目と鼻の先ともいえた。

〝目標は識別できたか〟

「いいえ《ニエット》。夜明け前で何も見えません」

〝何も見えん？　それじゃ話にならん。目標をきちんと目視し、識別させろ。現時点において民間機である可能性も完全には否定できない〟

コルヌコフの顔からさっと血の気が引いた。一瞬にして唇まで白っぽくなる。

「お言葉ですが、６０６５はカムチャツカ上空から海を越えてまっすぐここまでやって来たのです。民間機であるはずがありません。こちらからの呼びかけに応じませんし、航空灯も消しております。領空に入れば、即刻撃墜しなくてはなりません」

〝私が命令を下すのか。その命令を、この私に下せ、と？〟

「その通りです。我々は閣下の指揮下にあるのです。６０６５は間もなく……、いえ、今我が方の領空に入りました。早くご命令を」

コルヌコフの荒々しい声を聞きながらクラコフはマイクに声を吹きこんだ。６０６５が領空に侵入した以上、命令は自動的に下される。

「８０５、目標は領空に侵入した。速やかに撃墜せよ」

〝目標を捕捉中。すでにＺ《ゼー》・Ｇ《ゲー》は点灯している〟

そのとき、悲鳴にも似たコルヌコフの声が指令室に響きわたった。

「何ですって」

はっとしてふり返る。目を剝いたコルヌコフがクラコフに向かって目の前で手を×印に振っている。

スピーカーから声が流れる。

〝やはり805に6065が軍用機であることを確証させなくてはならん。民間機の可能性は拭い去れない〟

本気か、とクラコフは思った。805号機は少ない燃料を燃やして、自機より優速な目標に追いすがろうとしている。

さらに司令官がつづけた。

〝国際緊急周波数で呼びかけ、応答がなければ、信号射撃をして命令に従わせろ。強制着陸を試すんだ〟

無理な注文だ。曳光弾を搭載していない戦闘機にどのようにして信号を発しろというのか。

憤怒《ふんぬ》の表情を浮かべながらもコルヌコフが声を圧しだす。

「かしこまりました」

小さく首を振り、クラコフに向かって指を右から左へ動かした。命令を実行しろという合図だ。クラコフはちらりと壁の時計を見た。モスクワ時間二十一時十七分——一連のドタバタ劇が始まってまだ十五分しか経っていない。

送信ボタンを押す。

「805、撃墜中止、撃墜中止。目標の操縦席に並び、指示に従わせ、強制着陸させよ」

わずかに間があった。ヘッドフォンの内側を流れるノイズが耳を打つ。

〝了解。射撃管制レーダーを切る〟

「目標に並び、機関砲による警告射撃を実施せよ」

〝了解。機関砲を発射する〟

ふたたびノイズが流れていく。クラコフは焦《じ》れ、送信ボタンを押した。

「警告射撃を実施したか」

〝実施した〟

「目標の状況は？」

〝目標は減速した。警告に気がついたのでは……〟

８０５号機からの声が途切れた。

「どうした？　何があった？」

〝燃料警告灯、点灯〟

クラコフは目を剝いた。警告灯が点《つ》いてからエンジンを回していられるのは、せいぜい十分でしかない。

ふたたび８０５号機からの通信が入った。

〝目標が高度を上げている〟

横につけた戦闘機に気がついて減速したのではなく、上昇しようとして速度が落ちたのか。

逃亡？

地下指令室の空気が一瞬にして凍りついた。

一九八三年、日時、場所、不明
目の前に置かれたテープレコーダーが回っているのをじっと見ながらクラコフはあの瞬間が蘇ることで胃袋がもみくちゃになり、つい先ほど食べた揚げパンが逆流してきそうになるのを感じていた。

テープレコーダーのスピーカーから流れる声が自分のものとは思えなかったが、それは願望に過ぎなかった。間違いなくクラコフ自身の声だ。

『805、目標を機関砲で攻撃せよ』

『ダメだ。すでに目標は私の前方にあって上昇をつづけている。機関砲では……、距離がありすぎる。ミサイルを試します』

雑音が混じって、聞きとりにくい。805号機のレーダーが無線に干渉しているのか、それとも別の理由かはわからない。あのときは雑音にすら気づいていなかった。

ふたたび805号機のパイロット、ユロフスキーの声が聞こえた。

『目標をレーダーで捕捉、距離八キロ……、ミサイル発射……、目標は破壊された』

『破壊は間違いないか』

『目標の照明がすべて消えた。ただちに離脱し、帰投する』

『目標は降下中……、高度五千……、レーダー探知圏を外れた……』

テープレコーダーから流れていたクラコフの声が途切れ、低いノイズだけになったところでドクトル・コゥバが手が伸ばし、停止した。再生ボタンが戻る器械音が意外に大きく響き、耳障りだったことにクラコフは顔をしかめた。

「さて……」ドクトル・コゥバが切りだす。「この交信が録音されたとき、指令室には基地司令官のコルヌコフ大佐と君の二人だけだった。間違いないか」

「はい。大佐がほかの要員に退出するように命じましたので」

「なぜ君が残るようにいわれたんだろう？」

「階級では私が最上位でした」

ドクトル・コゥバがミミズクの目でじっとクラコフを見つめ、重ねて訊いてきた。

「どうして人払いをする必要があったのかな？」

「それは……」

クラコフは言葉に詰まった。ドクトル・コゥバは何もいわずに見つめ返している。

「大佐は極東軍管区の空軍司令官に多少……、その……、何といえばいいのか……、ある種のご不満を抱かれていたのではないかと思います」

「ほう。どんな？」

「大佐は戦闘機パイロットでした。あのとき、８０５号機を操縦していたユロフスキー中尉がどのような苦境に陥っているかを察しておられたのだと思います」

「極東軍管区司令官は、そこまで配慮していなかったというわけだね？」

「私は爆撃機のパイロットですが、それでもユロフスキー中尉が何を気にしていたかはある程度想像できます」

「ユロフスキーは何を気にしていたのかね？」

「残燃料です。これは……」

言葉に詰まるとコゥバがあとを引き取った。

「パイロットじゃない奴《やつ》にはわからん、か」

「いえ、そんなことは……」クラコフは目を伏せ、短く息を吐いてうなずいた。「そうですね」

クラコフは初期の訓練以外で単独飛行をしたことがない。学生の頃は教官がつねに同乗していたし、学生同士が組んで飛ぶときもＴｕ95のパイロットとして実戦部隊に配置されたときもつねにとなりにもう一人パイロットがいた。

訓練でほんの数回飛んだに過ぎないが、自分一人が大空の中にいる孤独感はそれまでにもそれ以降にも抱いたことはない。とくに夜間飛行のときは宇宙をたった一人で漂っているような絶望的な孤独を感じた。単座機のパイロットは孤独と引き替えに無限の自由に心躍るというが、ついにその境地には達しなかった。

コゥバが確認するように訊いた。

「目標撃墜を決断し、命令するのを誰にも聞かれたくなかったということかな」

そう、そうに決まっていると思ったが、もちろん口にはできなかった。はっきり敵だとわかっていれば、むしろ部下たちの前で胸を張って撃墜命令を下しただろう。しかし、状況は錯綜《さくそう》しており、明確なのはたった一つ、時間がないということだけだった。

今になって思う。どうしてあのとき自分にも指令室を出ろといってくれなかったのか、と。だが、すぐに否定した。コルヌコフ大佐一人で、レーダーディスプレイを睨みつつ、極東軍管区空軍司令官と805号機の二方と同時に交信するのは不可能だったろう。

ドクトル・コゥバがたたみかけてくる。

「大佐は君にも責任を分担させようとしたんじゃないのか。目標を撃墜させるという決断はたとえ第一線の軍人であっても重い。そこから戦争が始まるわけだからね」

「いえ」クラコフは反射的に答えていた。「撃墜を命じたときにはすでに戦争は始まっています。敵機が領空に侵入してきた時点で明らかな戦争行為です」

「目標は間違いなく軍用機だったのかね？」

「どういう意味ですか。たとえ偵察機であったとしても米軍機には違いありません。我が国の領空を侵犯すれば、撃ち墜とします。それが義務です」

「軍用機が照明を点けているだろうか。まして敵対空域に入ってきているんだから」

「すべての灯火を消して、隠密《おんみつ》行動を取るのが当然です」

「だが、最後に805号機のパイロットは目標の照明がすべて消えたといっているね」

またしても胃袋がせり上がり、咽がすぼまった。奥歯を食いしばったクラコフにドクトル・コゥバが重ねていう。

「照明が点いていなければ、消えるところを目撃することはできない」

その通りだ。ソコル基地の地下指令室でユロフスキーからの報告を聞いたときに考えたのも同じことだ。クラコフはSu15のコクピットをよく知らないが、闇の中で目標を追いかけているユロフスキーが何を見ていたかは想像できる。まずはレーダースコープだ。捕捉しているのだから目標の機影《エコー》が映り、高度、機速、針路はデータとして表示されているはずだ。自機についても高度計、速度計、エンジン関係計器にまんべんなく目を配らなくてはならない。何より気になっていたのは燃料計だろう。

パイロットは一点に目を据えることはない。つねに計器から計器へ、各種のディスプレイへと視線を動かしながら頭の中でデータを組みあげ、飛行するイメージを脳裏に描いていく。何かにとらわれれば、反応が遅れる。戦闘機に比べれば鈍重な大型爆撃機を操縦するクラコフだが、その点はよく理解できる。

「まして８０５号機は目標に横並びになって、警告射撃を行っている。真横にまで来て、目標の灯《あか》りが見えないなどというのは信じられない」

　警告射撃を行ったとき、レーダーディスプレイに表示されていた二つの三角マークはほぼ重なっていたが、８０５号機が目標の真横——操縦室から視認できる位置についたという証明にはならない。

　信じられないのはあんたが当事者じゃないからだ——言葉は湧きあがってきたが、嚥みくだした。

　代わりに何とか声を圧しだした。

「レーダーを頼りに接近していたはずです。外は真っ暗で何も見えません。目標は軍用機でした。航空灯を点けているはずはないんです。頼りはレーダーだけで……」

　言葉が途切れた。ドクトル・コゥバの指摘通りなのだ。ユロフスキーは目標機の航空灯をちゃんとは見ていない。

　なぜか。

　敵国領空内に侵入している軍用機が航空灯を点けているはずがなく、目を凝らしても無限の闇が広がっているだけなのだ。それはユロフスキーだけでなく、極東軍管区、ソコル基地司令部の誰も、クラコフ自身も同じで、念頭に浮かびもしなかった。だからユロフスキーは確認していないし、確認を命じていなかった。肉眼では見えなくともレーダースコープには映っている。それで充分なのだ。

そしてミサイル発射。飛んでいくミサイルを目で追い、命中を確認するため、目標付近に目をやる。命中。そのときになって初めて灯が消えたのを目撃した。

直後、燃料警告灯が点灯したと報告してきている。クラコフはSu15の操縦席をよく知らない。だが、警告灯である以上、目障りな場所にあり、点灯すれば、赤かオレンジか目障りな光を発するのは間違いない。

撃墜を命じたとき、すでに805号機は目標の後方八キロを飛行しており、機関砲の射程圏外になっていた。そのため空対空ミサイルを使用することになった。

あのとき、目標は時速九百キロで飛行していた。戦闘機は加速がよく、音速を突破できるだけの性能を有するものの巡航時はせいぜい時速七百キロくらいのものだ。まして燃料警告灯が光れば、ユロフスキーはただちにスロットルを絞っただろう。

805号機はあっという間に引き離されたに違いない。

顔を上げたクラコフは何とか声を絞りだした。

「目標は軍用機だったんですよね?」

確かめずにはいられなかった。だが、コゥバの答えは素っ気なかった。

「次は?」

首を振り、うつむいてぼそりといった。

「ありません」

3

一九八五年八月三十一日UTC　05：26、日本海洋上、Tu95

「ズヴェドロフスクの病院だ」

赤く濁った目でまっすぐにクラコフを見つめたタラカノフがいった。訳がわからずに見返しているとタラカノフが言葉を継いだ。

「君が入院していた場所だ。ズヴェドロフスクは知ってるか」

「はい。輸送機部隊があります。私は勤務したことがありませんが……」

病院を出て移送されたときに病院から空港まで輸送車、空港では双発の小型輸送機に乗せられた。どちらにも窓がなかったが、輸送車から輸送機に乗り換える際、小さな飛行場にいることがわかった。

「一度行ったことがあります」

「その通り」タラカノフがうなずいた。「ズヴェドロフスクはアルファの拠点の一つでいくつかの施設があった。あの病院もその一つだ。アルファはわかるな？」

「ええ」

クラコフはうなずいた。アルファは国内の治安維持を目的に創設されたＫＧＢの実力行使部隊だと聞いている。活動は国内に限定されているはずだったが、アフガニスタンにも派遣され、当時の同国大統領官邸を襲撃したともいわれている。だが、あくまでも噂に過ぎず、クラコフは今まで関わりを持ったことがないし、また関心もなかった。

「入院してから二ヵ月くらいすると待遇がずいぶん変わっただろ？」

「そうですね」

はじめの一週間はドクトル・コゥバの診察——もしくは尋問——以外、部屋から出ることは許されず、食事も運ばれてきた。二週目に入る頃から食事は別室に用意されるようになった。メニューはさして変化がなかったが、少なくとも気分転換にはなった。ジムでの運動が許されるようになったのは一ヵ月が経った頃だ。シャワーは当初から一日おきに使えた。ただし、剃刀《かみそり》は与えられず、週に一度理髪室に連れていかれ、髭を剃《そ》ってもらった。散髪は月に一度、軍隊式に頭頂部まで刈り上げられた。

ドクトル・コゥバの診察は最初の一週間が毎日——内容はほとんど変わらずモスクワ時間の八月三十一日夜の撃墜についての詳細をくり返し質問された——、それが週に三度、二度と減っていき、ついには週に一度あるかないかという頻度になった。

「たしかにおっしゃる通りに扱いがずいぶん変わりました。屋外での運動が許されて、あそこに入れられて以来初めて陽の光を浴びることができました」

「あの年……、一九八三年の十一月下旬のことだ。アメリカとイギリスが協働して我が国に核攻撃を仕掛けようとした。我々の諜報網《ちょうほうもう》が兆候をつかんで対抗策を打ったので奴らも攻撃にまでは踏み切れなかった。ことが露見したあと、奴らは演習だと言い張った。エイブル・アーチャー83などというまことしやかな名前まででっち上げて」

タラカノフが唇をへの字に曲げ、首を振る。

「間抜けなお人好《ひとよ》しは奴らにべったりだからそのでっち上げを信じているがね」

半年前、ソ連共産党書記長に就任したゴルバチョフがKGB内部でどのように呼ばれているかを知った。

タラカノフの眼光が鋭くなる。

「我々としても種々対抗策を準備しなくてはならなくなった。その一つが君だったわけだ。結果的には本作戦となって結実したわけだが、あの頃はまだ先行きが見えなかった。だからとりあえず君の体力を恢復《かいふく》させるために運動を許可した」

運動と聞いて、クラコフは皮肉な思いを抱いた。

外に出ることを許されたといっても周囲を高さ四メートルほどの塀に囲まれた場所だけでしかない。久しぶりの外気は冷たく、そこには雪が降り積もっていたが、誰かが踏み固めた道がついていた。塀にそって、庭をぐるりと一周するコースである。全周で二百メートルほどでしかなかった。クラコフは歩いたり、時おり軽く走ったりした。

歩くにしても走るにしても十周を最低限のノルマと決めた。曇天の下、気温はマイナス十度ほどだ。それ以上気温が低ければ、肺に痛みを感じただろう。中綿の入った防寒着の上に分厚いコートを羽織り、毛皮の帽子を被って、それでもクラコフは走った。厳寒の中、重装備の防寒着で躰を動かしていると大学に進学する前まで父や兄と山に入ったことを思いだした。

顔を上げる。灰色の四階建ての建物が空と溶けあっているように見えた。外に出て運動することは認められたが、日常の暮らしはずっと地下だったし、相変わらず家族への連絡は許可されていなかった。ドクトル・コゥバは病院といったが、目の前の建物は刑務所であり、クラコフは間違いなく囚人だった。

民間の旅客機を撃墜させ、三百人近い人々を死に追いやったからではない。たとえ民間機であったとしても、領空への侵入を許し、間抜けなことに自分たちの基地上空を通過された。防空を担う軍人としては万死に値するミスには違いない。

「あの年の十一月下旬ですか。ずいぶん時間が経っているようには感じていましたが、さすがに寒さには驚きました。ずっと地下室で生活してましたから。気温はつねに一定に保たれていました。時計もありませんでしたし、ドクトル・コゥバは照明が点いているうちは昼、消えれば夜といってました」

「ミミズク《コゥバ》？」

ふいにタラカノフが訊き返してくる。

「私を担当していた医者です」

答えを聞いたタラカノフがくっくっくと笑った。

「何かおかしなことをいいましたか」

「いや、失敬。なるほどあの男の顔つきはミミズクみたいだ。うまいことをいうと思ってね」タラカノフが背もたれに躰をあずけた。「バルトだ」

「え？」

「あの男の名前さ。ドイツ人なんだ。かの名高きヨーゼフ・メンゲレの若き弟子だった。我々がナチスを滅ぼしたときには、まだ二十二、三の研究生だった。ラーフェンスブリュック強制収容所にいたんだが、そこで捕虜になった。そこで何が行われていたか、知ってるか」

「いえ」

「神経や骨の移植実験だ。麻酔なんか使わずに、な。バルトは神経移植の実験に携わっていて、とくに脳の研究をしていた」

クラコフは目を見開いた。

一九八四年が明けてほどない頃、いつものように中庭を散歩していたクラコフは建物のそばに立っている男を見て足を止めた。その男はにこにこしながらクラコフを見ていた。まるで邪気のない笑みに引きよせられるように近づいて挨拶を交わしたあと、おずおずといった。

『君もここに来ているとは知らなかったな』

だが、相手は怪訝《けげん》そうに眉を寄せて訊きかえしてきた。

『前にお会いしてますか』

『ああ……』クラコフは相手の反応に戸惑いながらもつづけた。『ユロフスキー中尉、ソコル基地の』

『ソコル……、どこですか、それ？　ぼくはグレンコといいます。ずっとここにいるんですよ。生まれたときからずっとです』

ユロフスキー、もしくはグレンコはふたたび邪気のない笑顔になった。あまりに澄んだ笑顔はかえって不気味に思える。そのとき風が吹き、グレンコが声を漏らして顔を背ける。金髪が乱れ、側頭部に赤黒い瘢痕《きずあと》が見えた。頭部に手術を受けた跡のようだった。

クラコフはタラカノフを見返した。

「ユロフスキーに会いました」右側頭部に指を当てる。「ここに手術の痕がありました。あれは……」

「バルトが行った」そういってからタラカノフはすぐに両手を上げた。「治療だよ。あの男は君たちの尋問を受けたあと、拳銃で自分の頭を撃った。命はとりとめたが、深い昏睡《こんすい》状態に陥った。それでズヴェドロフスクに運ばれてバルトの手術を受けた。救えるのはあの男しかいなかったからだ」

「脳外科の第一人者というわけですか」

「たしかに最先端を行く研究者の一人ではあったが、何より施術の技量を買われていた。あの頃から現在に至るまで……」タラカノフがわずかに首をかしげて付け足した。「将来にわたって彼の右に出る者は出てこないだろう」

「大した買われようだ」

「経験だよ。今の時代にあってバルトほど生体解剖に立ち合い、人体実験をした医者はいない。結局、技量は経験した数による。飛行機の操縦も同じではないか」

タラカノフの問いには答えず別のことをいった。

「ユロフスキーは自分をグレンコだといってました」

「医療チームの判断だった。手術後、あの男が記憶喪失になっていることが判明した。三百人の命を奪ったという記憶があの男をとてつもなく苦しめることはわかっていたからね。だから新しい記憶を植えつけることにした。唯一の救いだよ。グレンコというのはバルトが使っていた偽名だ。書類上、あの男はバルト、いや、ソ連人医師グレンコの息子ということになっている」

目を伏せたタラカノフが小さく首を振った。

「君があの男に会っていたとはなぁ。年が明けて間もなく君は森へ移されただろ」

「二月でした。よくご存じですね」

モスクワ郊外ヤセネヴォの森の中にKGB第一総局本部があり、局員たちは森と呼んでいた。

病院を出たクラコフは輸送車に乗せられ、空港で輸送機に乗り換えて飛んだ。着陸後、タラップを降りたところには黒塗りの大型セダンが待機していて、ダークスーツでサングラスをかけた中年男に迎えられた。

それがタラカノフとの出会いだ。促されるまま、タラカノフと並んで後部座席に座った。途中、少しばかり渋滞があったもののハイウェイを走りつづけ、モスクワの市街地に入った。しかし、すぐに左へと逸れ、深い森の中へと車は進んだ。

鉄柵で閉ざされた門の前に車が停まると警衛が近づいてきた。タラカノフが窓を下ろし、書類を見せた。警衛が詰め所に合図を送ると鉄柵が開いて中へ入った。さらに二度、同じことがくり返され、車は古色蒼然《そうぜん》とした建物のエントランスに停まった。車から降り、タラカノフに従って二階に上がり、大きな会議室に連れてこられた。

「あのあとひどいビデオを見せられました」

「あれか」タラカノフがくっくっと笑い、うなずいた。「たしかにひどかったな」

一九八四年二月、モスクワ市・ヤセネヴォ地区

目の前に置かれた大型テレビには、またしてもSONYの文字が入っていた。誰のお気に入りなのかと考えているうちに再生が始まり、クラコフは息を噛んだ。

おれだ――そう思ったとたん、咽元に苦い液体がこみ上げてきた。

映しだされたクラコフは安楽椅子のひじ掛けに両腕を載せ、背もたれにぐったり寄りかかっている。だらしない恰好をしていた。緑がかった褐色の制服は四つボタンをすべて外し、同系色のワイシャツのカラーも広げている。ネクタイはなく、肩と襟には空軍大尉の階級章、左胸にはパイロットの証《あかし》、第一級航空徽章《きしょう》――中央に1と刻まれた水色の逆三角形が金糸で刺繡《ししゅう》された翼を広げている――を着けていた。

背もたれの上部にあずけ、仰向《あおむ》けた顔をカメラは見下ろすようにとらえている。碧《みどり》色《いろ》の瞳はうつろ、唇はよだれに濡れていた。

吐き気をこらえつつ、クラコフは大型テレビに映しだされる自分の姿を子細に観察した。制服姿であることからすれば、八月三十一日より前であるのは確かだった。

いや――胸のうちですぐに否定する――次の日、九月一日に違いない……、いや、しかし……。

帰投した805号機のパイロット、ユロフスキーを戦闘機部隊の隊長とともに尋問したあと、夕食が出た。基地では珍しいほどの高級料理で酒まで出た。そこで酔いつぶれたときには制服を着ていたが、目が覚めてから今にいたるまでグレーのスウェット上下以外身につけたことがない。

テレビのスピーカーから声が流れる。

『それでコルヌコフ大佐は次にどうしたのかね？』

質問者は画面の外にいた。声に聞き覚えはなかった。部屋の様子はわからない。肩越しに少し見えるコンクリートの壁には薄緑色のペンキが塗られている。ソコル基地内のあらゆる部屋が同じ色に塗られていた。

安楽椅子に両足を投げだして座るクラコフが濁った声で答えた。

『自分以外の者に指令室から出るよう命じました』

『人払いをしたわけだ。どうしてかな？』

『指令室では、大佐の次は自分だったからだと思います』

『いや、私が訊きたいのは人払いをした理由だ』

テレビに映るクラコフは眉根を寄せ、天井を見上げて唸った。記憶を探っているようにも、抜かりない答えを探しているようにも見える。

『あくまでも自分の憶測でありますが、将軍との会話がデリケートな部分に差しかかったので聞いている人間の数を減らしたかったからだと思います』

『将軍とは、ハバロフスクの司令官だね？』

『そうです』

『デリケートというのは目標の撃墜を命じる状況になっていたことを指すのかね』

『その通りです』

『目標が民間の旅客機であることがわかっていた？』

『いえ、目標機はアメリカの軍用機……、RC－135でありました』

『間違いない？』

『はい』

『しかし、録音によれば、ハバロフスクの司令官は目標が民間機であるかも知れないと疑問を呈しているが』

またしてもクラコフは唸った。眼球が上まぶたの陰に隠れそうになる。

『クラコフ大尉』

『はい』眼球が落ちてくる。『民間機の可能性があるとはいわれましたが、我々はずっと目標を追尾しておりました。アメリカの軍用機に間違いありません』

『どのように対処しろ、といわれたのかね』

『大佐が自分に撃墜命令を伝えろといわれました。自分はそれをユロフスキー中尉……、

805号機のパイロットに伝達しました』

『それから?』

天井を見上げたまま、クラコフがうなされてでもいるように唸りつづける。

『お二人は言い争っておられるように思えました……、それで……、いったん撃墜命令が出たんですが……、すぐに将軍が間違いなく軍用機だと確認するよう命じられました』

『撃墜命令は将軍が出したのか』

『いえ……、記憶がはっきりしません。将軍と大佐は無線を使っておられまして、無線機のスピーカーは大佐の目の前にあったのですが、私は通信用のヘッドフォンをつけて、805号機との交信を担当しておりました』

『整理する。805号機に対して、一度は大佐が貴官に撃墜命令を伝えるように命じた。その後、将軍と大佐が無線を使って言い争いをした』

『言い争いをしているように、自分には思えたということであります』

『わかった。あくまでも貴官の印象ということだね。それでそのあとはどのように命令された?』

『目標に接近して、無線で呼びかけて、応答がなければ、目標の操縦席から見える位置について警告射撃を行うようにいわれました。それで命令に従わせろと』

『君は？』

『そのまま……、８０５に撃墜命令の取り消しと目標を強制着陸させるように、と伝えました』

『８０５は従った？』

『はい。しかし、８０５が実施した無線の呼びかけに目標は一切応答せず、それで次の段階である警告射撃を実施しました。目標の進行方向前方の、何もない空間に向かって二百発ずつ、二度にわけて撃ちこみました』

『相手は従った？』

『減速しましたので従うつもりだと判断しました』

『しかし、実際には違った』

『上昇したのです。状況にもよりますが、上昇に転じれば機速は落ちます』

『目標はなぜ上昇したんだろう？』

『逃走をはかったのだと思います』

『それはおかしいだろう。素人が考えてもわかる。機動性に優れる戦闘機に追われた鈍重な大型機には逃げようがない。それでも逃走をはかるとすれば、上昇ではなく、急降下するのではないか。君なら、どうする？　爆撃機を操縦していてアメリカの戦闘機に追われたら？　わずかな可能性にすがるとすれば、降下する方に賭けるのではないか』

『たしかに、その通りです。しかし、あのときの状況は逼迫《ひっぱく》しており、目標機のパイロットも混乱していたのではないでしょうか。もしかすると目標機はこちらの意表を突くつもりだったのかも知れません』

『ほう？　８０５のパイロットがそういってきたのか。目標が上昇したのは逃走しようとしているのだ、と？』

考えこみ、答える。

『いえ。サハリンレーダーが捉えていた目標の動きを監視していたのは自分です。目標を表すシンボルマークのわきには高度、速度、針路などの情報が添えられておりまして、レーダーが掃引《そういん》するたびにデータは更新されました。それで自分の方から８０５に目標が上昇に転じていると伝えました』

『次は？』

『ふたたび撃墜命令が出ました。最初は機関砲で撃ち墜とせと命じたのですが……、そのときすでに８０５は目標の五キロ後方まで下がっておりました。機関砲の射程圏外です』

『それでミサイルを使うように命じたのか』

『いえ、８０５の方からミサイルを試すといってきたんです。いったんレーダーによる照準は解除していましたので、もう一度レーダーで目標を捉えて、それからミサイルを発射しなくてはなりませんでした』

『ここが大事なところだ。よく思いだして欲しい。相手は無線による呼びかけに応じず、警告射撃をしても従うどころか上昇しようとした。そのとき８０５は目標を肉眼で確認していたのか』

『いえ。暗くて見えないといっていました』

『暗くて見えない対象に接近することができる？』

『簡単です。８０５はその前に一度照準用レーダーで目標を捉えていますし、横並びになって警告射撃をするよう命じたときにもレーダーで捕捉しつづけていたのは間違いありません。レーダーを見ていれば、目標に接近することはできたと思います。上昇には転じましたが、針路はとくに変えていませんでしたし』

『まっすぐ飛んでいた』

『針路という意味ではその通りです』

『それで警告射撃を行ったが、目標は従わず上昇しようとした。そのとき、撃墜命令を出したのは大佐かね、それとも将軍？』

『いえ、二人はまだ言い合いをつづけておられて、逆に８０５から燃料警告灯が点いたと知らせてきました』

『８０５からの無線は将軍も大佐も聴いていたはずだね？』

『聴いておられたと思います。大佐は自分の左に立っておられました。そしてヘッドフォンの右側を上にずらして、将軍との交信をスピーカーで聴いておられました。だけどヘッドフォンの左側はちゃんとあてておられました』

『だから聴いていたはずだ、と？　805が燃料警告灯の点灯を知らせてきたことを、貴官は大佐に告げたか』

『いえ』

『それから貴官は805に目標を撃墜せよと命じた』

『命令はすでに出ておりました。無線にも警告射撃にも従わなければ、撃墜せよ、と』

ふいに画面の中のクラコフが正面に顔を向けた。カメラのレンズを睨みすえたわけではないが、まっすぐに何者か――おそらくはカメラのわきに立っている尋問者――に目を向けていた。

『あのとき目標機は我が方の基地上空を通過して、領空に侵入しておりました。捕捉できたのは805だけで、しかも燃料は残り少なくなっていながら基地からどんどん離れていたのです。805に……、我々には目標を撃墜する以外の選択肢はありませんでした』

そこまで一気に言い放つと画面の中のクラコフはがっくりうなだれた。

画面を見ているクラコフの全身は気味の悪い汗に濡れている。

4

一九八四年二月、モスクワ市・ヤセネヴォ地区

しばらくの間、クラコフは顔を伏せ、荒い息を吐いていた。磨《す》りガラスの向こうにあったあの日の記憶が今こそはっきりした。

最後の瞬間、撃墜せよと命じ、二百九十六人の命を奪ったのは、まぎれもなくクラコフなのだ。

楕円《だえん》に並べられたテーブルのわきにビデオテープレコーダーと大型テレビが用意されており、そこでクラコフは自分の醜態を見せられることになった。再生が終わり、ブルーバックになったところでタラカノフが電源を切った。

床を見つめ、がさがさという呼吸音と、湿った心臓の鼓動にじっと耳を傾けていた。どれほどの時間が経ったのか、クラコフには見当もつかなかった。会議室のドアが開き、複数の足音が聞こえた。タラカノフが立ちあがり、クラコフも従った。

入ってきたのは数人のスーツ姿の男たちで軍服を着用している者はなかった。先頭の男がクラコフの正面に座り、ついてきた五人が左右にわかれて挟むように座った。

「座りなさい」

先頭の男――肩幅が広く、灰色の髪はひたいが大きく禿《は》げあがっている――がいい、タラカノフとクラコフは椅子を引きよせて腰を下ろした。太いメガネの縁は鼈甲《べっこう》のようだ。レンズの奥から澄んだ瞳がクラコフを見ていた。

いきなり切りこまれた。

「ヴィクトル・クラコフ……、君は民間旅客機を撃墜させ、罪もない二百六十九人を殺した」

質問ではなかった。あの時点では識別不能の大型機というだけで、しかも我が国領空を侵犯しており、と反論する気力はなく、うなずくしかなかった。

「はい……」

いいよどむとわきからタラカノフが口を出した。

「仰《おお》せの通りであります、ウラジーミル・アレクサンドロヴィチ」

ソ連では名前に父称を添えて呼ぶのが礼儀とされている。たとえ相手が共産党書記長であったとしても無礼にはあたらない。だが、何者なのかはまるでわからない。

「たった今、ビデオを見たと思うが、撮影されたのは九月一日の正午過ぎだ」

モスクワ時間だ。ソコル基地では同じ日の午後七時過ぎになる。食事をして、コニャックに酔い、薬を服《の》まされて意識朦朧《もうろう》としていたので正確な時間はわからなかったが、おそらく食事を始めて二、三時間後だろう。いずれにせよモスクワは正午過ぎだ。

「撃墜があった日に録画されたものだ。我々は君の録画だけでなく、あの日の通信記録をすべて精査した。もう一度確かめておきたい。君以外、戦闘機パイロットに目標の撃墜を命じてはいない。そうだね？」

「その通りです」

　撃墜命令はすでに出ていたともいえるが、あくまでも目標が敵性軍用機だと判明し、領空を侵犯した場合は、という前提条件がついていた。その後、撃墜から強制着陸へと変更されたが、目標が805号機の命令に従わない場合は撃墜せよといわれている。クラコフは忠実に従っただけだが、今となっては言い訳じみた屁理屈でしかない。すでにクラコフは国際世論という名の飢渇した猛獣の前に引きだされ、身を守る術もなくつながれている山羊《やぎ》に過ぎない。

「戦闘機に対して、撃墜を命じたのは君だ」

「はい」

　クラコフはまっすぐにウラジーミル・アレクサンドロヴィチを見つめて答えた。

「君は人を殺したことがあるか。方法は何でもいい。射殺、刺殺、絞殺……、誰かに命じて殺させるのではなく、君自身が直接手を下して、ということだ」

「いいえ」

「マイクに向かって、殺せと命じるのと、直接手を下すのでは精神的打撃に大いに違いがある」

病院で最後に出会ったユロフスキーの面差しが脳裏を過《よぎ》っていった。クラコフは命じ、ユロフスキーがミサイルの発射ボタンを押した。目標が破壊されるのを目の当たりにしている。

「ショックを受けるのは最初だけだ。二度目には慣れる」

どういう意味だと疑問が湧いたが、クラコフは何もいえずにウラジーミル・アレクサンドロヴィチを見つめ返した。

「アメリカがなぜ二度核兵器を使ったか、わかるか」

「いえ」

「同じことだ。人類に対して初めて核兵器を使ったとき、そのあまりに悲惨な結果に衝撃を受けた。軍関係者も、大統領も。ショックから立ち直るには慣れてしまうしかない。ヒロシマの衝撃を和らげる唯一の方法はナガサキ以外にはなかった」

クラコフは生唾を嚥もうとしたが、口の中がからからでうまくいかなかった。

「わかるかね？　アメリカはもう慣れているんだ。二度目で慣れる。三度目ならもっと抵抗はない。実際、昨年十一月中旬、アメリカはイギリスと共謀して我が国に先制核攻撃をしかけようとした。演習などと見え透いた偽装をして。だが、我が方が事前に情報をつかみ、報復攻撃の態勢を完璧に整えていることを知った米英は急遽攻撃を中止し、あくまでも演習だという体《てい》を装った」

初めて聞く話にクラコフは混乱していたが、ウラジーミル・アレクサンドロヴィチは気にする様子もなく話しつづけた。

「我々は世界中に目を光らせ、アメリカが三度目に踏みきる兆候を監視している。この数年、奴らの先制核攻撃の兆候はいくつも見られたが、事前に察知した我が方が報復の態勢を整えて対抗してきたために諦めている。去年の十一月が初めてというわけではない」

ウラジーミル・アレクサンドロヴィチが言葉を切り、身を乗りだしてクラコフの目をのぞきこんだ。

「しかし、我々も完璧とはいえない。いつ見逃しが生ずるかはわからない。最初の一撃を見逃せば、自動的に報復を始めるにしても、最初の規模が大きければ、充分な報復にはならない可能性がある。生き残るための方法はただ一つ、我々が先に奴らを叩きのめす以外にない」

知らず知らずのうちにクラコフは目を細めていた。ウラジーミル・アレクサンドロヴィチが静かにつづけた。

「たしかに二百九十六人の民間人を殺すのは悪魔の所業といわざるを得ない」

テーブル越しにクラコフを見つめていたウラジーミル・アレクサンドロヴィチが言い

放った。反論はできなかった。

「さて、一つ質問するが、もう一度同じ状況……、つまり目標が何者なのか確証が得られない状況で領空に侵入してきたら君は撃墜命令を出すかね？」

「はい。それが私に課せられた任務ですから」

ためらいなく答えた。

ウラジーミル・アレクサンドロヴィチはしばらく表情を変えずクラコフを見つめていたが、やがてメガネを外し、きれいなハンカチを取りだして拭きはじめた。手を動かしながら言葉を継ぐ。

「目標機の正体が判明しないことを理由に君たちが見逃していたら三百近い命が失われることはなかった」

手を止め、クラコフに目を向けた。

「無線に応じないのは、機械の故障かも知れない。たしか君たちが呼びかけた周波数は国際線を飛ぶ飛行機なら常時耳をそばだてていることが義務づけられているんだったね？」

「その通りです。無線のスイッチを入れっぱなしにしておけば、常時声は聞こえているはずです」

「我々は事件の二週間後には海底に沈む問題の大型機の残骸を発見し、ブラックボックスを回収している」

　民間の大型旅客機にはブラックボックスという記録装置が搭載されている。ブラックといいながら十五Gの衝撃にも耐える筐体は発見しやすいようにオレンジ色とされていた。中身は飛行に関するデータと操縦室の音声を記録したものだ。いずれも三十分ほどのエンドレステープが使用され、一周するごとに上書きされており、停止三十分前が記録されている。

「解析した結果だが、目標機のものとされる操縦室の音声を録音したテープには国際緊急通信周波数で呼びかける音声はなかった。だが、このこと自体は805号機が事前警告を行っていないという証拠にはならない。機器の故障が考えられるし、民間機の無線機が緊急通信の周波数にセットされていなかった可能性もある。これまでのところアメリカと日本の諜報機関は我が方の戦闘機による警告があったともなかったとも言及していない」

　言葉を切ったウラジーミル・アレクサンドロヴィチが磨きあげたメガネのレンズを透かし見て、満足したように小さくうなずいてかけ直した。

「もし、あのとき君たちが目標が敵性軍用機であると確証がもてないとして見逃していたら、あの飛行機に乗り合わせていた乗員、乗客の命が奪われることはなかった。くり返しになるが、目標が敵性軍用機だとはっきり確認するのは何より重要だ。そこが確実ではないからといって、何もせず、識別できないまま領空を通過させるとしたら防空部隊としては大変な勇気を強いられる。これは英断ともいえるだろう。違うか」

「はい。でも、私にはその勇気が……」

喋りかけたクラコフをウラジーミル・アレクサンドロヴィチが手のひらを見せて制した。

「あのとき、日本の諜報部隊は君たちの通信をすべて傍受していた。君が出した撃墜命令も明瞭に。これが我が方の戦闘機が残虐にも民間旅客機を撃墜した証拠だといって」

ウラジーミル・アレクサンドロヴィチはテーブルに両肘をつき、身を乗りだしてきた。

「このことの意味するところがわかるか」

「いえ……」クラコフは戸惑った。「申し訳ありません、ウラジーミル・アレクサンドロヴィチ」

あえて尊称を付けくわえたことが媚《こ》びているようで嫌悪感が募った。

「奴らはすべて聞いていた。同時に民間旅客機は日本の管制官と交信している。あのとき目標は上昇した。違うか」

「その通りです」

尊称を添えるのを何とか思いとどまる。

「それを君は目標が逃亡を図っていると判断した。違うか」

「そのように判断しました」

「だから撃墜命令を出した。その寸前に805号機からは燃料警告灯が点いたと報告が入っていたんだね？」

「はい」

クラコフは背中に汗が噴きだすのを感じた。顔は冷たくなり、頭の芯には熱い渦が巻いている。

ウラジーミル・アレクサンドロヴィチが右手の人差し指を立て、左右に振った。

「操縦室の録音によれば、真相は全然別のところにあった。目標機が飛んでいた高度は向かい風が強くて、三十分もあとから出発した同じ会社の飛行機に追いつかれそうになってたんだ。だからより高く飛ぶ許可を管制官に求めて、受諾され、上昇しただけなんだ。だが、その動きがきっかけとなってしまった。一方で日本の諜報部隊は君たちの交信をずっと傍受していて、君たちが領空に侵入してきた目標に対処しようとしているのを知っていた。君たちはその目標をアメリカの偵察機だと考えていることも含めて」

うながすようにのぞきこまれたので、うなずいた。

「はい」

「アメリカはそれ以上のことを知っていた。そんなところに自分たちの偵察機が飛んでいない、と。一方でその付近を飛行しているのは……、飛行している可能性があるのはあの民間旅客機だけだった。ひと言警告を発すればよかっただけだ。民間機に対して、コースを外れていないか、と。もしくは緊急信号を発信させるだけでもよかった。位置を確認するためにね。アメリカの管制官は今回撃墜された旅客機がアメリカの北端の……、そう、アンカレッジを飛びたった直後、もうコースから逸れていることを知っていながら何ら警告を発していない」

躰を起こしたウラジーミル・アレクサンドロヴィチが両手を広げた。

「すべては管制官たちの怠慢のせいだったとしよう。また軍と民間の意思疎通がうまくいかず警告を発することはできなかった。とくに日本は自分たちの傍受能力をさらすわけにはいかなかった。今回だって日本は黙っていたかったんだが、アメリカが許さなかった。日本はアメリカの言いなりだ。従うよりほかにない。アメリカは我々を悪魔に仕立てあげるために、あえて民間機に警告せず、二百六十九名を見殺しにしたばかりか、自分たちは手を汚さず、我が方の戦闘機が民間機を撃墜したという証拠を日本に出させ、世界中に見せつけた。すべては我が国を貶《おとし》めようとするアメリカの謀略なのだ」

ふたたび身を乗りだしたウラジーミル・アレクサンドロヴィチが右手の人差し指をクラコフに向けた。

「一つだけはっきりしていることがある」

「撃墜命令を出したのは私だけだということです」

「そう」ウラジーミル・アレクサンドロヴィチがあっさりうなずく。「君さえ撃墜命令を出さなければ、あの忌まわしい民間機は何ごともなくソウルに到着していただろう。だが、アメリカは君たちがまんまと頭を飛びぬけられたことを知っている。そして結論づける」

一呼吸おいて、ウラジーミル・アレクサンドロヴィチがいった。

「ソ連空軍はとんでもない間抜けだ、と。逆に我々はどうしただろう？　おそらく君たちは一切報告を上げなかっただろう。そのような事実はなかったとする。我々とアメリカとはお決まりの罵り合いだが、彼らは切り札を握っている。傍受記録を、ね」

ウラジーミル・アレクサンドロヴィチが満面に笑みを浮かべた。思いつめたような顔つきより笑顔の方が不気味な感じがする不思議な容貌だ。

「君は軍人として、非常に正しい判断をした。それこそが勇気だ。不法に領空を侵した相手を断固として許さなかった。立派だ。軍人の鑑《かがみ》といっていい」

ウラジーミル・アレクサンドロヴィチの両側に並んだ男たちが何度もうなずく。次いでウラジーミル・アレクサンドロヴィチが厳《おごそ》かに告げた。

「我々は英米共同の核攻撃に対抗する作戦を実施することを決めた。作戦名は〈鴉《ヴェローナ》〉。同時にこれは作戦を実行する人間の暗号名ともなる。おめでとう、クラコフ大尉。君はたった今からヴェローナとして活動を開始する。ほどなく防空軍総司令部から連絡が行くだろうが、少佐に昇進する。あわせてお祝いをいわせていただくよ」

会議が終わったあと、クラコフは来たときと同じ車にタラカノフとともに乗り、森に囲まれた第一総局本部を出た。車はモスクワ市街地に向かった。タラカノフが運転手に指示して、高級官僚だけが出入りを許されているスーパーの前に停めさせた。三十分ほど待った頃、店から出てきた母子《おやこ》連れを目にしてクラコフは跳びあがりそうになった。アンナと二人の息子だ。三人とも元気そうで、アンナと長男は買い物袋を提げていた。次男は母と兄の前で両腕を広げ、ちょこまかと走っている。

市内に高級アパートを与えられ、不自由なく暮らしているとタラカノフがいった。


一九八五年八月三十一日UTC　05：27、日本海洋上、Tu95
タラカノフが低い声を圧しだすようにいう。

「ウラジーミル・アレクサンドロヴィチ・クリュチコフはKGB第一総局長だ」

クラコフに驚きはなかった。会ったときの印象からしてKGBの高官であることは予想できたし、第一総局長というのがどれほど高位かぴんと来なかったからでもある。

タラカノフがふいに疲れた顔になった。満を持してクリュチコフの正体を教えたにもかかわらずクラコフが反応しなかったことにがっかりしたのかも知れない。

「行っていい、少佐。君の任務を果たしたまえ」

「はい」

　答えたクラコフは顔を上げた。

　兵装コントロールパネルを前にしたスミルノフが座席で躰をひねり、ふり返っている。航法士席のゼレンスキーがクラコフを見つめていた。どちらの表情も強ばっていた。大丈夫だというように二人に向かって小さくうなずいてみせる。

　ふり返ると航空機関士のゲルト、無線士のミーニンがクラコフを見ている。座席はもともと後ろ向きに取りつけられているのでちょっと視線を中央に向けるだけでまっすぐクラコフに目を向けられる。二人にもうなずいて見せ、クラコフは操縦席に戻った。

　ヘッドギアを取って左席に腰を下ろした。だが、ヘッドギアを被ろうとはせず、クラコフは計器盤に目を向けていた。ラザーレフが身じろぎするのを視野の端に感じて、目を向けた。マイク付きのマスクは外している。

　ラザーレフが低いが、しっかりとした口調でいった。

「カピタンはあなたです」

「わかっている……、いや、ありがとう」

　答えたクラコフは目を閉じ、目の間を強く揉《も》んだ。

　Ｔｕ95の機長席でクラコフは左前方に目をやった。巨大な灰色の壁が立ちふさがっている。壁は幅数百キロにおよぶだろう。

左上のカーテンに手を伸ばす。Ｔｕ95の風防は上下二段になっていて、パイロットの目の高さにある下段は中央に幅一メートルほどの長方形のガラスがはまっており、左右に三つずつ窓が切られている。機首の中央には空中給油用の受油筒が伸びている。全長五メートルほどで機首の先端からでも三メートルは飛びだしていた。空中給油機が伸ばすじょうご状の給油口に突き刺すようになっていた。

上段は下段中央と同じ幅のガラスと左右二つずつの窓があった。普段、上段には遮光カーテンを下ろしてある。

前屈《まえかが》みになったクラコフは左上のカーテンを開け、上空を見た。雲の壁ははるか上方までそそり立ち、十万メートルほどの高さですぱっと断ち切られている。台風が集めた雲は成層圏まで達する。

カーテンを元に戻し、クラコフは副操縦士ラザーレフに目を向けた。

「あれじゃ、無理だな」

「無理ですね」

ラザーレフがあっさり、きっぱりと答える。計画では高度百メートルほどに降下することになっていたが、台風を突っ切って飛行するのは不可能だ。シートに背をあずけたクラコフは計器盤をざっと見まわした。Ｔｕ95／チャイカ６・２２８号機は高度一万メートル、対気速度時速七百キロで西南に向かって飛行していた。

「第二案で行こう」

「了解しました」

ラザーレフが答える。クラコフは計器盤に埋めこまれた時計に目をやった。タラカノフに状況を説明するのに要した時間はせいぜい五分ほどだったようだ。

あのときも……。

Ｓｕ15のパイロット、ユロフスキーが燃料警告灯が点いたと知らせてきて、クラコフが撃墜を命じ、目標の照明がすべて消えたと耳にするまでの時間も五分ほどではなかったか。

五分。悪夢を見るには長すぎる。

頬をふくらませ、大きく息を吐いて思いをふり払った。

第二案では南シナ海上空へ抜け、空中給油を受けて引き返してくることになっていた。もう一度タラカノフに説明しなくてはならない。ヘッドギアを地図入れの上に置いたクラコフはため息を嚥みこみ、肘かけに手を置いて尻を持ちあげた。

昭和六十年（一九八五）八月三十一日午後二時二十七分（ＵＴＣ　０５：２７）、五島列島西方沖洋上、Ｆ－４
高度二万五千フィート、本庄と永友の乗るＦ－４は、僚機とともに五島列島の西南空域に進出し、ゆるやかに左へ旋回していた。

ヘルメットの内側にあるイヤレシーバーからは、築城基地第三〇四飛行隊のF－4編隊同士の交信が聞こえている。

〝ビック、ジャック〟

タックネームを聞いただけでビック、ジャックの顔が浮かぶ。

〝何《ゴー・アヘッド》？〟

〝先頭が西に機首《アタマ》を向けた〟

ジャックが先導機についているようだ。

Tu95ベアの八機編隊は四、五十キロもの長さに伸びているはずで、小松から引き継いだ築城が対領空侵犯措置行動に就き、随伴してきた。すでに増強がかかり、アラート待機のF－4の機数は倍増しているのだろう。それでベア編隊の先導機と最後尾機にそれぞれ二機編隊《エレメント》をつけられるのだ。

築城と新田原はどちらも西部航空方面隊に所属し、京都沖から五島列島までを築城、五島列島より西と南は新田原が受けもっていた。

ジャックからの無線にビックが応じる。

〝了解《ラジャー》。まだ尻尾はまっすぐ飛んでるけど、そのうちアタマにくっついて右旋回するやろ。連中、諦めたかな〟

〝この台風じゃ何もできん〟

〝ベトナムにでも行くんかな〟

〝そうだな。行ったきり帰って来なきゃいいのに〟

〝同感〟

ビックの応答に本庄は胸の内でつぶやく。

おれも同感……。

正面に大きな雲の壁がそそり立っていた。見上げれば、首が痛くなりそうなほど高い。台風だ。

本庄たちはスクランブル下令を受け、二番機とともに新田原基地を離陸してきた。北から飛来し、能登半島沖で合流した合計八機のベアは日本海上空を西進しつづけていた。台風十三号はすでに福岡県沖に抜けていたが、藤原の効果で引きよせられた十二号が長崎に接近しており、その下に少なくともカール・ヴィンソンがいる。

何だって台風の中をのこのこ出てきやがったんだよ、と肚の底で罵倒しつつ、口にしたのはまったく別のことだ。

「ベアは西に向かったようだ。DJ、おれたちのレーダーで捕まえられると思うか」

「無理でぇす。遠すぎます」

たとえ防空識別圏を離れつつあるベアをレーダーで捕捉できたところでまったく意味

はない。築城組が対領空侵犯措置行動をきっちりやっていながら本庄たちは傍観どころかぼんやり無線を聞いていただけだ。レーダー云々《うんぬん》は単なる悔しまぎれに過ぎなかった。

「OK、帰ろう。春日《かすが》に連絡してくれ」

福岡県春日市にある西部航空方面隊司令部では、築城、新田原両基地をふくめ、すべてのレーダーサイト、そのほかの施設からの情報を集約し、指揮を執っている。

「はーい」

永友が春日司令部を呼びだすのを聞きながら本庄は右前方に目をやった。ベアの気配すら感じられない。

すぐ帰路につくつもりでいたが、司令部からはさらに十分間、コンバット・エア・パトロールを継続するように命令された。

基地から五島列島付近にまで進出するだけで大量の燃料を必要とし、燃料は総量の半分ほどになっているが、まったく問題ない。

燃料計に次いで、エンジン関連計器をひと渡りながめた本庄はそっとため息を吐いた。F－4のインターコムはホットマイク方式だ。前席のため息は後席にとって、あまり気分のいいものではない。

第四章　空と、海と

午後三時五分（UTC　06：05）、熊本県上空、F－4

新田原基地への帰途、三万フィートを飛ぶF－4の前席で操縦桿を軽く握り、スロットルレバーに手を置いた本庄の目は、ともすれば左に吸い寄せられた。阿蘇山《あそさん》の頂きがかろうじて雲海から突きでている。さらにもう少し左に目をやる。晴れていれば、遠くに熊本市をみとめられただろうが、今は一面雲また雲が広がっているだけでしかない。

熊本市内には由美子がいる。スクランブルがかかったので、結局、午前中に電話を入れたきりだ。飛行班長戸沢には、エンジンが二基回ればふっ飛びますよなどと突っ張ってみせたが、当然のことながらずっと気にはなっていた。

一方でわかってもいた。アラート待機を放りだして熊本に向かえば、今度は自分を責めさいなむことになる。そうして熊本市内の病院に駆けつけたところで由美子に別状はなく、ほっとすると同時に凄《すさ》まじく腹立たしくなる。最悪の場合、一切非のない由美子に当たり散らす可能性もあった。当たり散らしたあと、またしてもじくじくと自己嫌悪が湧いてくるのが必定とわかっていながらつい声を荒らげてしまう。

今朝、義母が電話に出なかったのはたまたまだったのかも知れない。アラートパッドに戻ったらもう一度電話を入れてみようと思った。しかし、またしてもつながらなかったら……、病院では由美子と子供の両方の命が危ない状態で……、いやいや、そんなことはなく……。

何、考えてるんだと自分を叱りつけたとき、タイミングよく耳元に後席永友の声が聞こえた。

「新田原管制塔《ニユータ・タワー》、こちらエピック一号機《エピック・ゼロ・ワン》」

エピックが本日のアラートに就いた本庄と二番機《ウイングマン》に付与された符丁だ。

〝エピック・ゼロ・ワン、どうぞ《ゴー・アヘッド》〟

永友が間もなく着陸進入パターンに入ることを告げ、着陸管制官が着陸許可を与えた。計器盤に目をやる。高度千五百フィートで昇降計はゼロを指していた。対気速度二百八十ノット。本庄はスロットルレバーを引いて、パワーを七十パーセントまで絞り、スピードブレーキのスイッチを入れた。F－4のスピードブレーキは主翼下にあり、起動させると下がるようになっていた。

「了解、エピック・ゼロ・ワン」管制塔との交信を終えた永友が声をかけてくる。「滑走路《ランウエイ・ツー・エイト》28でもオーケーですが、風が南西方向なんです。どうしますか」

機首方位二百八十度——真西よりわずかに北寄りに降りれば、着陸したあと、まっすぐアラートハンガーまで行ける。南西から風が来ているのは、二つの台風の影響だろう。東向きに降りようとしている本庄のF－4は右後方から風を受けることになる。基本的に飛行機は風に向かって離陸し、着陸する。

先ほどの永友と新田原管制塔とのやり取りを思いうかべた。風力は十ノットといっていた。風速にすれば五メートルほどで木の葉っぱが動く程度でしかない。

「問題《ノースウエット》ない。そのまま降りる」

「わかりました」永友が答え、無線に切り替えて管制塔を呼んだ。「ニュータ・タワー、エピック・ゼロ・ワン」

機速が二百ノットまで落ちたときには滑走路は右前方に迫っていた。そのまま着陸方向と逆向きのダウンウインドレグに入り、左側のコンソールにあるフラップレバーをハーフに下げる。F－4のフラップには上げ《アップ》、中立《ハーフ》、下げ《ダウン》の三段階がある。着陸時にはフラップはダウンにするのだが、アップからダウンに一気には動かさず、ハーフポジションで一呼吸おくことになっていた。

ごくまれにだが、アップからダウンまで一気に下げると左右いずれかのフラップが引っかかり、バランスを欠くことがあった。機速を落とし、着陸進入しようとしている際に左右のフラップがばらつき、ひっくり返れば回復《リカバリー》する間もなく地面に叩《たた》きつけられかねない。

Ｆ－４は、よくいえば戦闘機の生命線ともいえる機動性に優れるが、見方を変えると安定性を欠き、職人技ともいうべきデリケートな操縦を要求する機体でもある。

すべては艦載機として誕生したことに由来する。そもそも艦載機の機体サイズは、空母内部の格納庫から飛行甲板に押しあげるエレベーターの大きさによって決まるのだが、米海軍がＦ－４を運用しはじめた頃のエレベーターは間口十八・九メートル、奥行き十五・九五メートルだった。このため機体の全長が主翼に対して短い寸詰まりとなり、主翼も内《インナーウイング》翼、外《アウターウイング》翼に分け、アウターウィングを垂直に立てられるようにした。

またＦ－４が設計された一九五〇年代後半は、超音速戦闘機の発展途上というべき時期にあり、試験飛行によって次から次へと不具合が見つかり、そのたびにデザインに変更が加えられていった。

一つにはチタン素材の加工技術が未熟な点にあった。Ｆ－４の胴体と主翼の中心部はチタン製だったが、主翼下面を平らにするほかなかった。一方、飛行機の主翼は上反《じようはん》角《かく》といって付け根から翼端に向かって上向きに反らせてある。主翼が胴体に対して水平だった場合、機体をわずかに傾けただけで左右の翼が生む揚力に差が出て横滑りを起こしてしまい、直進安定性が著しく損なわれてしまうためだ。このためF－4ではアウターウィングのみを十二度上向きとした。

インナーウィングは胴体下面と面一で配置され、翼端を切り欠いた三角翼《クリップトデルタウィング》に強力なエンジン二基を載せ、尾部を延長して垂直、水平尾翼を配置するレイアウトとなったが、水平尾翼が主翼よりも高い位置となったため、機首上げ姿勢では主翼後流にすっぽりと入りこんでしまった。F－4の水平尾翼が二十三度もの下反角《かはんかく》をつけられ、ぐいと下がっているのは効きを担保するための苦肉の策でもあった。さらに艦載機ゆえ全高にも制限が加えられ、垂直尾翼も充分に高くすることができなかった。

F－4が誕生当初みにくいアヒルの子とまで呼ばれた所以である。

この独特のスタイルは癖の強い機動特性を生み、操縦が難しい機体となったが、大きく、フラットな胴体下面はミサイルや爆弾を幅広く、しかも大量に搭載でき、爆撃と空中戦のどちらもこなせる万能戦闘機となったのである。これが海軍機ながら空軍機としても採用——大幅な改造はあった——され、五千機以上が生産、一九五八年の初飛行以来、現在まで三十年近く西側各国の第一線機として運用されつづけている理由だ。

フラップダウンにつづいて、本庄は主輪《メインギア》を下ろした。同時に操縦桿をわずかに引き、先端についているトリムタブのボタンを右の親指で二回、三回と下へクリックした。これで操縦桿を引きつづけなくとも十二度機首上げの姿勢を保てる。

左の主翼端と滑走路端が重なったところで操縦桿を左に倒し、機体を傾ける。機首上げ姿勢を保ちつつ、降下しながら九十度旋回を行った。旋回によってエネルギーが失われ、機速は落ちるが、降下によって補われ、トータルの対気速度は変わらない。

このとき自然に旋回の外側にあたる左のラダーペダルを踏んでいた。低速、機首上げ姿勢で旋回するとき、F－4ではつねにラダーを優先させて操作する。操縦桿で機体の傾きを修正しようとするとアドバース・ヨーというF－4特有のやっかいな現象が発生してしまうためだ。

F－4の主翼は水平なインナーウィングから上反角をつけたアウターウィングと折れ曲がっているが、動翼用の油圧システムはインナーウィングにしかない。そのため機体を左右に傾ける補助翼《エルロン》、フラップともにインナーウィングのみに設置されている。

本来、エルロンは横長で主翼端よりにあるのだが、F－4ではインナーウィングに取りつけざるを得なかったため、縦長――幅が狭い分、長くして面積を稼いだ結果である――になった。しかも機体を傾ける能力を確保するため、反対側の主翼正面にスポイラーを立て、下向きの力をかけると同時にエルロンが下がって生じる空気抵抗を打ち消すようにした。

まっすぐ飛んでいる分には問題はない。だが、低速で機首上げ姿勢になっているとスポイラーに空気流があたらないだけでなく、長大なエルロンが下がることで主翼を持ちあげる働きだけでなく、空気抵抗を生じてしまう。

このため機首上げしたまま、左旋回に入れようとして操縦桿を左に倒せば、下がった右のエルロンが空気抵抗を生み、機首が右に向こうとする。つまりパイロットの意図と逆の方向に機首が動き、しかも跳ねあがって、悪くすればそのまま横転してしまうこともあった。

これがアドバース・ヨーだ。

Ｆ－４乗りが徹底的に叩きこまれるのがアドバース・ヨーの危険性であり、とくに低速、低高度、たとえば着陸進入時に陥れば、墜落の恐れがある。実際、アドバース・ヨーが原因とみられる事故で殉職しているパイロットもいる。

本庄は一度やらかしたことがあった。前席への転換訓練中で後席には教官として戸沢が乗っていた。機体を右に三十度傾斜《バンク》させ、旋回している最中のことだ。左上方から迫ってくる敵機役のＦ－４が視界の隅に入り、バンクを緩めると同時に相手の機首がどこを向いているか確かめようとした。

戦闘機パイロットが左下を見ようとするときには、首を伸ばしてのぞきこむことはせず機体の方を傾けるし、急降下に入る前は横転させ、下方を見上げて他機がないことを自分の目で確かめる。何かを見ようと顔を向けるようにバンクを取り、ひっくり返す。

救命装具を着け、座席ベルトで射出座席にがんじがらめにされた躰をぎこちなく動かすより操縦桿をちょいと動かす方が手っ取り早いし、それほどまでに自らの肉体と機体は同化している。

しかし、大失敗をやらかしたあのとき、右旋回しながら右を見ようと本庄は操縦桿を倒した。画《え》に描いたようなアドバース・ヨーに陥り、Ｆ－４はあっという間に横転、速度を失った。

戸沢は怒鳴るより先に操縦交代《アイ・ハブ》を宣言し、スピンに入りかけたＦ－４の姿勢をそっと正常に戻そうとした。

生きて帰ることができたのは高度が二万フィート以上あったのと戸沢の技量による。それでも機首上げに成功し、水平飛行に移ったときの高度は五千フィートまで落ちていた。デブリーフィングでたっぷり油を絞られ、装具を身につけたまま、場内十周マラソンを課せられたのはいうまでもない。

滑走路端を左に見ながら九十度のファイナルターンを行う。高度は千五百フィートから千フィートに落ち、機速は百八十ノットになる。

滑走路が正面に見え、左に進入角指示灯《プレシジョン・アプローチ・パス・インディケーター》——ＰＡＰＩ《パピ》がある。ＰＡＰＩは四つのライトが横並びになっていて、進入角が高すぎれば、すべて白、逆に低すぎればすべて赤く見えた。今、本庄が見ているＰＡＰＩは左二つが白、右二つが赤で、Ｆ－４

が適正な進入角にあることを示していた。

　だが、ＰＡＰＩにしても一瞥したに過ぎない。夜間や視程が短いときには機内の計器、外部の指示器、無線が頼りとなるが、今は滑走路全域がクリアに見えている。速度計、高度計、昇降計……、いずれもちらりと見るだけだ。それでも降下角二・五度、機速百三十ノット、高度五百フィートにぴたりと収まっているのはわかっていた。

　機首がわずかに右を向いているが、かまわず降下していった。滑走路に記されたシマウマ模様《スレッシュホールド》、28という巨大な数字がぐんぐん目の前に迫ってくる。全幅より全長の方が長い機体は低速になると機首を下げようとする。操縦桿を支え、迎え角《アングル・オブ・アタック》――ＡＯＡを一定に保つ。

　ポッ、ポッ――耳元に電子音が聞こえ、着陸に適正な速度帯に入ったことを知らせる。音の間隔が狭まっていき、やがて連続した音になる。着陸重量に対する適正速度になったという知らせだ。タッチダウン寸前、本庄は操縦桿を支えたまま、左のラダーペダルを踏みこんで機首を滑走路中央にねじり込んだ。地面効果でわずかに尻が持ちあがるのを感じたとき、操縦桿を引き、機首を返した。ＡＯＡが大きくなり、機速が落ちた。ほとんど同時にタイヤが接地した。

　初めてＦ－４の操縦訓練を受けた頃は、Ｆ－４をタッチダウンさせるとき、決まって教官にいわれたものだ。

『いいか、F－4は元々艦載機なんだ。どーんといかなきゃならん。二階から飛び降りるつもりでいけ』

部隊配属になり、後席員として乗りこむようになると誰もそんな乱暴には下ろさないことに気がついた。夏場、溶けたタイヤの表面が滑走路にべっとりついていて滑りやすかったり、大雨の中を着陸する際には着陸距離を延ばさないよう決められた接地点にどんと着くが、通常はソフトに下ろした。その方が脚の油圧システムやタイヤに優しく、長持ちにつながる。何より故障を起こす確率が低くなる。二十トンを超える金属の塊が時速二百キロ以上で突っ走るのだ。ちょっとした故障が命にかかわる事故につながりかねない。

ブレーキを踏み、レバーを下げて機尾に収納されている制動傘《ドラグシュート》を展張し、急減速させながらも滑走路端まで移動、操縦桿の前面下部についている赤いボタンを押しながら左のラダーペダルを踏んだ。前輪が動き、アラートハンガーが建てられている区画に入っていく。格納庫の後方に回りこむ寸前、ドラグシュートを切り離し、格納庫に入れた。

整備隊員のハンドサインに従ってゆっくりと前進し、両手を広げるのを見てブレーキを踏みこみ、停止させた。着陸した時点でスロットルレバーは最後部のアイドルポジションに入っていてそれ以降は動かしていない。本庄はレバーの根元、前面にあるフィンガーリフトを持ちあげ、レバーをもう一段下げて燃料をカットした。

ひゅーんという音がして、直後両エンジンが停止し、静寂が戻ってくる。本庄は風防を上げ、酸素マスクの留め具を外した。

午後三時五十五分（UTC　06：55）、宮崎県・新田原基地

降機チェックを終え、F－4を発進直前の状態に戻し、燃料補給が始まったところで本庄と永友は待機所《アラートパッド》に向かった。途中で二番機の中田《なかた》、広中《ひろなか》と合流する。格納庫からパッドにつづくドアを開けるとGスーツを着けた川上、藤松が待っていた。

「ご苦労さん」

川上が声をかけてくるのにうなずく。向かい側にあるドアの上に五分待機を示す赤いランプが灯っている。

「どうだった？」

川上の問いに本庄はちらりと苦笑し、首を振った。

「後ろ姿も見なかった」

「ま、そんなとこだろう」川上が腕時計を見る。「ちょっと早いけど、おれたちがこのまま五分待機に就く。とりあえず着替えてこいや」

「ありがとう」

本庄たち四人はロッカールームに向かった。

ワンフライトを終えるとフライトスーツの中は汗みずくになる。空戦機動訓練《ACM》のときにかかる4G、5G、ときに6Gを超える重力は躰の内側にもかかり、血が下半身に集中しすぎないよう全身の筋肉を強《こわ》ばらせているし、旋回中、強いGに抗《あらが》って頭を上げ、上を、後ろを見て操縦桿やスロットルレバーを動かし、それぞれについた小さなスイッチ類を操作しなくてはならない。

たとえばターゲットをロックオンするには、レーダースコープに表示されるターゲットをレンジゲートマーカーという二本のバーで挟みこむのだが、これを動かすボタンはスロットルレバーの前面についている。逃げまわるターゲットを追尾しつつ、レンジゲートマーカーで挟むには微細な操作を要求される。うまく挟んだところで押しこむとフラッシュし、ロックオンを知らせてきて、ターゲットのシンボルマークのわきに彼我《ひが》の距離、ターゲットの針路、速度などのデータが表示される。戦闘機パイロットの指にピアニストの繊細さとスピードが宿るといわれる所以だが、世界一の名ピアニストでも四倍の重力がかかっている状態でコンチェルトを弾くことはない。

つまりは全身運動、それも内臓の筋肉まで総動員しなくてはならない。

訓練中はつねに安全に最大限の配慮が払われ、空域、速度、接近や離脱の方法、交信の周波数や内容が厳格に定められている。だが、最後に頼りになるのは自分と後席員の目と経験にほかならない。そして最大、最強の相手は気象だ。ほんのちょっとした気圧の差や気流によって、編隊間がきゅっと縮まったり、すれ違う相手が鼻先に飛びこんできたりする。

味方であれ、敵であれ、互いに時速四百キロから六百キロで動きまわっているし、真正面から接近すれば秒速三十メートルで近づき、すれ違う際には楽に音速を超える。ほんの一瞬で機体一つ分、二つ分近づいたり、離れたりする。

緊張のせいで噴きだす汗もある。

スクランブルの場合、通常の訓練ほど激しい動きをするわけではないが、緊張度合いは倍加する。相手が航空自衛隊機やアメリカなどの同盟国の戦闘機であれば、事前に入念な打ち合わせをしているが、それでも緊張は強いられる。スクランブルは文字通り敵味方識別不明機に対して行われるもので、接近し、肉眼で確認することを求められる。相手が軍用機なら武装していることを想定する。

航空自衛隊創設以来、一度も実弾で撃たれたこともないし、撃ったこともないという輩もあるが、どちらの側であれ、一発でも撃てば戦争が始まる。戦争を起こさないため、剃刀の上に裸足で立って綱引きをして、相手に撃たせず、こちらも撃たずに領空から遠ざけるのは実戦以外の何ものでもない。

空と海、海中では毎日実戦がくり広げられている。あえて喧伝はしない。日々、安心して生活することができなければ、国民の生命と財産を守っていることにはならない。

少なくとも本庄はそう思い定めていた。

この日、本庄用に決められたロッカーの扉を開け、まずは両脚の内側にあるGスーツのジッパーを引き下ろし、右腰の前のジッパーも外して、腹部、太腿、ふくらはぎを締めつけていたグリーンのいましめを解きはなつ。次にブーツの内側のジッパーをひきおろして脱いだ。フライトスーツも脱ぎ、Tシャツ、トランクス、靴下までとって全裸になった。

ロッカールームにいるのはたった今基地に戻ってきた四人だけでしかない。同時にどこでも裸になって抵抗を感じないようになると立派な自衛官だといわれたのを思いだす。ロッカーに放りこんであったジムバッグからきちんとたたんである下着と靴下を身につけ、たった今脱いだばかりの濡れて冷たい洗濯物をビニール袋に入れた。ふたたびフライトスーツを着て、ブーツに両脚を突っこんだ。Gスーツを担ぎ、ロッカーの扉を閉じてふり返った。

二番機の前席中田が中央に置かれたベンチに座ったまま、床を見ていた。

「どうした、テコ、着替えないのか」

テコは中田のタックネームで、照彦《てるひこ》という名前から来ている。本人はテリーを希望したが、川上に却下された。中田は航空学生で本庄や川上の一期後輩になる。

「あ、すみません」

のろのろと立ちあがる中田を見て本庄は言葉を継いだ。

「どこか塩梅でも悪いのか」

「空域でジャックの交信を聞いたじゃないですか。相手はビックでした」

「そうだな」

二人は築城基地の第三〇四飛行隊のパイロットだ。西部航空方面隊が担当する空域のうち、五島列島より東側を築城基地が担当している。Tu95ベアの編隊が西に変針するまで随伴していた。

「それがどうかしたのか」

中田が目を上げ、本庄を見る。

「ジャックは同期なんですよ。ビックは同い年なんですけど、防衛大学校《ぼうだい》出なんでフライトコースは二年もあとなんです」

あれだな、と察しはついた。本庄たちの第三〇一飛行隊はF－4への機種転換訓練を受けもっているため、通常の訓練のほか学生を教育する課程が組みこまれている。そのため飛行隊のパイロットと学生とで飛行時間を分け合わなくてはならず、どうしても錬成が遅れがちになった。ほかの飛行隊に行った同期のパイロットが前席転換、二機編隊長と資格を取得していくのを指をくわえて眺めているという感じが払拭できなかった。一年以上、ときには二年近く差がつくこともある。

中田がどれほど焦り、航空自衛隊の人事制度に不満を抱いているか、本庄にはよく理解できた。一年前、自分も中田とまったく同じ場所に立っていたのだ。根っこにあるのは嫉妬だということもよくわかっていた。おそらく中田も気づいてはいるだろう。

飛びぬけた天才でもないかぎり技量は鞍数《くらかず》、つまりは何度乗るかによって決まる。また天才というか、うまい奴ほど搭乗する機会が増える。たとえば年に数回開かれる各種競技会の選手に選抜されれば、飛ぶだけでなく、実弾射撃の回数も増える。年度ごとに飛行隊に割りあてられる燃料や機銃弾、ミサイルの数量は決まっているが、全員に平等に配分されるわけではなく、その他大勢のパイロットに配分されるのは必要最低限でしかなく、あとは選手に集中的にまわされる。

同じ飛行隊の中で、うまい、下手《へた》で差がつくのならまだ自分を納得させられるが、たまたま第三〇一飛行隊に配属されたがために同期におくれを取るとなると理不尽さに怒りが募る。

わかる、わかるよ、テコ――。

「それにあっちはちゃんと目視《ヴイジユアル》とってたじゃないですか。でも、うちらは……」

千歳、小松、築城から上がったスクランブル機はいずれも壮大なベアの縦列飛行を目撃しているが、本庄たちが空域に進出したときにはすでにベアは西方に去っており、レーダーでも捉《つか》まえられなかった。

「ぼやくな、テコ。ぼやいたところでおれたちが置かれた状況は変わらん。それよりさっさと着替えろ。飛行後打ち合わせ《デブリ》を始めるぞ」

「はい」

うなずき、ため息を吐いた中田が割りあてられたロッカーの扉を開け、着替えを済ませた。アラートパッドに戻り、デブリーフィングを済ませて、ようやくコーヒーにありついたとき、飛行班長の戸沢が入ってきて本庄の顔を見るなり訊いた。

「どんな塩梅だった？」

「いつもと変わりません」

「そうか。まあ、そうだろうな」うなずいた戸沢が周囲を見渡して声を張る。「皆、集合してくれ」

2

UTC　07：30、長崎県五島列島西方沖、アメリカ合衆国海軍原子力空母カール・ヴィンソン

「ロサンジェルスにニックって従兄弟《いとこ》がいるんだが……」

そこまでいうとソードがスプーンに山盛りにしたデザートのアイスクリームを口に入

れ、うっとりした表情で唸った。

「フーン」

チャールズ・〝リーン〟・テンプルは顎を落とし、上目遣いにソードを見ていた。ソードはもうひと口アイスを食べ、満足そうにうなずく。

「従兄弟がどうしたんだ？」

ソードのとなりに座っているブロンコが焦れて訊いた。

アメリカ合衆国海軍第七艦隊に所属する原子力空母カール・ヴィンソンは三ヵ月におよぶインド洋での哨戒《しょうかい》任務を終え、フィリピン、佐世保に寄港したあと、米韓合同演習に参加するため、朝鮮半島に向かっていた。演習後はホノルルに寄り、カリフォルニア州アラメダでオーバーホールを受けることになっている。

すべては何年も前から計画され、昨年度のうちには決定していた。戦争でも起こらないかぎり予定が変更されることは滅多にない。しかし、アメリカは年がら年中世界のあちこちで紛争に巻きこまれ、そのたびに空母打撃群はスケジュールを変更し、派遣される。

総排水量十万トンを超えるカール・ヴィンソンには約五千名が乗り組んでおり、一個の都市にたとえられることも多いが、常時七十機前後の作戦機が搭載されており、その打撃力は下手な国の武力をはるかに上回る。都市というより武装国家ともいうべき存在なのだ。しかも単独ではなく、巡洋艦、駆逐艦、補給艦のほか、潜水艦も従えている。紛争国の沖に空母打撃群が一個展開するだけで強大な抑止力となる。

テンプルは同じ第一一一戦闘飛行隊〝サンダウナーズ〟に所属するソード、ブロンコ、そしてバロンの三人とともに士官食堂テーブルを囲んでいた。時刻は協定世界時《UTC》〇八〇〇――現地日本時間午後五時――を少し回ったところで、少し早めの夕食にしていた。四人はこのあと夜間当直に就く予定になっていた。

四人の前にそれぞれ置かれたトレイがそろって右に動き、皆が目で追った。テーブルの縁はわずかに立ちあがっているのでトレイがすべり落ちることはないにしても誰もが顔をしかめる。

カール・ヴィンソンの行動はすべて予定に組みこまれている。今のところ、出動を要する事案は発生していないので演習が終われば、南国の楽園ホノルルで休暇を楽しみ、その後、家族が住むアラメダに帰る。

だが、台風が発生した。誰もが演習が延期か中止になると予想したが、計画通りに実施すると発表された。たとえ十万トンの空母であっても台風の中では揺れる。

海軍に入って、テンプルが初めて知ったことはたくさんあったが、もっとも驚きだったのは魚雷艇から空母までたいがいの乗組員が船酔いに苦しめられているという事実だ。何度も航海を重ねるうち、だんだんと慣れてくるが、船酔いしなくなる者は滅多にいない。カール・ヴィンソンは超のつく大型艦なので揺れは少ない方だが、それでも嵐の中ともなれば話は別だ。

　士官食堂のメニューは日替わりで、しかもビーフ、ポーク、チキン、フィッシュなど自由に、好きなだけ取りわけて食べる方式であり、士官食堂だけでも艦内に数ヵ所あり、二十四時間食事が提供される。今は佐世保で補給を済ませたばかりなので食材は豊富、しかも新鮮なのだが、テンプルをふくめ、四人とも船酔いのせいで半分ほど食べるのがようやくだった。

　テンプルはカレー風味のチキンを取っていたが、三分の一ほどを胃袋に収めたところでナイフとフォークを置いていた。

「それで従兄弟がどうしたっていうんだ？」

　ブロンコがふたたび訊ねた。テキサス出身だが、ブロンコがラストネームというわけではなく、コールサインだ。ソード、バロン、そしてリーンも同じである。

　なぜか飛行隊にはテキサス出身のパイロットが必ずといってもいいほど所属していて、大半がブロンコかテックスをコールサインとしていた。たまたまテンプルが知っている飛行隊がそうだというだけで、海軍航空部隊全体の傾向ではないのかも知れない。

　第一一一戦闘飛行隊は、前後配置《タンデム》の複座戦闘機F－14トムキャットを運用する。ブロンコとバロンが前席、ソードとリーン・テンプルは後席員でレーダー、航法を担当する。

このため後席員はレーダー邀撃士官《レーダー・インターセプト・オフイサー》を略してＲＩＯ《リオ》とか、単に後ろの男《ガイ・イン・バック》でＧＩＢと呼ばれる。

複座艦載機Ｆ－４ファントムの伝統を受けつぎ、前席が操縦、攻撃を担当し、後席には操縦桿すらない。母艦を飛びたって、作戦を行い、帰投して着艦まですべては前席におまかせなのだ。そのため前席の方が偉いと勘違いするパイロットが多いが、ＲＩＯからみれば、彼らは空に上がったとたん、自分がどこにいるのか、どっちを向いているのかすらわからなくなる、無鉄砲にして、勇気と愛国心に満ちた、愛すべき間抜けだ。

もっとも夜間や荒天の中、三メートル先に置いた切手を嘗めるように母艦に着艦してみせるパイロットたちをリスペクトしている。

たしかに車庫入れはおれよりうまそうだ、と。

咳払いをしたソードが声を低くした。

「ニックはロサンジェルスでリムジンの会社を経営してる。ついこの間まで一台しかなかったけど、今は三台持ってる。奴は商売上手でね。目の付け所がよかった」

「どういう風に？」

ブロンコが訊き返した。

「奴のリムジンは一台が五十万ドルなんだ」

「嘘だろ。そんな車、あるわけない」

「ニックは内装に金を注《つ》ぎこんだ。超高級ホテルのスイートルームか、超豪華クルーザーみたいな感じにしたんだ」

「そんなアホみたいな車に乗る奴がいるのか」

「『ハリウッド』」ソードがにやにやしながらつづけた。「売れっ子の俳優とか、プロデューサーなんかの予約が入るとニックは黒い詰め襟の制服につばの短い制帽姿で運転していく。わかるだろ？」

眉を派手に上下させるソードは黒人だ。

「白《ホワイティ》んぼはいまだ奴隷を欲しがってる」

二人の白人——テキサス出身のブロンコ、ニューヨーカーのバロンが鼻白んだが、黒人のテンプルは平気だ。

「前に飲んだとき、自慢げにいうんだ。シルベスター・スタローンが乗ってきたってね」

「スタローンくらいになれば、リムジンくらい持ってるだろ」

ブロンコが怪訝そうにいう。

十年ほど前に自ら脚本を書き、主演したボクサー映画が大ヒットし、その後、ベトナム帰りの元特殊部隊の凄腕兵士を演じた大スターだ。自家用リムジンの二台や三台は持っていそうな気がする。

しかし、ソードはまるで気にする様子を見せない。人差し指を立て、ブロンコを正面から見据えていった。

「ちょうど故障してたって話だ」

「本当かね」

首をかしげるブロンコにかまわずソードがつづけた。

「おれはニックの奴にいってやった。お前の車はたしかにすごいかも知れないけど、おれにはかなわないってな。おれが乗りまわしているのは三千万ドルで、しかも運転手付きだ」

トムキャット一機の海軍への納入価格だ。アメリカ海軍が創設以来、買い入れてきた歴代戦闘機の中でもっとも高価であることは間違いない。


午後四時三十五分（ＵＴＣ　０７：３５）、宮崎県・新田原基地

待機中にセブンブリッジをしているテーブルの上に西日本、九州から南シナ海まで広範な範囲が印刷された航路図が広げられていた。本庄の報告が終わったあとも戸沢は腕組みし、鼻の下にたくわえた髭の右端をつまんでひねり上げている。地図の上には、ホワイトのマジックで〝台〟と手書きされた青色のチップが置かれている。チップはゲーム用で台風の位置を表していた。

チップは二枚あった。長崎県の西方沖、百十海里、約二百キロほどに一枚、もう一枚は山口県の北方沖に置かれていた。長崎県に接近してくるのが十二号、山口県沖から離れていくのが十三号である。勢力が大きく、鹿児島県から長崎県、佐賀県、福岡県にかけて被害をもたらした十三号は速度を速めながら北東方面に去っている。

「ベトナムだろうな」

戸沢がぽつりとつぶやいた。

ベトナム社会主義共和国西岸のカムラン湾には米軍の巨大な基地があったが、今はソ連が使っている。

十年前にサイゴンが陥落し、ベトナム戦争が終わった。本庄は航空学生の二年目に入った頃で国防を担う自衛官ではあったが、正直なところ、その頃の記憶はほとんどない。サイゴンにあったアメリカ大使館の屋上からヘリコプターが飛びたつシーンは憶えているが、リアルタイムでニュースを見たのかは怪しい。その後、何度もテレビで放送されているからだ。大使館を脱出したヘリコプターが空母に着艦し、避難してきた人々を降ろしたあと、甲板から突き落とされるのを見て思ったものだ。

何てもったいない！

ベトナム戦争そのものにもほとんど関心がなかった。世界中でベトナム戦争反対のデモが起こっていた昭和四十三年、本庄はまだ中学生だった。

その年、新宿では市街戦さながらの争乱が起こり、翌年には東大安田講堂を巡る学生と機動隊との攻防が頂点とされたものの、北海道東部で暮らす中学生にとってはテレビの向こう側での出来事でしかなく、日米安全保障が何たるかも知らず、アンポハンタイはギャグマンガに出てくるプラカードの文字でしかなかった。

陸上自衛隊の駐屯地がある土地で、たまたま本庄の自宅も近くにあったため、周辺には官舎や自衛官の自宅も多く、親が自衛官という同級生もたくさんいた。

子供の頃の自衛官といえば、炎天下、自宅近くの道路を走っている姿しか浮かばない。汗みずくで苦しげに顔を歪めて走っている姿を見て、母親はちゃんと勉強しないとああいう風になるよといったものだ。自衛官となった今から考えるとひどい言いようだとは思う。

同じ道路上を年に一度か二度戦車が走るのも見たが、家が揺れ、地震かと思ったくらいで格別興味をひかれたことはなかった。

中学、高校とバスケットボール部に所属していた。入学した高校はかつては全道大会で何度も優勝するような強豪校だったらしいが、本庄がいた頃には校舎正面玄関わきのショーケースに並んだトロフィーも埃《ほこり》を被り、リボンも色が抜けていた。

バスケットボール部は地区大会でせいぜいベスト8が精一杯で全道大会に出場することもなかった。しかも本庄は身長百七十センチほどでしかなく、一応はレギュラーメンバーだったが、勝つことより楽しむことを優先する気風があった。先輩の中には卒業後、大学でもバスケットボールをつづけ、実業団のチームに入った人もいたが、本庄たちの代では実業団など夢にもならなかった。せいぜい教員になって、どこかの中学か高校でバスケットボール部の顧問になるというのがまれにいる程度でしかなかった。

一方、体育会系の雰囲気は好きで、週五日、試合があるときは週末も体育館に行っていて、まるで苦にならなかった。高校一年生の頃は試合会場までボールのバッグをかつがされたものだが、油性ペンで大きく校名を記したバッグを持っていることがほんの少し誇らしくさえあった。

一応、進学校ということで、屁理屈をこねる連中も多かった校風ゆえか、教師はもちろん、先輩からの鉄拳制裁はなかった。だから航空学生となって一年目はカルチャーショックの連続だった。

教官に怒鳴られ、殴られ、蹴られるなど日常茶飯事だったが、二、三ヵ月もすると、すっかり慣れ、ぐだぐだ説教されるくらいなら一発もらった方が手っ取り早いと思うようになっていた。連帯責任という名目でクラス全員で腕立て伏せやランニングをさせられたり、授業を受けている最中に教官が寮の居室をチェックし、わずかでも乱れていたり、ご禁制の菓子類などを隠しているのが見つかると部屋をめちゃくちゃにされた。嵐と呼ばれる年中行事だったが、これとて三回もやられれば慣れる。

就寝前、ベッドを整えるときにはシーツにしわ一つなく角までピンと張っていなくてはならず、起床後、布団や毛布は決められた通りに折りたたみ、角がぴったりそろっていなくてはならない。乱れがあれば、また嵐だ。それも一人がうまくできていなければ、同室者全員が嵐に見舞われる。今でもその気になれば、しわ一つなくシーツを敷けるが、それで得をしたことはない。

一年先輩にびんたを食らわされたのもその年だ。理由は忘れてしまったが、理不尽さに感じた怒りは憶えている。この野郎、お前の面は絶対に忘れないと心に誓ったものの、残念なことにくだんの先輩は初級のプロペラ機課程で罷免《ひめん》され、パイロットを諦めると同時に自衛隊を辞めてしまったため、顔を合わせるチャンスは失われた。

高校生ともなれば、男たるもの将来何者になるかと熟考し、同級生と話したりもするものらしいが、本庄はどちらもしなかった。

将来何がしたいかも思い浮かばず、航空学生を受験したのもたまたま同級生に教えられ、ただで飛行機に乗れるからと付き合ったに過ぎない。両親には札幌で一次、二次試験を受けるときには地方公務員試験云々といっただけで、三次試験になって初めて自衛隊に入ると告げると、両親ともにびっくりし、とくに母親は陸上自衛隊に偏見を抱いていただけに賛成はしなかった。父親はパイロットと聞いて多少喜んだようで、千歳から羽田《はねだ》までの飛行機賃を出してくれた。

結局、航空学生に合格し、航空自衛隊に行くと宣言したあと、一切の受験勉強を放棄した息子を見て、母親も諦めざるを得なかった。

動機はあやふやながら何とか航空学生となり、くりくりの坊主頭で、午前中は眠気を堪《こら》えながら教場に座り、午後は炎天下を延々と走らされていた十九歳が今ではF－4の二機編隊長となってソ連機を追っている。今日は目視には至らなかったが、対象となったベアがあのベトナムに向かったと思うと不思議な心持ちがした。

十年といえば、本庄の人生において三分の一だし、二十歳から三十歳となれば、おそらく生涯でもっとも激動、激変の時代になるだろう。だが、ふり返ってみれば、あっという間だ。大きな変化が立てつづけに起こったから短く感じられるのかも知れない。

「連中は八機だった」戸沢が髭をひねっていた手を止め、目をすぼめて航路図を見た。

「アメリカの空母二隻に台風が二つ……、連中がパフォーマンスを見せたがる条件としては四飜《スーハン》そろった恰好だ」

「おお、立派な満貫だ」

藤松が受けて、戸沢がにやりとする。かつてほど麻雀は流行っていない。戸沢が言葉を継いだ。

「千歳、小松、築城はとっくに増強がかかった。築城は八機にしたと連絡が入っている」

ふだんアラート待機についているのは二機編隊が二組で、増強がかかると主格納庫前のエプロンにさらに二機、燃料を満載し、赤外線追尾式ミサイル二発、機関砲六百発を装備した上、パイロットはいつでも発進できるよう準備をしておく。八機ということはいつもの倍になる。

「新田原基地は現在お偉方が会議中だ」

戸沢の言葉に川上が聞こえよがしに鼻を鳴らす。戸沢が目を上げた。

「川上《ガミ》、奴《う》ら《ち》は戻ってくるか」

「さあ」川上は肩をすくめた。「ベトナムの基地に降りるかも知れませんし、南シナ海で空中給油して戻ってくるかも知れません。だけど、そんなことは知ったこっちゃない。うちらこそ非常呼集かけて八機態勢にすべきでしょう。一組が対処している間にバックアップを上げて、その間、二組が通常のアラートに就く。八機が無理ならあと一組でもいい。五島列島の西までは遠いですからね。一組が対領空侵犯措置《たいりょうしん》行動に向かっている間にバックアップが追っかけていく。最初の一組がまだ対処中なら三組目を上げて、戻ってきた一組がすぐ準備すりゃいい。あと一組なら何とでもなるでしょう」

「おれもガミとまったく同じことをいった」

テーブルを囲んでいる八人、否、アラートパッドに詰めている全員が戸沢に注目した。

「そうしたら？」

先を促したのは、藤松だ。

「前向きに検討しよう、だと」

3

UTC07:55、長崎県五島列島西方沖、カール・ヴィンソン
全長千九十二フィート、総排水量十万トンを超える巨大空母カール・ヴィンソンの艦首がぐいと持ちあげられる。

三百三十三メートルか――脳裏でさっと換算したテンプルはにやりとした――日本なら東京タワーを横倒しにしたとでもいうところだな。

同時に横倒しになった東京タワーというイメージから幼い頃テレビで見た古い映画を連想した。巨大ないもむしが東京タワーに登り、やがて横倒しにする。

真ん中でへし折ったんだっけ？

傾斜する床を踏みしめ、窓の下に取りつけられている手すりを握ってテンプルは躰を支えた。ぐんぐん持ちあげられる艦首が巨大なうねりの頂上に達した瞬間、前方に雷光が閃《ひらめ》き、飛行甲板の四角い先端が浮かびあがった。見とれている間もなく、艦首が落下し、手すりを握る右手に体重がかかった。艦首が波間に突っこみ、せり上がった海面が

砕けちるしぶきとなって飛行甲板を襲い、目の前に鎖で係留されている二機のF－14トムキャットが波をかぶり、甲板に踏んばる脚を白波が洗う。

全艦の水密扉とシャッターを閉じたカール・ヴィンソンは固く蓋を締めたペットボトルのようなもので海水が浸入してくることはなく、沈みはしない。トムキャットにしても風防を閉じ、エアインテイクなど開口部には赤い蓋をしてあるのでいくら波をかぶっても害はないし、鎖が引きちぎれたり、押し流されることもない。

「すげえもんだ」

いつの間にかとなりに立ったバロンが感心したようにいった。

リーン・テンプルとバロンはカール・ヴィンソンの艦橋《アイランド》第一層にある飛行甲板《フライトデッキ》管制室《コントロールルーム》にいた。五層構造のアイランドは艦の右舷にそびえ、コントロールルームはもっとも下層の前方にあった。飛行甲板と同じ高さで、核攻撃にも耐えられる分厚い鋼鉄製の扉を開ければ、目の前に二機のトムキャットが係留されている。一フィート四方ほどの窓が切られ、右舷エレベーター上にあるトムキャットを見ることができた。

台風が東方に去った直後、もう一つの台風が西から接近していて、目には見えない巨大なスプーンでかき混ぜられてでもいるようにうねり、渦巻いていた。強風にさらされ、うねりに翻弄されて大きく上下する飛行甲板上には緊急発進待機用のトムキャットが二機あるだけだ。

「さすがの男爵《ザ・バロン》でもこれじゃ飛べないな」

テンプルの言葉にバロンがうなずく。

「規定では、着艦時の飛行甲板上下動は二十フィート以内になってる。発艦ならもうちょっと大きく揺れても何とかなるが、カタパルト士官《キャット・オフィサー》のセンス次第ってところもある」

カール・ヴィンソンの飛行甲板に四基ある射出装置《カタパルト》はたったの三百フィート――約九十一メートル――で、最大三十トンを超えるトムキャットを失速速度の二割増し、百六ノット――時速二百キロまで加速させられる。このときカタパルトのパワーを適切に調整しなければならない。パワーが弱ければ、失速して海に落ちる。逆に強すぎても機体を損傷させる恐れがあった。

そしてタイミングだ。嵐の中でなくとも海には常にうねりがあり、甲板は上下動をくり返している。機体の重量とカタパルトの蓄圧量を勘案し、安全か否かを見極め、艦首が下向きになっていないのを見はからって射出の合図を出すのがカタパルト周辺で動きまわる水兵たちの中で唯一の士官、キャット・オフィサーだった。

着艦するときには艦尾から接近し、全長八百フィート――約二百四十四メートル――の甲板に着艦するのだが、長大な空母とはいえ、陸上の滑走路に比べれば、全長は十分の一にも満たない。そのため甲板の後部に張られた四本のワイヤーのうちいずれかをトムキャットの機体下部から下ろしたアレスティングフックで引っかけ、急制動をかける。

　ワイヤーは甲板後端から五十メートルほどのところにナンバーワン、そこから十二メートル間隔であと三本が張られている。フックが空振りすれば、ただちに着艦復航《ボルター》だ。そのため着艦時のトムキャットはエンジンをミリタリーパワーに入れている。ワイヤーをつかまえ、がくんと減速して初めてパイロットはスロットルを戻す。

　パイロットたちはワイヤーを狙って飛行機を誘導してくるのだが、現代空母では着艦用の甲板は母艦の軸線に対して九度左に傾けられたアングルドデッキを採用している。つまり艦載機は空母に対して斜めに着艦することになり、万が一、ワイヤーを捉えられずボルターとなっても前方に障害物はない。より安全性は高まったが、パイロットは右へ右へと移動していく斜めになった甲板を捉えなくてはならなくなった。

　このときの機速は百二十五ノット——時速二百四十キロ——ほどもある。

　その上、甲板は上下動している。もし、着艦寸前に空母がうねりに持ちあげられれば、艦尾に激突しかねない。実際、そうして殉職したパイロットやＲＩＯもいる。だからといって甲板との間に安全な間隔を保っていたのでは永遠に着艦できないし、燃料には限りがある。

「ザ・バロンね」

　バロンが鼻の頭を掻いて苦笑する。

　パイロットがバロンというコールサインを名乗るには多少勇気が要るだろう。まだ空中戦が騎士道に則《のっと》った決闘か、優雅な狩猟のように見られていた第一次世界大戦時、ドイツ空軍《ルフトバッフェ》の撃墜王にレッド・バロンがいた。正真正銘の男爵で、機体を赤く塗って華麗に戦場を飛びまわった。赤など目につきやすいのだが、目につきやすい点こそ彼の狙いでもあった。赤い飛行機が空域に現れれば、逃げだす敵機も少なくなかったからだ。

テンプルはあわてて顔の前で手を振った。頭にザを冠すれば、バロンの中のバロンという意味になり、多少揶揄《やゆ》する響きも混じる。

「尊敬の念をこめてるだけだ。少なくともおれはね」

「わかったよ。それよりお前のリーンってのはどこから来てるんだ？」

「話したことなかったっけ？」

「聞いた覚えはないな」

バロンとは、彼が第一一戦闘飛行隊サンダウナーズに配属されてから半年ほどの付き合いになる。貴族的なコールサインとは対照的に尊大なところがなく、パイロットに特有の高慢さとも無縁、つねに謙虚で無茶はしなかった。

「話せば長い話になる」

テンプルの言葉にバロンは窓の外を顎で指した。

「どうせノーフライだ。時間はたっぷりあるぜ、相棒」

つられて目をやるとちょうど艦首が大波を割り、海が甲板を洗ってトムキャットの夕イヤ辺りで砕けちった。年がら年中潮風にさらされている海軍機ゆえに塩害は避けられず、そのためしょっちゅう塗装をし直している。余裕があれば、発艦前に真水で洗浄できるだろうが、そのまま飛びだすケースも考えられる。

飛行隊の全体ブリーフィングでソ連の爆撃機編隊が南下してきたことを知らされていた。すでに西方へ針路を変え、離れていったとはいえ、艦隊の防空任務を負う第一一戦闘飛行隊としては天候の許すかぎり飛びたたなくてはならない。トムキャットにとって最大の任務は敵の爆撃機を撃墜することなのだ。

爆撃機そのものは動きが鈍重で脅威にはならないが、昨今、ソ連で開発が進んでいる空対艦ミサイルは厄介だ。射程二百五十から三百海里といわれ、最大速度マッハ7に達するという情報もある。カール・ヴィンソンだけでなく、空母打撃群に所属する巡洋艦、駆逐艦も艦対空ミサイル、レーダー制御の二十ミリ機関砲〈バルカンファランクス〉を装備しているとはいえ、もっとも安全で、確実な排除法は、ソ連の爆撃機を接近させないこと、対艦ミサイルの射程内に踏みこんでくるのであれば、撃ち墜としてしまうことだ。

「わかった」テンプルはうなずいた。「実はおれは日本生まれでね。親父《おやじ》は厚木で電子機器の技師をしてて、それで海軍で働いていたんだ」

「軍属だったのか」

テンプルはうなずいた。

「そしてお袋は日本人だ」

「それなのに第一一《う》一戦闘飛行隊《ち》に？」

サンダウナーズというニックネームは太平洋戦争時代にさかのぼる。当時、運用していたのはF6Fワイルドキャットだったが、日本を象徴する太陽を落とすという意味からニックネームがついた。今も目の前にあるトムキャットの垂直尾翼には旭日旗《きょくじつき》が描かれている。まるで旧日本海軍機のようだが、意味するところは真逆だ。

「バロンともなれば、希望する飛行隊に配属されるのかい？」

「いや」バロンが首を振る。「あんたのいう通りだな」

テンプルは窓に目をやった。だが、見ていたのは波に洗われつづけるトムキャットではなく、つややかなガラスに映った顔だ。

日本にいるときにはガイジンといわれた。アメリカに渡ってからは黒人だった。目を細める。ガラスに映った顔の目元が変化する。アーモンド形をしていて、両端が持ちあがっている。この目のせいで黒人仲間にはアジア人といわれた。目は母親似なのだ。決して嫌いではなかったが、子供の頃から同じ疑問が浮かぶ。

お前って、何者？

「おれが十二のとき、お袋が交通事故で亡くなった。それで親父は本国《メインランド》に帰ることにしたんだ。お袋の事故がなければ、おれはずっと日本にいたかも知れない。いずれにしても海軍に入ることはなかっただろう」

UTC　08：05、南シナ海洋上、Tu95
二時間半か――腕時計を見たクラコフは思った。

日本から離れ、南西方向に向かい、台湾と中国大陸の間を抜け、フィリピン西方まで千六百キロほどを飛んできた。チャイカ、ウートカ両編隊の八機は南シナ海上空一万メートルにある。

「いかがですか」

声をかけられ、クラコフは顔を上げた。ラザーレフが左右の手に持ったホーロー引きの金属カップの一つを差しだしている。コーヒーの香りが鼻をくすぐった。

「ありがとう。そっちも預かろう」

「恐れ入ります」

二つともカップを渡したラザーレフが右席に座り、ヘッドギアを被ったところでカップの一つを戻した。

Tu95には自動操縦装置がない。だが、二人いる操縦員のいずれか、もしくは航法士が監視していれば、あらかじめ決めたコースをなぞるのは造作もなかった。むしろ二年前にサハリン上空で起きた民間機撃墜事案を思えば、自動操縦装置はパイロットに慢心を起こさせ、危険とさえいえた。

コーヒーをひと口すする。豊かな香りが口中から鼻腔《びこう》へと抜けた。ラザーレフがおずおずと口を開いた。

「一つお訊ねしてもよろしいですか」

「何だ、あらたまって」

「今さっき小便をしながら、ふと不思議に思ったんです。カピタンはレニングラード大学を卒業しながら、どうして空軍に入って爆撃機のパイロットになったのか、と。かの大学を出られているんだから、同じ空軍でももっと大きな仕事がいくらでもあったんじゃないかと思いまして」

「卒業生の進路はいろいろだよ。昨今の流行りだと、トップクラスは国外に出て貿易ビジネスをやってる。もう一ランク下の連中が党中央に行くかな。早い話、私は成績が悪かった。というか元々あの大学が似合うような人間じゃなかったんだ。たまたま親父が地元の集団農場で役員をしてて、そのコネがあった。あの大学の卒業生の多くは国家機関に就職した。空軍だって立派な国家機関だろ？」

「おっしゃる通りですが、何も操縦要員じゃなくても」

「組織の中で人間関係ですり減るのがイヤだった。人嫌いだったのかも知れないな」クラコフはラザーレフを見た。「君はどうなんだ？　やっぱり飛行機に憧れていたのかい？」

ラザーレフが小首をかしげ、目を伏せた。

「私は黒海沿岸の村で生まれたんです。代々漁師の家で、親父も兄貴もいまだに船に乗って漁に出ています。貧乏でしてね。食う物に不自由するほどではありませんでしたが、船も家も、着るものも粗末でした。家は八つ年上の兄が継ぐことになって、私は出ることになりました。中級学校を出たばかりの子供が食っていくには軍隊に入るしかなかったんです。漁師の家ですから海軍の方が馴染みがあるんですが、なまじ距離が近いだけに軍艦にいやがらせをされたりしてて正直あいつらが好きじゃなかったんです。陸軍は泥まみれでしょ。その点、空軍は清潔に思えたんです」

ちらりと苦笑したラザーレフが言葉を継ぐ。

「中に入ると全然違いましたけどね。まあ、そうして空軍に入隊したんです。入ってから航空職の給料がいいことを知りました。航空科の中でも操縦員の給料が飛びぬけて高い。それで目指すことにしたんです。もし、パイロットになれていなかったら結婚もしてなかったでしょう」

「おいおい。搭乗員以外でも、海軍でも陸軍でも、誰もが兵のうちに結婚してるし、子供も作って、結構なアパートに住んでるぞ」

「それもカピタンがいわれる通りなんですが、私がようやくひな鳥になれた頃、お袋が病気になりましてね。治療費がバカ高かったんです。ところが、親父も兄貴も私には何もいいませんでした。どうもお袋が口止めしてたみたいで。親父と兄貴の稼ぎじゃ治療費を払いきれなくて、借金を重ねてました。とんでもない額になったところで軍警察から連絡が来まして。私も少しは貯金してましたけど、全然追いつきません。それでも何とか十年くらいで返済を終えて、その直後にお袋が死んじまいました。私が結婚したのは、そのあとです」


「それじゃ、子供は?」

「娘が一人」ラザーレフが照れくさそうに笑う。「まだ二歳なんですが、私にとっては孫みたいなもので。パパーシャなんて呼ばれると……、親馬鹿ですね」

クラコフは目を見開いたまま、ラザーレフを見返していた。パパーシャと呼ぶ幼子の声が耳の底に響き、身動きならなくなったのだ。

ラザーレフが目を上げる寸前、何とか自分を取りもどした。

「いろいろあったんだなぁ。君は天才的な技量のあるパイロットだから順調に今日まで来たんだと思っていたんだけど」

「天才なんてことはありません。ひたすら努力してきました。これもお袋のおかげかも知れないと思うことはあります。どんなにきつくてもお袋の病気を何とかしたいと思ってましたし、私よりお袋の方がつらいんだと思ってましたから、それで何とか乗り切れたんだと思います。私にはこれしかありませんでしたから」

「これしかない、か」クラコフは何気なくくり返した。「なまじ大学なんか出たから私は中途半端だった。できれば、操縦訓練にだけ集中して……」

言葉を切ったクラコフは首をかしげ、次いでラザーレフに目を向けた。

「恨みがましく思ってたんだよ。パイロットとして勤務するだけじゃなく幕僚勤務もこなさなくちゃならなかった。どっちも中途半端でね。君の噂はかねがね聞いていたんだけど、いっしょに飛ぶようになってわかった。うまいパイロットはいるんだと。私はいくら精進しても並みだったろう」

ラザーレフがあっさりうなずく。

「たしかに天性のパイロットはいます。私は何人も見てきました。うまいなぁ、追いつけないなぁと。私は違います。自分が下手だとわかってますから努力してきただけで」

技量に優れたパイロットにだけ見える世界があるのだろうとクラコフは思った。名人上手同士でなければ、理解できない領域だ。

航法士のゼレンスキーが機内通話装置を通じて呼びかけてきた。

「カピタン」

クラコフは片手で酸素マスクを口元に押しあてた。

「何だ？」

「そろそろ給油機との会合地点に差しかかります」

「現在位置は？」

「香港《ホンコン》島の南南東約四百キロといったところですね」

「予定通りだな」

「はい、カピタン」

プランBは最初に接敵できなかった場合、南シナ海洋上を飛び、同盟国ベトナムにある基地から飛びたった空中給油機と会合し、燃料補給を受けるというものだ。

往路は台風にはばまれた。復路は……。

考えてみたところで天候ばかりはどうしようもない。できるのは、刻々と変化する状況を知り、一つひとつ対処していくことだけだ。クラコフは無線士に声をかけた。

「ミーニン、給油機を呼びだして、現在位置を訊いてくれ」

「了解しました、カピタン」

酸素マスクを押さえていた手を外し、ラザーレフに目をやった。

「ところで、カピタン、もう一つ教えていただきたいのですが」

「何でも」

「大学ってどんなところです？　私は十五で空軍に入って、そのまま今日まで来ました。外の世界をほとんど知らないんです。女房も空軍病院の看護師でしたから」

どんなところかと訊かれて、クラコフは唸った。

「正直にいうと私にはよくわからない。田舎の山の中からレニングラードに出て行ったからね。右往左往するばかりだった。たとえば大学構内では喫煙場所が厳格に決められていて学生たちが集まるんだ。私もタバコを喫《す》いたかったんだけど、人がいっぱいだと気後れしちゃってね」

「へえ、カピタンでも気後れすることがあるんですか。信じられないな。それでどうしたんです？」

「一人の男子学生が現れて、そこのノッポの木こり《リソルブ》に場所を空けてやってくれないかといったんだ」

「リソルブというのは、どういうことですか」

「私はノヴゴロド州の山ん中で生まれてね。祖父の代から製材業をやってるんだ」

「そこからレニングラード大学へ……、へえ」

「その男の顔を見たことはあったけど、話したことはなかった。当然、出身地を明かしたこともない」

「だけど、その人はカピタンのことを知っていた」

「この背丈だからどこにいても目にはついたんだろう。それで名前とか出身地とか誰かに聞いたのかも知れない。その男は皆に一目も二目もおかれていたんじゃないかな。一声かけただけで皆が従った。おかげで悠々とタバコが喫えたし、次からは皆が私を気にかけてくれるようになった。もう十年も前、学生時代の話だ」

「そういう御仁もいるんですなぁ。今頃、何をしてるんでしょう」

クラコフは肩をすくめて見せただけで、KGBという答えは嚥みこんだ。

その同級生は二ヵ月近く前、七月上旬にウクラインカの基地に唐突に現れている。十年ぶりだが、さらさらの金髪と、不気味なほどに澄みきった水色の瞳は大学の喫煙所で見かけたときとまるで変わっていなかった。

4

一九八五年七月、アムール州、ウクラインカ基地
基地内にあるクラコフ専用の個室のドアがノックされ、返事をするとその男が入ってきた。

「やあ、久しぶり」

男はにこりともしないでいった。

「君はあまり変わらないな。この二年ばかりの状況を考えるとかなり憔悴《しょうすい》して、老けたんじゃないかと思ったが。まあ、十年じゃ、それほど変わらないか。いずれにしても

また会えたのは喜ばしいよ……」

十年——たしかにそれくらいだろうとクラコフは思った。相手はレニングラード大学の同級生だが、在学中、言葉を交わしたのはたった一度でしかない。彼は法学部、クラコフは経済学部にいて農業経済を学んでいた。表向きは生まれ故郷に帰り、集団農場の仕事をすることになっていた。空軍に入り、パイロットになるという希望は誰にも話したことはなかったが、諦めてはいなかった。

次のひと言にクラコフは戦慄する。

「鴉《ヴエローナ》」

暗号名を知っているのはＫＧＢの一員、それも第一総局の幹部クラスしかいない。クラコフはかすれた声を圧《お》しだした。

「君は……」

「狐《リイサ》だ」

レニングラード大学にはノヴゴロド州出身者はほとんどおらず、クラコフの生まれ故郷であるペストヴァ郊外の山林地帯から来た学生は皆無だった。大学構内では喫煙場所が指定されていたのだが、親しい友人もいなかった。

ある日、昼休みにタバコを喫おうと喫煙場所に行ったのだが、灰皿の周囲に空きがなかった。うろうろしているうちに苛立《いらだ》ってきた。どこかに割りこもうかと思っていたとき、彼――リィサが周囲に声をかけた。

みんな、ノッポのリソルブに場所を空けてやってくれないか……。

それまで大講堂で顔を見たことはあったものの言葉を交わしたことはない。どのようにしてクラコフの出自を知ったのかはわからなかったが、そのときは不思議だとも思わず彼のひと言で空いた場所に入って、礼をいい、タバコに火を点《つ》けた。

その後も大講堂で顔を合わせたときには、互いに見交わし、目顔で挨拶する程度で親しくなることはなかった。

それほど背は高くない。体つきもどちらかといえば、華奢《きゃしゃ》だ。特徴的なのは澄みきった湖水を思わせる水色の瞳である。どこまでも透徹したその瞳は何もかも見透かしているとでもいっているように見えた。

十年経ってもその瞳に翳《かげ》りも曇りもなかった。

「君の方こそ変わらない」

クラコフは慎重に答えた。

「面食らってるだろ。急に作戦が発令されて」

「あ、いや……」

すぐに思いなおした。ヴェローナという暗号名を知っている以上、作戦そのものについても知り抜いているに違いなかった。

「たしかにびっくりしている」

一年半ほど前、モスクワ時間の一九八四年二月九日午後四時五十分、ソ連共産党中央書記長ユーリ・ウラジーミロヴィチ・アンドロポフが腎不全のため、死亡した。六十九歳だった。西側諸国に対する猜疑心《さいぎしん》と敵愾心《てきがいしん》を抱き、核戦争への備えを怠らなかったアンドロポフの死は〈鴉作戦《オペラーツエ・ヴエローナ》〉の頓挫を意味するかに見えたのである。

アンドロポフとクラコフの人生は、ほんの一瞬交差している。あの忌まわしいサハリン上空の大型機撃墜だ。奇《く》しくも事案が起こった一九八三年九月一日、政治局会議を取り仕切った。それがアンドロポフが公の場において仕事をした最後となった。クラコフはアンドロポフの死をテレビのニュースで知り、アンドロポフがクラコフを知ることはなかった。

その頃、クラコフはモスクワの南東二百キロほどのところに位置し、重爆撃機の訓練部隊が置かれているリャザーニ空軍基地でTu95の教官として勤務していた。

「昨年末、突然転勤を命じられただろ？」

「ああ」

クラコフはうなずいた。

先行きが見えず、妻と息子たちに再会することだけを祈る日々がつづく中、唐突にウクラインカ基地への転勤を命じられた。何もかもサハリン転勤以前に戻るのではないかと淡い期待を抱いたが、ウクラインカでは基地内の単身者用宿舎——まるで独房のような一人部屋だった——をあてがわれただけだった。

「そして鴉作戦の再始動を命じられた」

「その通りだ」

「作戦の計画書を読んだ。敵の虚を衝く、まさに大胆不敵というしかない作戦だ。立案は君が？」

「いや、スミルノフが……」

思わず口にして、しまったと思った。作戦内容は極秘なのだ。だが、リィサがさらりといった。

「兵装担当士官だな」

計画書を目にしているのは間違いなさそうだ。リィサが重ねて訊いてくる。

「メンバーを選んだのは君か」

「そうだ」クラコフはうなずいた。「スミルノフとゼレンスキーはサハリンでの幕僚勤務を命じられる前にウクラインカでいっしょに飛んでいた。スミルノフの計画を初めて聞いたとき、操縦士はラザーレフしかいないと思った」

「指揮官が君で、兵装担当士官と航法士は気心の知れた馴染みというわけか。そして天才的といわれる名パイロットを選ぶ。当然の成り行きだな」リィサがにやりとする。

「どうして昨年末に再始動が命じられたか見当がつくか」

「いや」

「ユーリ・ウラジーミロヴィチは自分の後継者としてミハイル・セルゲーエヴィチを指名していた」

　ミハイル・セルゲーエヴィチ・ゴルバチョフのことだ。

「二人は出身地が近いこともあってウマが合った。どのような文化の中で生まれ、育ったかというのは人間形成の上で案外重要だよ。何を食い、どんな方言を喋っていたか」

　ゴルバチョフが頭角を現したのは、アンドロポフ政権時代だったとリィサはいう。アンドロポフは改革派ではなかったが、ゴルバチョフを政治局員に引きあげ、ときに自分の代わりに議長を任せるなどした。政治信条より人間性を重く見た結果だ。さらには自分の名代として一九八三年にカナダ、イギリスに派遣、首脳と会談させている。イギリスでは首相のマーガレット・サッチャーをして、ようやくいっしょに仕事ができる相手が現れたといわしめたのがゴルバチョフである。

「しかし、あまりに若すぎた」

　アンドロポフが死亡したとき、ゴルバチョフは五十三歳。年齢だけでなく、党中央を御しきれるだけの実績がなく、後任書記長にはコンスタンティン・ウスチーノヴィチ・チェルネンコが就任した。

「だが、コンスタンティン・ウスチーノヴィチの方は逆に年寄り過ぎた。前任者より三歳年長だからね。その上重い肺の病気を患っていた。いずれ、そう遠くないうちにまたしても書記長が交代するのは誰の目にも明らかだったし、後任となるのはたった一人しかいない」

　その上、チェルネンコも亡くなる寸前、後継者にゴルバチョフを指名している。政治局ならびに党中央の混乱を避けるためには自分の息があるうちに明言しておかなければならなかった。

「あの男に危機感を抱いたのがほかならぬ我が社の上層部だ。再建《ペレストロイカ》に情報公開《グラスノスチ》と来れば、真っ先に処刑されるのは自分たちだから」リィサはちらりと肩をすくめた。「君に転勤命令が出た昨年末には、上層部はとっくにコンスタンティン・ウスチーノヴィチに見切りをつけていた」

「だからって……」クラコフは声が咽に絡むのを感じ、咳払いをした。「だからといって鴉作戦の再始動にはならないだろう。意味がわからん」

「生き残りだ。連中は死にものぐるいで生き残りをかけている。そのためにはあの男を追い落とすしかない。できれば、抹殺したいわけだ」

　大きく息を吐いたリィサが目を伏せた。

「ところが、またしても我が社は大変な失策をやらかした」

「ああ、長年ロンドン勤務をしていて、今は支局長という男が実はその間ずっとイギリス課報部に通じていた。つい最近になって、うちの上層部が疑惑を持った。ずっと気づかなかったというのも情けないが、もっと情けないのはモスクワに呼び戻して厳重な監視下においたにもかかわらず目と鼻の先からまんまと逃げられてね。亡命を許す結果になった」

あまりにあっけらかんと語るリィサにクラコフは呆然としたが、口調とは裏腹に透徹した水色の瞳は笑っていなかった。

「だから失地回復をしなくちゃならない。君ならやれるだろう」

「ぼくのことを知っているのか」

「ずっと注目していた。重爆撃機部隊の士官として、作戦を指揮する能力は高い。それに君には消さなくてはならない汚点もある」

「だから逃げない、と？」

「それもある。だから私は君をヴェローナとした」

「君が？」

リィサはクラコフの問いに答えようとせず別のことを訊いてきた。

「君を担当している我が社の連絡係は？」

「タラカノフ中佐だが」

「我が社の人間の九十五パーセントは保身しか考えていない。小心で小狡くてカネに汚い。あいつはその典型だ」

「残り五パーセントが組織を仕切っているのか」

「四パーセントは会社を金儲《かねもう》けのための便利な道具だと見なしている」

「一パーセントは？」

「憂国の思いを抱いている人間だよ。私が君を選んだのは、君が純朴な木こりだからさ。純朴、正直であることは尊い。肝心なときに自らの損得など度外視し、究極は命を捧げる」

「愚か者は簡単に国に命を捧げるというわけか」

「善悪の判断ができる」リィサはまっすぐにクラコフを見つめていった。「家族と国にとって、何が正しいかを考える。自分の命など三番目だ。さて、ちょっとお付き合いを願おうか」

どこへと訊く前にリィサがドアに向かい、クラコフはあわててあとを追う恰好となった。

UTC　08：25、南シナ海上空、Tu95

目には見えない巨大な手につかまったようにＴｕ95がつんのめり、次の瞬間機首をぐいと持ちあげられ、クラコフの思いは断ち切られた。

目を剝く。

機首の中央から伸びている受油用の筒に給油機から伸びるホースが絡みついている。ラザーレフと互いを見交わしたのは一瞬に過ぎなかった。ラザーレフの表情は落ちついている。何をするつもりなのかクラコフには見当もつかなったが、即座に命じた。

「やれ《ステデレイエトア》」

うなずいたラザーレフがちらりと目を上げる。クラコフは手を伸ばし、上段中央の風防ガラスを覆っているカーテンを引きあげた。

直後、ラザーレフがエンジン出力を絞り、操縦舵輪を前に押した。機首が下がり、給油機の機尾から伸びる給油ホースがぴんと張りつめたかと思うと受油筒が軋《きし》み、大きな音とともに上方へ曲がっていった。給油機はびくともせずに水平飛行をつづける。ラザーレフがさらにＴｕ95の機首を下げ、ついに受油筒が根元から折れた。

ラザーレフはすかさずエンジンを全開にして給油機の下方に潜りこむ。頭上でのたうった給油ホースが受油筒を巻きこんだまま跳ねあがる。クラコフは左舷上段の風防ガラスを覆っている二つのカーテンを上げた。開けた視界に大蛇のように身をくねらせたホースが折れた受油筒を離すのが見えた。

「うわっ」

クラコフは思わず声を発した。

折れた受油筒が回転しながら目の前をかすめていったのだ。思わず首をすくめ、耳を澄ませた。幸い機体にあたった音は聞こえなかった。

すでにTu95／228号機は高度を下げ、給油機との間をあけていた。間隔はさらに広がりつつある。給油機を見上げたまま、クラコフは訊いた。

「何が起こったんだ？」

「おそらく乱気流でしょう。空気の塊に突っこんだ給油機がつんのめって、ホースがたわんだんです。そこへ運悪く受油筒を突っこんでしまって……」

「なるほど」

給油機は去年から運用が始まったばかりの新鋭機Ⅰｌ78《イリユーシン》で主翼幅は五十メートル、Tu95とほぼ同じだ。大型機で鈍重な機動しかできないからといって、気流によっては素早く、予想外の動きをすることがある。針の穴に糸を通すような動きだが、まったくないとはいえない。現にたった今、クラコフは目の当たりにしている。

「燃料はどれくらい受け取れた？」

「十八トンといったところですね」

イヤフォンに無線士ミーニンの声が聞こえた。

「カピタン」

「何だ？」

「今、給油機の機長からシステムに不具合が生じたといってきました」

クラコフは目を上げ、百メートルほど上を飛ぶ給油機を見た。I１78は両翼端と胴体後方の三ヵ所に給油用のホースを備えている。主翼幅が五十メートルとはいえ、爆撃用のホースは中央の一本だけでしかない。小さな戦闘機なら両翼端のホースから二機が同時に給油を受ける。

燃料移送能力は毎分二トンだ。ラザーレフが十八トンというからには十分強は接続していたことになる。給油能力のデータはあくまで地上で計測したものに過ぎない。空中では接続時に燃料が噴出するなどして無駄が生じる。

ここまで228号機は約四千キロを約七時間かけて飛んできた。離陸時にはすべての燃料タンクを満たす九十トンを搭載している。離陸から巡航高度までの上昇、ウクラインカから飛びたってきたボンネル率いるウートカ5編隊と合流するなどして半分弱の燃料を消費していた。

当初の計画ではサハリンのソコル基地を飛びたち、日本海洋上を南下して、作戦を決行、アムール州にあるウクラインカ基地へ戻る——あくまでも戻れれば、の話だが——ことになっていた。それならば途中で激しい攻撃機動を行ったとしても空中給油なしですべての航程を飛びきれた。

しかし、往路では台風にはばまれ、目標である空母を中心とするアメリカ海軍機動部隊に接近することはできなかった。そこでクラコフは全機を引きつれ、南シナ海まで来て空中給油を受け、復路での攻撃を試すことにしたのだった。

ふたたびミーニンが訊いてくる。

「給油機の機長は基地に戻るといってますが、どうしますか」

「了解と答えてくれ」

「はい、カピタン」

クラコフは酸素マスクを外し、ラザーレフに目を向けた。

燃料計に目をやったラザーレフも酸素マスクを外し、クラコフを見返した。

「さて、我々は大丈夫かな」

「我々には六十三トンの燃料があります」

腹に武器を抱えたTu95の最大航続距離は一万三千キロに及ぶ。攻撃機動がなく、南シナ海まで来て、ウクラインカかソコルに戻る遊覧飛行ならば、九十トンの燃料でお釣りが来る。今回の作戦には突入、超低空飛行、全速力での離脱という航程があり、大量の燃料が必要となる。

ウラジオストク周辺の空軍基地にも空中給油機は配備されているが、受油筒を失った

228号機は地上に降りるまで燃料補給を受けられない。

ラザーレフの瞳の底にコクピットを照らすライトの光が溜まっていた。

「やれます」

「わかった」クラコフは酸素マスクを着け、無線士に命じた。「ミーニン、ボンネルにつないでくれ」

「はい、カピタン」

空中給油機はまだ三機残っていた。空中給油の計画では、チャイカ6、ウートカ5、それぞれ四機ずつのTu95が四十トンずつの燃料を受領することになっていた。すでにクラコフ機は十八トンを受けとっている。それでも八機のTu95のうち、一機は予定量を受領できない。

作戦はチャイカ6の四機編隊で実行できる。そのように訓練してきたからだ。逆にいえば、四機がそろっていないと作戦成功はおぼつかない。ボンネルと話し合った結果、ウートカ5の三、四番機を給油機とともにベトナムに向かわせることにした。ウートカ5はウクラインカから飛びたっており、チャイカ6より五百キロほどよけいに飛行している。

三機の空中給油機のうち、一機分をウートカ5一、二番機が分け、あとの二機分をチャイカ6が分け合うことになった。一機分をチャイカ6二、三番機が分け、最後の一機から四番機が規定量を受けとった。

六機のTu95はふたたび緩い一列編隊を組むと台湾海峡を目指して、ゆっくりと回頭した。

百八十度変針し、東に向かう恰好となる。夕陽が正面から右、そして後方へと移っていった。向かう先は夜、星が瞬いていた。

台風が通過し、大気はどこまでも澄み渡っている。

座席ベルトの留め具と酸素マスクの右側のホックを外したクラコフは大きく息を吐き、両手で顔をこすった。

5

UTC 09:20、長崎県五島列島西方沖、カール・ヴィンソン
協定世界時《UTC》〇九〇〇ちょうどから始まった第一一飛行隊の情報ブリーフィングによって、カール・ヴィンソンを中心とする空母打撃群は警戒レベルをワンランクあげた。おかげで夜間当直に就いていたテンプルたちの任務は、緊急発進待機任務に引きあげられ、Gスーツ、サバイバルベスト、ハーネスを装着しなくてはならなくなった。装具に締めつけられるのは慣れているとはいえ、窮屈に違いない。

テンプルは飛行隊に割りあてられている第四待機室に並んだ椅子の最後列に座っていた。すぐ後ろには簡易ベッドが広げてある。仮眠用であり、待機室の搭乗員用椅子はゆったりした造りで座り心地がいいとはいえ、装具を着けっぱなしなら横になっていた方が楽でもある。

ついさっきまで待機室には、隊長《CO》、副長《XO》をはじめ、飛行隊の全搭乗員が顔をそろえ、ブリーフィングが行われていた。飛行隊付き情報士官《インテリジェント・オフィサー》が待機室前方に立った瞬間から待機室の空気が張りつめた。

インテリジェント・オフィサーが話しはじめたのは、日中から日本海を南下していたソ連のベア編隊についてだった。

かつて米軍基地が置かれていたベトナム・カムラン湾のソ連軍基地には去年から新型の空中給油機が配備されており、今日の夕方、基地を飛びたった四機の給油機が南シナ海上空においてベアの編隊と会合したという情報が入った。会合ポイントは、ちょうどカムラン湾ソ連基地とフィリピン・スービック湾にあるアメリカ海軍基地の中間地点だという。米海軍は常時フィリピン西方沖に複数の艦艇を遊弋《ゆうよく》させ、警戒監視にあたっており、リアルタイムで状況を把握していた。

夕方、ベア編隊は南シナ海方面に抜けていたが、沖縄、台湾、フィリピンでは地上および艦上のレーダーが追跡をつづけていた。空中給油機との接触後、ベア編隊は百八十度変針し、ふたたび東に向かっている。ベアは八機で南シナ海に入ったものの東に向かったときは六機になっていた。理由はわからない。何らかのアクシデントがあったのかも知れないが、突然のレーダーロストは見られず墜落や空中爆発の兆候はないらしい。

「まったくやれやれだな」

装具を着け終え、待機室に戻ってきたバロンがとなりの椅子に腰を下ろし、ヘルメットバッグをそっと置いた。Gスーツに引き締められた腹部をぽんぽんと叩く。

「今夜は楽できると思ったんだが」

「お仕事だよ。おれたちはプロのマゾヒストなんだ」テンプルはにやりとしてみせた。

「こんな拘束具を身につけて、Gにさんざん打ちのめされて、それで給料をもらってる」

「たしかに」バロンがまじめくさった顔でうなずき、待機室の後方に並んでいる簡易ベッドに目をやった。「横になった方が楽かな」

「居眠りもできる」

「まあ、お楽しみはあとに取っておこう」バロンが視線を戻してきた。「で、さっきのつづきだ」

「つづき？」

「なぜ、あんたがリーンなのか」

「そんなことか」

ふっと笑ってみせたが、テンプルは胸底がちりちりするのを感じた。穏やかな笑みを浮かべながらもバロンはまっすぐにテンプルを見ていた。

「OK、どこまで話したかな」

「お袋さんが日本人というところまで」

「お袋のファミリーネームはテラヤマだった。親父は同じ名前だといって口説いたんだ」

「同じ名前？」

「テラヤマというのはテラとヤマという二つの漢字でできてる。寺はテンプル、山はマウンテン。我が家のファミリーネームがテンプルだ」

「本当かよ？」

「嘘みたいな話だが、真実だ。しかもお袋は笑いながらも親父に口説かれた」

「そしてチャーリーが生まれるってわけか。チャーリー・テンプルなんて、お前の両親も少しばかりシャレがきついんじゃないか」

「おれの名前は父方の祖父《グランパ》ちゃんがつけた。祖父《じい》ちゃんはかの大女優と同じ年の生まれで、親父は一人息子だった。孫が生まれて、それが女の子だったらシャーリーにしたかったんだろうな」

「元気な男の子、ゆえにチャールズか。なるほど」

「納得するな」テンプルはちらりと苦笑し、言葉を継いだ。「日本では家の中にも小さな寺を持つ」

「寺？　嘘だろ」

「寺といっても小さな箱だ。中に仏様《ブッダ》のイコンがかけてあって、その前に金色の小さな鉦《かね》が置いてある。きれいな鉦だ。専用の棒で叩くと澄んだ音がするんだ」

喋りながらテンプルの脳裏には仏壇の様子が浮かんでいた。説明したところでバロンがどこまで理解できるかはわからなかった。鉦の向こうには小さな写真立てがあって、丸い顔をした女性がはにかんだような笑みを浮かべていた。

カアチャン――テンプルはいつものように呼びかけた。

「どんな音だ？」

「リーン」

口まねをしてみた。だが、夕闇の迫る小さな部屋に響いた透きとおった音を再現できたとは思えなかった。

「それが由来か」

「そういうことだ」

二番機のパイロット〝ブロンコ〟とＲＩＯ〝ソード〟が待機室に入ってきた。ブロンコはバロンのとなりに座ったが、ソードはまっすぐ簡易ベッドに行くとヘルメットバッグを床に置き、勢いよくベッドに寝転んだ。

UTC　09：30、台湾南西洋上、Tu95

「それじゃ、お先に」

座席を最後方まで下げたクラコフはラザーレフに声をかけ、膝の上に濃いグリーンの糧食パックを置いた。搭乗員には食事を命じてあった。細かくいわなくとも左舷、右舷に並んだ者たちは互いの手元をのぞき、手の空いた方から食べる。

クラコフは糧食パックのプラスチックシートを剝がした。クラッカーが二パック、缶詰は丸と四角が一つずつ――どちらもアルミのソフト缶で糧食パックに付いているプラスチックナイフで開けるか、縁をつまんで指で剝がせる――、固形の乾燥エンドウ豆、塩、砂糖、インスタントコーヒーなどの袋がぎっしり詰まっている。出発前に積みこまれているダンボール箱にはグリーンのパックが三つ――三食分が入っていた。

「カピタン、コーヒーをお持ちしました」

ゼレンスキーが金属製のカップを両手に持って、操縦席にやってきた。

「ありがとう」

すでにクラコフ、ラザーレフともに肘かけにカップホルダーを取りつけており、ゼレンスキーがそれぞれカップを置いていった。カップには三分の二ほどコーヒーが入っていて、湯気が上がっている。糧食についている粉末コーヒーよりは機内備え付けのコーヒーメーカーで淹《い》れた方がうまかった。

クラコフはゼレンスキーを見上げ、ついで後方に目をやり、すぐに視線を戻した。ゼレンスキーが目をつぶり、だらしない顔つきになって口を開け、いびきを真似《まね》る。

「二本か」

クラコフはつぶやいた。すぐにゼレンスキーが訂正する。

「二本半です。三本目を半分くらい飲んだところで眠りこみました」

航法士席と右舷予備席は昇降口のハッチを挟んで並んでいる。手を伸ばせば、届く距離だ。クラコフがうなずくとゼレンスキーは後ろに戻っていった。

クラコフはクラッカーの袋を破り、牛肉パテの入った丸い缶を取りだした。割ったクラッカーでパテをすくい、口に運ぶ。クラッカーが砕け、パテの濃厚な味と香りが口中を満たす。ニンニクが効いていて、さほどうまくはないが、嫌いではなかった。

コーヒーをすすったラザーレフが前に身を乗りだす。はるか前方をウートカ5の二番機が飛んでいた。

針路変更したとき、いったんはクラコフ機が先頭になったが、すぐにボンネルが先導機となり、同じ編隊の二番機がつづいた。その後ろにクラコフ機がつき、チャイカ6の三機がつづいている。編隊は一列で、各機は十キロ近い間隔を空けたゆるいものだ。

「何か気になることでも?」

「ウートカ5の二番機なんですが、あれ、海軍型じゃありませんか」

ラザーレフが答えるのを聞いてクラコフも身を乗りだし、前を行く機体を凝視した。

「そうなのか」

「胴体中央にポッドが吊りさがってませんか」

眉間を寄せ、胴体下に注目した。何かが取りつけられているようだが、はっきり見極めることはできなかった。

「何かあるみたいだけど、よくわからん」

「給油のときに気がついたんです。おや、と思いましてね」

空中給油作業を行う際には効率を向上させるためチャイカ、ウートカ両編隊とも機体の間隔を詰めていた。ラザーレフが言葉を継ぐ。

「潜水艦との交信用ポッドじゃないかと思うんですがね」

海軍型のTu95の中には、潜水艦と交信するため、最大五十メートルも繰りだせるワイヤー型アンテナを装備している機体がある。海中の潜水艦と交信する場合には水中での減衰率を低くするため、極長波を使用する。そのため長いアンテナを必要とした。アンテナを伸ばすのは交信するときだけで、飛行中は胴体下のポッドに巻き取って格納してある。

「調達に苦労したんですね」

ラザーレフが嘆息混じりにつぶやくのを聞いてクラコフもうなずいた。ウクラインカは重爆撃機部隊の基地で多数のTu95が配備されているが、今回のように長距離任務を達成できる、まともな機体はかぎられる。

Tu95は海軍でも運用されていて、レーダーや磁気探査装置を使用し、水上艦や潜水艦の監視をする海上哨戒を主任務としていた。潜水艦との通信が可能な機体はさほど多くないが、ボンネルの要請に応えられる機体がそれしかなかったということだろう。

クラコフは座席の背に躰を預けた。

「員数合わせの苦労……、いずこも同じだな」

カップを手に取り、熱いコーヒーをすすった。

午後六時五十分（UTC　09：50）、宮崎県・新田原基地

五……、六……。

本庄は呼び出し音を数えながら腕時計を見た。ほどなく午後七時になろうとしている。そろそろ夕食か、少なくとも義母は食事の支度をしているはずなのに電話はいまだつながらなかった。

第五章　鴉作戦《オペラーツエ・ヴエローナ》

UTC　10：05、台湾海峡洋上、Tu95

単体の兵器システムとして史上最強といわれるアメリカ海軍空母打撃群の、その中核である航空母艦を一撃で破壊する鴉作戦《オペラーツエ・ヴエローナ》を立案するにあたって、解決しなければならない難題はいくつもあった。打撃力において最強であると同時に防御能力も高く、その警戒網をくぐり抜け、防御壁を打破するのが最高難度にあることは間違いない。また、一撃というのも難しかった。

KGB第一総局長ウラジーミル・アレクサンドロヴィチ・クリュチコフはいった。人殺しも二度目には慣れる、と。一九四五年にアメリカが核兵器を二度にわたって使用したのも同じ理由で二度目には慣れ、次の三度目となれば、まるで抵抗がなくなる。

つまりアメリカは兵器体系を完璧に保持するだけでなく、いつ、いかなる状況下でも核による先制攻撃を躊躇なく行えるよう将兵の精神面でも準備ができているということだ。

一方で宣戦布告をともなわない開戦において、最初の一発をどちらが放ったかが重要な問題となる。開戦、ひいては戦争の全責任をそもそもの原因を作った国が負うのが常識となっているからだ。しかし、これも戦勝国であれば、大した問題にはならない。歴史はつねに勝者によってのみ書かれるものだからだ。

その後の批判を恐れ、初弾を放つ側には立ちたくないとする傾向があるということは、自らと敵の双方ともに先制攻撃のチャンスを等しく有するという意味になる。その一発目が核兵器で、しかも相手の強大な兵器システム——たとえば全世界に十四隻が展開され、支配している米空母のうち、一隻を消失させるのであれば、その後の軍事バランスに大きく影響する。当然、国際的な非難を受けるだろうが、同時に先制核攻撃をも辞さないという強面《こわもて》のイメージができ、政治的影響力の大いなる増強に結びつく。

三月、書記長チェルネンコ死去にともない、改革開明派と西側ではいわれているゴルバチョフがあとを襲ったことで、母なるロシアを愛し、忠誠を誓う保守派は危機感を募らせた。先々代書記長アンドロポフの遺伝子を継ぐ者たちにしてみれば、ゴルバチョフは売国奴にほかならない。

ソ連空軍が米空母を一発で始末すれば、ゴルバチョフがどのような人物であれ、かつての超大国としての威信を回復できる。

具体的な方法として有効と考えられるのは、洋上を這《は》うように飛翔《ひしょう》するシー・スキミングミサイルだ。三年前のフォークランド紛争において一敗地にまみれたアルゼンチンだったが、何とか一矢報いたといえるのは空対艦ミサイル〝エグゾセ〟による戦艦シェフィールドの撃沈だ。そのほか輸送船も撃沈しており、空母にも被害を与えた。もっとも空母に対する被害などないとイギリスが一蹴している。

このエグゾセがシー・スキミングミサイルだった。

なぜか。

電波には直進性があり、地球が丸いためだ。海辺に立って水平線を眺めているとはるかかなたに見えるが、せいぜい四、五キロでしかない。地球の断面を半径六千三百七十キロの真円として、目の高さを一・五メートルとした場合、目から海面との接点までの距離は直角三角形の高さとなる。底辺六千三百七十キロに対し、一・五メートルだけ長い方を長辺とする直角三角形の高さでしかない。ゆえに四、五キロなのだ。仮に軍用艦艇のレーダーが五十メートルの高さにあったとしても電波と海面の接点は約三十三・三倍先になるだけで、百三十キロから百六十キロ程度ということになる。

地球の丸みの向こう側はレーダーにとって死角となり、海面すれすれを飛翔してきたとすれば、探知距離は百六十キロから二百キロだ。ミサイルがマッハ3なら秒速一キロほどになり、探知できてから命中までは二分半から三分半ほどしかない。音の三倍の速度で接近してくるミサイル——しかも弾頭をこちらに向けていれば、シルエットはせいぜい直径五十センチほど——を目視することは不可能だし、レーダーとコンピューターを組みあわせたとしてもミサイルや防空用機関砲で撃ち墜とすのは困難になる。

ソ連も同様の空対艦ミサイルを保有しているが、筐体が小さく、核弾頭の搭載が難しいため威力は限定的とならざるを得ない。核弾頭を搭載できる大型対艦ミサイルはあるものの発射母体は軍艦もしくは地上の施設か車輌《しゃりょう》であり、戦闘機はもちろんのこと、爆撃機からの運用も不可能である。

解決策として登場してきたのが巡航ミサイルである。推進システムがロケットではなく、ジェットエンジンで、飛翔距離を延ばしただけでなく、高度三十メートルから五十メートルという超低空を飛翔する。最高速度が亜音速に限定されるものの、射程は五百キロから千キロ以上にもなる。

逆に母機の高度が六千メートルなら約三百キロも先で探知されることになり、対処時間がそれだけ長くなるだけでなく、レーダー波を照射されれば、次はミサイルが飛んでくることになる。

鴉作戦を可能とするには、低高度で空母に接近し、高速で飛び、かつ核弾頭搭載可能な大型ミサイルを発射する必要があった。

右席のシートを下げ、アームレストに両肘を置いたラザーレフを見やった。麦と挽肉《ひきにく》を煮込んだ粥《カーシヤ》をグリーンの小さなスプーンですくってはちまちまと口に運んでいた。その様子と風貌はどこから見ても冴《さ》えない中年親父《おやじ》で、悪魔のごとき腕前でＴｕ95を操る凄腕のパイロットには見えない。

今年の春先、後部銃座の銃手をのぞいた乗組員で飛行訓練を開始した。鴉作戦を成功させるためのアイデアを思いついたのは、兵装担当士官のスミルノフだが、まずはラザーレフをメンバーに加えることを提言した。

『彼なしに作戦の成功はおぼつかないでしょう』

三度目の昼間飛行のとき、クラコフはラザーレフの腕を目の当たりにした。五月初めのことだった。

一九八五年五月三日、アムール州北部、Ｔｕ95
飛行は訓練というより試験、もしくは試行といった方が適切だった。実際、飛行前の打ち合わせでラザーレフがクラコフ以下、航空機関士のゲルト、無線士ミーニン、兵装担当士官スミルノフ、航法士ゼレンスキーを前にＴｕ95がどのような動きをするか、試してみたいといった。

ゲルトを選んだのはラザーレフだ。二人は数年にわたってコンビを組んでおり、ラザーレフが望むようにエンジンを調整できるという。クラコフに異存はなかった。ゼレンスキーがレーダーも担当する。操縦席には電波高度計があったが、ラザーレフがリアルタイムでゼレンスキーに高度、速度、方位を読みあげるよう頼んでいた。

『試験飛行では方位は必要ないが、実行段階では重要だ。お互いに慣れておきたい』

ゼレンスキーが同意したあと、スミルノフが試験飛行中のレーダー監視は自分が行うといった。全員が納得し、了解したところでクラコフは打ち合わせを終え、飛行のための身支度に取りかかったのである。

試験飛行の場所として、ウクラインカ基地から三百六十キロほど北にあるゼイスコエ貯水池を選んでいた。アムール川流域に建設された発電用ダムによってできた人工湖で、南北に約七十キロ、東西に約百キロもの大きさがある。ただし全体の形は刃を下向きにし、東西に柄を横たえた巨大な斧《おの》のようで、山中に突如出現した人工湖の例にもれず、沿岸は山間《やまあい》に水が入りこんで複雑な形状をしている。それでも刃にあたる部分は南北四十キロ、東西は幅の広いところで三十キロ、狭いところでも十七、八キロはあるので試験飛行には充分といえた。

燃料を満載して上がり、残量が三分の一になるまでくり返すことになった。総重量が軽くなるほどTu95の動きは俊敏になるが、作戦決行時の燃料、搭載武器の重量を考えると軽い機体での試行に意味がないためだ。

離陸し、一時間ほどでゼイスコエ貯水池上空に達した。ラザーレフはクラコフに目を向けてきた。

「貯水池まであと三十キロほどです。現在の飛行高度は一万メートル。これより降下して高度千五百メートルで貯水池の外周を一回りしましょう」

搭乗員は全員イヤフォンを内蔵した革製ヘッドギアを被り、きっちりと酸素マスクを装着している。クラコフの声は聞こえている。

「いいだろう」クラコフはミーニンに声をかけた。「基地に連絡。チャイカ6・1はこれより高度を千五百にまで下げ、ゼイスコエ周辺で訓練に入る」

「了解しました、カピタン」

さっそくミーニンがウクラインカ基地の空域担当管制官を呼び、クラコフに命じられた内容を伝えた。すぐに許可が下り、ミーニンが報告してくる。

「了解、ミーニン」クラコフはラザーレフを見返した。「いいぞ、やってくれ」

「はい、カピタン」

Ｔｕ95はゆっくりと降下しはじめた。

クラコフは左に目をやった。ゼーヤの市街地が後方に去って行き、アムール川が飛行経路にそって北に延びている。やがて大河はＴｕ95に近づいてきて、その先に貯水池があった。前方に視線を戻すと湖面が光を反射しているのが見えた。天候は晴れ、穏やかだ。山間部には雪が残っているが、濃い針葉樹林が低い山並みを覆っていた。右前方には平地の畑作地帯、道路、わずかばかりの集落が見えた。

貯水池周辺は西岸に市街地があるが、それ以外に人の住んでいる場所はなく、試験飛行が目撃される可能性は少なかった。もっともウクラインカ基地のＴｕ95部隊は地文航法《ちもんこうほう》訓練で貯水池周辺を日々飛行していて、地域の住民にしてみれば、特別興味を引くことはないだろう。

貯水池に船を浮かべ、今回の試験飛行を目の当たりにすれば、話は別だが……。

南岸に達したときには高度千五百メートルになっていた。Ｔｕ95は北進をつづけ、西からせり出している洲《す》――ダムができる前の尾根――を越え、水上に出た。ラザーレフはさらに北進をつづけ、北岸の手前で右旋回に入った。針路が北から東へゆっくりと転じていく。

広大な貯水池を見渡した。クラコフはスミルノフに声をかけた。

「周辺を飛行中の航空機があるか、スミルノフ?」

「いえ、カピタン。周囲五十キロ圏内に機影はありません」

「わかった。引きつづき見張りを頼む」

「はい、カピタン」

貯水池の外周を一回りし、ふたたび南からアプローチしたラザーレフがクラコフに目を向ける。うなずいたクラコフが全員に告げた。

「それでは一回目の試験飛行を開始する。各自、座席ベルトを点検し、周囲に動きそうなものがないかを確認しろ」

異常なしの声が次々に返ってきた。

「よし、始める」

クラコフは声を吹きこんだあと、操縦舵輪に右手、スロットルレバーに左手を添えた。わずかながら隙間を空け、触れないようにしているが、緊急事態が発生したときにはいつでも介助できる態勢になってラザーレフに目を向けた。

うなずいたラザーレフがスロットルレバーを引いてエンジン出力を最低にまで絞り、操縦舵輪をひねって右主翼を下げた。機体の傾斜を示す計器の指針は計器に記された30、40の数値を超え、右端の45に張りついて止まった。振りきってしまったのだ。機体は右旋回に入ろうとするが、ラザーレフが左のラダーペダルを踏みこんで機首方位をまっすぐに保った。

ラザーレフがラダーペダルを踏む左足の力を緩め、逆に右足を軽く踏んだ。踏むというよりあてる程度だ。だが、それだけでTu95は機首を下げ、急降下に入る。ラザーレフが正面から右、下方を見まわし、降下していく先にほかの航空機がないことを確かめる。クラコフは正面から左、上方の見張りを行った。

機首を大きく下げたTu95の真対気《しんたいき》速度が跳ねあがる。ラザーレフが航空機関士にいう。

「ゲルト、フェザリング」

フェザリングはプロペラの角度を進行方向に対して直角に近くすることで推力をほとんどゼロにできる。重いTu95が六十度を超える降下角に入ったところで必要以上に速度が上がるのを避けるためだ。

「千、七百五十、三五六《さんごろく》……」

ゼレンスキーの声が耳を打つ。一瞬にして高度は五百メートル失われ、機体は時速七百五十キロで降下中、機首方位は三百五十六度、ほぼ真北を向いている。

いや、真下だ、とクラコフは訂正した。青く、波がきらきら反射している水面が前部風防いっぱいに広がり、急速に接近していた。機速はエンジンを絞り、プロペラをフェザリングしているにもかかわらずあっという間に巡航速度を超えていた。降下に入る前は時速六百キロほどでのんびり飛んでいたはずだ。

クラコフは咽元にきな臭い塊がせり上がってくるのを感じた。紛れもない恐怖。降下率はTu95を縛る規定をあっさり超えている。酸素マスクの内側で唇を嘗めた。上唇の上に噴きだした汗がやけにしょっぱい。

「八百、七百八十、三五六は変わらず……、七百八十、八百、三五六は変わらず……」
　気のせいか、ゼレンスキーの声が震えているように聞こえた。
　機速、降下率が規定を上回ってもさほど大きな問題ではない。まっすぐ降下している
かぎりは……。だが、試験の目的は時速八百キロ強でまっすぐ貯水池に突っこみ、Ｔｕ
95が耐えられるかを試すことにあるわけではない。
「五百五十、八百二、三五六……、五百、八百二十、三五六……、四百五十、八百四十、
三五六……、四百、八百七十、三五六……」
　クラコフは息を止め、ゼレンスキーが読みあげる高度、速度、機首方位を聞いていた。
おそらくゼレンスキー——データを読みあげているために息を嚥む間がなかっただけ
だ——とラザーレフ以外は全員が息を詰めていただろう。クラコフは座席ベルトが胸と
腹に食いこむのを感じている。左右の操縦席に座るクラコフ、ラザーレフ以外は背もた
れに体重をかけている。
「三百五十、八百九十、三五六……」
　ゼレンスキーが金切り声を張りあげ、クラコフは眉根を寄せた。
　直後、ラザーレフが操縦舵輪を引き、スロットルレバーに手を載せる。だが、何も起
こらず水面はぐんぐん近づいている。
　クラコフは思わずラザーレフに目を向け、はっとした。

まだ幼かった頃だ。山から伐りだした丸太を下ろすトロッコに乗っていたときだ。速度が増し、レールの上でトロッコが跳ねた。クラコフは父とともに乗っていた。父がなかなかブレーキレバーを引かないのをじりじりしながら見ていた。

『下手にブレーキをかければ、ひっくり返る。憶えておけ』

父の表情は落ちついていた。今、ラザーレフはあのときの父と同じように眠そうな目をして前を見つめている。

『悪くても死ぬだけだ、ヴィーチャ』

父はヴィクトル・クラコフをヴィーチャと呼ぶのを好んだ。

ラザーレフが機関士ゲルトに命じる。

「プロペラ、逆転」

「了解」

プロペラの角度を水平から逆進方向に傾けることで推力が逆に働く。ラザーレフがじわりとスロットルレバーを前進させると、Tu95がほんのわずかつんのめった。昇降計の指針が10から5へ近づく。

ゼレンスキーの声は相変わらず甲高い。

「三百五十、八百五十、三五六……、三百、八百三十、三五六……、二百五十、八百、三五六……」

機体が激しく震動し、操縦室後方の屋根から軋《きし》みが聞こえてきた。行き足を緩めようとプロペラが制動をかけ、巡航速度をはるかに上回る機速と真っ向から衝突する。相反する力が主翼の付け根にかかっているのだ。

機体がぶるぶる震えた。

『落ちつけ、ヴィーチャ。しゃんとしてろ』

父の声が耳元を過っていく。

クラコフは計器盤中央、上段にある人工水平儀に目をやった。水平線を表すオレンジ色の指針の中央に進行方向を示す円が取りつけられている。円は灰色——水平線より下を表し、機首の向きが二桁の数値を付した白いラインで表されている——の中にあった。

ゼレンスキーの高度、速度、機首方位の読み上げはつづいている。人工水平儀が上から下へ流れ、やがて機首角度が50から0、円の背景が灰色から青に変わった。

目を上げた。

水平線が見えている。ゼレンスキーが告げた。

「二十、六百五十、三五六」

ラザーレフがゲルトに告げる。クラコフは目を剝いた。高度二十メートルでは主翼幅の半分以下だ。機体が傾けば、翼端を水面に突っこむことになる。それでもラザーレフの眠そうな顔つきは変わらなかった。

「プロペラピッチを逆進から定常位置へ」

「定常位置、了解」

八月三十一日UTC　10：15、台湾海峡洋上、Tu95

クラッカーとカーシャを平らげたラザーレフがコーヒーをすすった。ちらりと目をやったクラコフは胸の内でつぶやいた。

この男があわてるなんてことがあるのだろうか――。

最初の試験飛行のとき、Tu95は高度二十メートルで水平飛行に移った。急降下してきた機体を立て直すのにラザーレフは表面効果まで利用していたのだった。

航空機が地表、もしくは水面すれすれを飛ぶと翼と地面との間の空気流が変化し、揚力が増大する。表面効果は高度が主翼幅の半分以下になって効果を現すのだが、要は圧縮した空気がクッションのような役割を果たすのだ。

水平飛行に移ったあと、クラコフはちょっとしたミスを犯した。表面効果が引きおこす現象の一つに機首下げがある。これは主翼と水面の間に生じた後流が水平尾翼にぶつかり、機尾を押しあげようとする力が働くためだ。

クラコフは右手の中指、薬指の内側で操縦舵輪を支えようとしていた。半ば無意識の操作だった。ラザーレフが咳払いをした。目をやるとラザーレフがクラコフの右手を見て、小さく首をかしげてみせた。

　クラコフはあわてて操縦舵輪に触れていた指先を離した。

　ラザーレフは表面効果に逆らわずさらに機体を沈め、最終的には高度十五メートルでTu95を飛行させた。プロペラ後流は水面に四本の白い傷跡を残しただろう。

2

UTC10：15、長崎県五島列島西方沖、カール・ヴィンソン

ブロンコの左袖、肩に近いところに張ってある丸いエンブレムに刺繍《ししゅう》されているMiG17は、こちらに尻を向け、機首を持ちあげてアフターバーナーの焔《ほのお》を曳いていた。加速し、逃げようとしている。

　テンプルはエンブレムを見つめ、胸の内でつぶやいた。

　お前はもう死んでいる――。

　機関砲の照準環からはみ出しそうなほど接近され、中心にある小さな点《ピパー》が胴体中央に載っていた。途切れた同心円として描かれる照準環は、その形状と意味合いから墓標《トゥームストーン》と呼ばれた。

　MiGが描かれた円は濃いブルー、真紅の縁には上円にアメリカ合衆国海軍《UNITED STATES NAVY》、下円に

戦闘機兵器学校《FIGHTER WEAPON SCHOOL》と縫い取られていた。通称、トップガン。オリジナルのエンブレムはトップガン修了時に一枚だけ贈られ、複製は本人が自費で作るらしい。

　緊急発進待機に就いているブロンコとソードがトップガンに入校したのは二年ほど前になる。五週間にわたって、講義と実技の訓練を受ける。海軍航空隊の中でも百人に一人と認められた逸材が入校を許され、鍛え抜かれるという触れ込みだが、実際にはもう少し基準は緩い。F－14の場合、前後席がペアで参加する。

　トップガンに入校できるのは、エリートであり、至高の男《ベスト・オブ・ベスト》かも知れないが、そのことを鼻にかけるタイプと一経歴に過ぎないと思っているタイプとがある。前者がソード、後者がブロンコだ。トップガンの教官になれる人材は卒業時にいつでも連絡をくれといわれるらしく、ブロンコはいわれたが、ソードはいわれていないという。

　いずれにせよテンプルは噂を聞いただけだ。

　第一一一飛行隊の中核となるパイロット、RIOは二十七、八歳の大尉だ。テンプルは二十七歳、バロンとブロンコが二十八歳、ソードは間もなく三十歳になる。ソードがトップガンの教官に誘われなかったのは傲岸《ごうがん》不《ふ》遜《そん》とみなされたためか、単に年齢によるものか、テンプルは知らない。

　艦隊において飛行隊を取り仕切っているのは、三十歳以上の中佐、少佐だ。隊長、副長が中佐、その下の幕僚を少佐が務める。実際に飛ぶのは大尉、中尉であり、つい数年前まで同じ立場にいたはずだが、佐官になると管理職になり切ってしまう。そこに現場では不満がたまるものだが、ブロンコによれば、トップガンでは中佐、少佐は見守り役に徹し、現場で采配を振り、仕事をまわしているのは大尉クラスだという。

どれほど優秀でもトップガンにいるかぎり教官も生徒も誰ひとり殺さない。実戦部隊では命令があれば、殺す。

ふだんなら待機室で搭乗員が集まれば、話題にのぼるのはガールフレンドか、新妻というのが多い。とくに四ヵ月に及ぶインド洋での展開任務を終え、韓国との演習を終えれば、ハワイに寄って、本国の母港に帰るだけであり、自然と休暇の過ごし方に関心が集まる。

しかし、嵐の中にあって荒れ狂う海に翻弄され、飛行制限がかけられているというのにソ連の爆撃機編隊――ソ連は偵察機だと主張するが、偵察機を八機も連ねて飛ぶ理由などない――が空母打撃群をかすめていき、南シナ海に達したあと、Uターンしているという情報が入っていれば、艦内は緊張に満ちていた。

そのとき、間の抜けたいびきが聞こえた。装具を着けたまま、簡易ベッドに横になっているソードはぐっすり眠りこけている。

「何といっても厄介なのは海面を這ってくるミサイル《シー・スキミング》だな」

ブロンコがいい、バロンがうなずく。

「フォークランドの教訓」

「そういうこと」

二年前のフォークランド紛争ではイギリスの軍艦がアルゼンチン空軍戦闘機が放った空対艦ミサイルに撃沈されている。戦争前には、遠くアルゼンチンまで進出するイギリス海軍の不利が懸念されたが、蓋を開けてみれば、装備に圧倒的な差があった。

その差を端的に表した一つの例が赤外線追尾式ミサイルだ。どちらもアメリカ製のAIM－9〝サイドワインダー〟を使用していたのだが、アルゼンチン軍のミサイルはP型、イギリス軍は一世代進んだL型を運用していた。両者には弾頭の赤外線感知部《シーカー》の能力に差があった。AIM－9Lの方がより微細な赤外線を捉えることができる。実際、PとLとで撃ち合えば、P型が敵機の後方に回りこみ、大量の赤外線を放出する排気口《ノズル》に弾頭を向けなくてはならないのに対し、L型になると正面から向きあい、接近している間に敵機の周囲に広がる赤外線を拾い、ロックオンできる。

まともな勝負になるわけがない。そうした中、アルゼンチン軍が一矢報いたのが戦闘機が発射した空対艦ミサイルだった。

バロンが反論する。

「あれはイギリスにとっちゃ不幸だったが、射程はせいぜい三十マイルだ。そんな至近距離に敵の戦闘機を入れたイギリス海軍《ロイヤル・ネイヴィ》が間抜けだったんだ」

「しかも不発だった」テンプルは言い添えた。「発電機に突っこんだんだっけ？」

「そう」ブロンコがうなずく。「それでミサイルの燃料が燃えて、火災が起こったんだけど発電機がアウトで消火がうまくいかなかった」

「当たり所が悪かったわけか」

バロンがいい、マグカップを取りあげてコーヒーをすすった。ソードのいびきがひときわ高くなり、三人は失笑した。だが、三人の笑いはすぐに消えた。

艦隊同士が巨砲を撃ち合う艦隊決戦は、一九〇五年五月、日本と当時のロシアが日本海においてくり広げた砲撃戦を端緒として、一九一四年から四年にわたってつづいた第一次世界大戦ではヨーロッパを囲む洋上でくり広げられ、大国の海軍では大艦巨砲主義が台頭するきっかけとなった。大きく転換するのは、一九四一年十二月、日本の空母機動部隊がアメリカ太平洋艦隊の本拠地、真珠湾《しんじゅわん》を攻撃した時点だ。砲から航空機へと艦隊の主力兵器が変わったのである。

第二次世界大戦において空母機動部隊を編制し、運用できたのは日本とアメリカだけだ。理由は簡単、ヨーロッパの主戦場は陸上、日米は太平洋を挟んで戦ったからだ。

先手を取ったのは日本だったが、七ヵ月後の一九四二年六月、ミッドウェイにおける日米空母機動部隊の対決で大逆転し、日本がくり出した六隻の空母のうち四隻を沈めている。その後、アメリカは西進し、日本の影響圏を縮め、ついに勝利をつかんだ。太平洋戦争末期、日本軍は爆弾を抱いた戦闘機をアメリカの軍艦、とくに空母を狙って突入させるカミカゼ攻撃をしかけてきた。

決死隊ではなく、必死隊で、自ら命を捨てる攻撃はアメリカ軍部の理解を超越していた。

当初こそ爆装した戦闘機の突入を許したものの、網の目のような対空機関砲による防御でカミカゼの攻撃力をあっという間に弱めている。このとき暗中模索しながらもレーダーと防空機関砲を連動させる仕組みを作り、これがのちの戦闘指揮所《コンバット・インフォメーション・センター》――CICにつながり、レーダー、ソナー、通信を統括し、指揮、発令を統一的に行うようになった。米空母においては戦闘指揮所《コンバット・ディレクション・センター》の名称で呼ばれる。

第二次世界大戦後、爆装した戦闘機を突っこませるような攻撃はなくなったが、空対艦ミサイルが飛躍的に発展した。そして一九八〇年代になって、アメリカは巡航ミサイルの開発、実用化に成功している。推進力をロケットからジェットエンジンにし、コンピューターによる制御技術を得て、海上十メートルから二十メートルの超低空を這うように千キロ、二千キロと飛ばし、目標に命中させられるようになった。すでにソ連も追随し、開発に取りかかっているという情報もある。

ミサイルは大型で、陸上基地、水上艦からの発射が想定されていたが、すぐに潜水艦や戦略爆撃機からの発射も可能となった。通常弾頭だけでなく、核弾頭の搭載も可能だ。

トップガンでは空対艦ミサイルの現状と対処法について研究し、研鑽《けんさん》に励んでいるとブロンコから幾度も聞かされていた。

「現時点で……」ブロンコが厳しい表情のままいった。「ソ連の巡航ミサイルは実用化されていないといわれている。それに今のところ、我が国の巡航ミサイルもエンジンがターボジェットかターボファンなので最終誘導モードに入っても亜音速で飛ぶのが精一杯だ。発射を感知できれば、対応は何とかできるだろう」

「ラムジェットがある」

バロンがぼそりといった。最初に飛翔体をロケットモーターなどで音速の四、五倍まで加速し、あとはエンジン内を流れる超音速の空気に燃料を混ぜ、燃焼させることで速度を維持する。

「ああ。実用化はさらに先だけどね。我々も、敵も」

空母打撃群は、胴体の上に円盤型レドームを積んだ早期警戒機E－2を飛ばし、周囲五百キロにおよぶ電子的な結界を張るのだが、嵐の中では飛ばすことはできない。

「厄介な兵器ではあるが、対処できないわけじゃない」

ブロンコはそういったが、表情は冴えなかった。バロンが手にしたマグカップを小さく回している。テンプルは最新の気象情報を確認するため、立ちあがった。床がゆっくりと傾いていたが、心なしか勢いが弱まったような気がする。

待機室の前方まで行ったとき、ドアを開け放してある出入口から副長《XO》が入ってきた。

テンプルを見て眉を上げる。

「ちょうどよかった。皆を集めてくれ」

「何かありましたか」

XOが手にした鮮明なカラー写真を見せる。

「たった今情報部から送られてきた。今日の昼間、南へ下ってきたソ連の爆撃機だ。日本空軍が撮影して、うちの情報部が分析した結果が出た」

写真はカラーで、細部まで鮮明に写しだされていた。データリンクを介して送られてきたものを艦内の専用プリンターで印刷したものだ。

「なるほど」

テンプルはふり返った。すでにバロンが椅子の間を近づいてきている。ブロンコはソードの躰を揺すっていた。ソードの悪態が聞こえる。

午後七時二十分（UTC　10：20）、宮崎県・新田原基地
直《じか》に見たらどんな感じだろう――本庄は胸の内でつぶやいた。
アラートパッドのテーブルには三枚のファックス用紙が広げられている。それぞれTu95ベアが写っていたが、モノクロで、ところどころ滲《にじ》み、かすれていた。それでも

ベアであることはわかる。

一番上は、並行して飛ぶ二機のベアをやや後方から撮ったものだ。手前には随伴しているF－4が写っていた。二番機が撮影したものだろう。

ベアは総勢八機、前方三機が一列になり、次いで二機が横並びに飛んでいて、後方三機がまた一列になっているということだが、各機とも前後に五海里ずつの間隔をとっているのでよほど遠くからでもないかぎり全体を見渡すことはできないし、それだけ離れていては対領空侵犯措置の意味がない。

それにしてもでかい――本庄は口元を歪めた。

撮影者から見て手前を飛んでいるF－4だが、その先にある最後尾のベアの方がはるかに大きく写っている。F－4は全幅約十二メートル、ベアは五十メートルになる。四倍以上だが、実物を目の当たりにするともっと巨大に見えた。

ファックス用紙を持ってきた飛行班長戸沢がテーブルを囲んでいるパイロットたちにいった。

「これは築城組が撮った写真だ。ケツについてたのはビックの編隊だから一枚目に写っているのはリーダーのビックだ」

二番機はやや低い位置に占位しているのでF－4の左右に並んだノズル、ぐいと押しさげられた水平尾翼が見てとれる。垂直尾翼には第三〇四飛行隊のシンボルマーク英彦《ひこ》山《さん》の天狗《てんぐ》が描かれているはずだが、機尾の陰になっていた。

戸沢がつづける。

「八機のうち、七機の胴体や主翼の下に何かがぶら下がってはいないようだ」

二番機が低い位置から見上げるように撮影した理由がそこにあった。胴体下、主翼下に武器を吊り下げているかどうかを確認するためだ。さらに機体の形状によって搭載している電子機器類も推定できる。

一九六〇年からソ連はベア専用の対艦、対地攻撃用の超音速ミサイルを配備していた。後退翼に尾翼をつけた無人戦闘機のようなスタイルで、アフターバーナー付きのターボジェットエンジンを装備し、マッハ2で巡航でき、射程は六百キロにおよぶとされていた。Ｋｈ20――西側のコード名はＡＳ３カンガルー――で、全長十四・九五メートル、全幅九・一五メートルというからほぼ戦闘機並みの大きさがある。実際、先端にショックコーンが突きでた空気採入口があり、ＭｉＧ17そっくりの恰好をしていた。

いかにベアが巨人爆撃機とはいえ、それほど大きなものが爆弾倉に収まるはずはなく、胴体下に吊り下げる恰好で運用したが、実戦に投入されたことはない。弾頭は熱核爆弾しかないので使われていれば、歴史に残っていただろう。

二年後には、Ｋｈ22――ＡＳ４キッチン――が配備されている。カンガルーより小型の三角翼を持ち、全長も三メートル短い十一・六五メートルとなったが、爆弾倉に収まらないという点は変わらなかった。しかし、やや平べったい筐体を用いることにより、ベアの胴体下部を抉って、半埋め込み式に搭載するようになった。弾頭も熱核爆弾だけでなく、一トンの通常弾頭も選べるようになった。エンジンは液体燃料ロケットとなり、最大速度はマッハ４・６に達した。射程は六百キロと変わらない。

戸沢が七機のベアについて胴体下には何もないといったのは、カンガルーやキッチンのように外部に装着されている兵器が見当たらないというわけだ。

「ただし、どいつも胴体下がぼこぼこ膨らんでるから、あれこれ電子妨害装置は積んでそうだ」

戸沢の言葉に永友が唸《うな》る。

「ひぇえ、面倒くさ。まともに食らうとレーダースコープが星空になるんですよね」

星空になるとは、欺瞞信号によってレーダースコープ上には無数にも思えるほどの輝点《ブリップ》が現れることをいう。そのうちの一つが欺瞞信号を発信しているベアなのだが、レーダースコープの中で見分けるのは困難だ。夜間なら当然のことながらベアはすべての航空灯を消しているのでレーダーだけが頼りになる。後席員はレーダーの探知距離やスキャンモード、電波の波長をさまざまに変えて何とか本体を捉《つか》まえようとするが、並大抵ではない。後席員として幾度もスクランブル発進している本庄にもよく理解できた。

ただし、あくまでもベアの妨害装置とF－４のレーダーの周波数がぴたりと一致すれば、の話だし、そもそも日本周辺では機上のものとは比較にならない強力で多機能の地上レーダーサイトががっちり捕まえている。

「まあ、向こうだって商売だからな。そう簡単には尻尾を捉まえさせないだろ」戸沢がつづけた。「今回の八機編隊には一機だけ変わった機体が紛れこんでる」

一機をやや下方から撮影した二枚目を戸沢が指さした。

「こいつだ」

さらに戸沢が三枚目に指を移動させる。変わった機体の胴体中央付近をクローズアップしたもので、胴体下部に円筒《ポッド》を吊り下げていた。

「航空自衛隊《うち》の分析官によれば、こいつは潜水艦との通信用ワイヤーを繰り出すための装置だということだ」

「潜水艦？」藤松が目を上げ、戸沢を見る。「海軍機？」

「たぶん」すぐに戸沢は胸の前で両手を広げて見せた。「どうして海軍機が紛れこんでいるのかは不明だ。分析官はベアを八機飛ばすのに員数合わせが必要だった可能性が高いといっていたがね」

ソ連機の稼働率はさほど高くないと本庄も聞いていた。航空機は機体、エンジン、電子機器などの整備、調整をつねに必要とする。稼働率三割という空軍は珍しくないし、新興国の空軍では駐機場に時代遅れの戦闘機を並べているもののエンジンも電子機器も搭載されておらず、中には主脚すらなく台の上に載せられているだけというのもある。

「一機だけ海軍機が混じっているが、そのほかの機体も細かく見ていくと世代や型がばらばららしい。一ついえるとすれば、前方の三機とこの一機は……」

戸沢の指が最初一枚に写っている二機のうち、奥側の一機に置かれた。

「機首の形状からして最新鋭のレーダーを搭載しているのは間違いないようだ。どの機体も胴体上下の機関砲座は廃止されているが、ケツには機関砲がついてる」

本庄も何度か目視している。ベアの機尾には二本ずつまとめられた計四本の銃身が突きでており、その上の三角窓に銃手が見えたこともあった。今まで見たどの銃手も若く、無茶をやりそうに思えたものだった。

UTC　10：25、台湾海峡洋上、Tu95
食事を終えたラザーレフと操縦を交代したクラコフは座席を少し後ろに移動させ、左右の肘かけを下ろして両手を置いていた。青緑色の計器盤をぼんやりと見ている。気圧高度計の指針は頂点0を指し、その下の小さな窓に数値が出ていた。高度は一万八百メートル。右下の電波高度計は電源を切ってあった。レーダー波を真下に照射し、精密に高度を測る電波高度計は高々度では意味がない。
クラコフは目を細め、電波高度計の暗い表示窓を睨んだ。鴉作戦のための試験飛行初日、ラザーレフが三度目に超低空飛行を行ったとき、そこには008と薄緑色の文字が出た。高度八メートル。ほとんど風がなく、鏡のようになめらかな貯水池の上をまっすぐ飛んでいるだけとはいえ、クラコフにとっては初めて経験する領域だった。前方に陽光をきらきら反射する水面が広がり、左右に分かれて後方へと飛び去っていく。光の絨毯《じゅうたん》の上をすべっていくような幻想的な光景ではあったが、悪夢に等しかった。

しかし、それはまだ序曲に過ぎないことをクラコフは知っていた。最終的には、暗闇の中、薄緑色の数値だけを頼りに飛ばなくてはならない。しかも天候を選ぶわけにはいかない。いや、むしろ悪天候下の方がクラコフたちにとっては都合がいいこともわかっていた。

ようやく上昇に転じ、クラコフは思わず溜めていた息を吐いた。息を止めていたことさえ、気がついていなかった。あわててラザーレフに目をやったが、表情はまったく変わらず前方を見ていた。

悪夢よりも悪いものは、悪夢がそのまま現実になるときだ。ウクラインカ基地に戻ったクラコフはそのことを思い知らされる。

クラコフの部屋を〈狐《リイサ》〉が訪ねて来た。しばらく話をしたあと、クラコフはリィサが用意した車に乗った。車は重爆撃機部隊の隊舎地区を離れ、広大な敷地内をしばらくの間走った。たどり着いたのは、厳重に警備された武器庫の前だった。

3

一九八五年七月アムール州、ウクラインカ基地

分厚いコンクリートの壁と鋼鉄製の扉でいくつにも区分けされた半地下の兵器庫の一角で蛍光灯の光を浴びていたのはラックに横積みにされた長大なミサイルだった。クラコフはリィサに目を向けた。リィサのとなりにはメタルフレームのメガネをかけた若い海軍大尉が立っている。

「これは？」

クラコフはリィサに訊ねた。

「完成予想図くらいは見てるだろ？」

「ああ《ダー》、縞瑪瑙《オーニクス》だ」クラコフはミサイルに視線を戻した。「だが、別物だ」

P－800オーニクスはソ連海軍が開発に着手したばかりの対艦ミサイルでクラコフが見たのは完成予想図に過ぎない。一九五〇年代半ばからソ連海軍は潜水艦に搭載する水中発射型対地ミサイルを対艦用に応用する研究を進め、六〇年代後半には実用化した。通常弾頭だけでなく、核弾頭の搭載も可能だが、推進方式が固体燃料ロケットで射程が七十キロ程度しかない上、最高速も亜音速のままというのが難点とされた。

七〇年代に入ると固体燃料ロケットにターボジェットエンジンを組みあわせ、射程を倍に延ばした発展型が実戦配備されている。また水中発射式を新型ロケットモーターの開発により、水上艦、さらには陸上からも運用できるようになったものの、まだ亜音速であった。

しかし、主たる仮想的である米海軍空母打撃群の防衛能力、とくに水上、水中での索敵能力が向上したため、射程が不足するようになった。そこでロケットブースターで超音速まで加速したあと、ラムジェットエンジンに切り替える方式を採用、射程は五百五十キロから七百キロと大幅に延び、飛翔速度がマッハ2・5に達した。これがP－700御影石《グラニート》だが、難点は大きすぎることだ。全長十メートルで総重量が七トンにも達した。

開発中のオーニクスは、全長九メートル弱、重量は三トンとしながら高度五メートルをマッハ2・5で飛翔する能力を有した。しかも最終誘導はミサイルが自らレーダー波を発し、目標を見極めるアクティブ・レーダー方式を採用している。グラニートは発射母体が発するレーダー波を追うセミアクティブ方式だった。

この差は大きい。オーニクスのように発射から中間飛翔時には、発射母体が捉えた目標のデータをインプットされ、慣性航法を行い、目標まで三十キロ圏内となったところで自らレーダー波を発して誘導する。つまり発射と同時に母体は退避行動に移れるのである。またオーニクスのサイズであれば、重爆撃機での運用も可能になる。

クラコフの違和感はミサイルの弾頭部にあった。ラムジェットを採用しているのであれば、先端にショックコーン付きの空気採入口があるはずだが、つるんとした半球状になっている。

「そう、別物だ」リィサがあっさり認めた。「これは試作品の一つ……、というか鴉作戦のために組みたてられたものだ」

ふたたびクラコフはリィサを見た。リィサが肩をすくめ、傍らの若い海軍大尉を手で示した。

「私は専門家じゃないんでね。説明は彼にしてもらう」

大尉は自己紹介抜きでいきなり始めた。

「少佐がご存じのオーニクスと違って、このミサイルは固体燃料ロケットのみを推進力とします。そのため空気採入口が不要となり、構造はより簡素になりました。全長も五十センチ短く、重量も二・五トンにできました」

大尉をじっと見つめたクラコフはあとを促した。

「しかし？」

大尉が眉根を寄せ、ほんの一瞬苦悶の表情を見せたが、小さくうなずいて答えた。

「射程が百八十キロとなりました。それも高空から発射した場合で、低高度なら百二十キロです」

「百二十か」クラコフは顎を撫《な》でた。「目標が空母だと逃げだすのに難儀するね」

百二十キロでは艦対空ミサイルの射程内であるだけでなく、制空のため、戦闘機が上がっていれば、五百キロ圏内に近づくのも難しい。

大尉が言葉を継ぐ。

「その代わり飛翔速度が向上しています」

「最高速度は？」

「試験ではマッハ6を計測しました。発射から目標到達まで平均してもマッハ5ですが、目標に突っこむときにはマッハ6に達しているものと確信しております」

クラコフは脳裏でざっくり計算した。平均マッハ5ならば秒速一・七キロ、射程ぎりぎりの百二十キロで発射したとして、目標到達までは七十秒ほどになる。アメリカ空母の防空最終ラインはレーダー照準による機関砲だが、目標探知距離は四キロほどだ。能書き通りマッハ6で突入するなら秒速二キロ、機関砲がレーダーで捕捉、照準して撃ち墜とすまで二秒の猶予がある。

アメリカの機関砲は多銃身を回転させる方式で毎分四千発を発射するとしているが、それは銃身の回転が最高に達したときの数値である。起ち上がりのときには、ほんのわずかだが、遅延が生じる。しかし、捕捉から撃墜まで二秒となれば、たとえ百分の一秒でも影響が出るだろう。

大尉がミサイルに近づき、オフホワイトの筐体をぽんぽんと叩いた。

「オーニクスから引き継いでいるのは三基同時に運用する点です。アメリカの空母はレーダー付きの全自動対空機関砲を二基搭載していますが、両舷に一基ずつ配置されています。ここまではよろしいですか」

「ああ」

「引き継いでいないのはオーニクスがミサイル本体を包む筒状のケースを廃止できる点です。今回の任務ではTu95からの発射ですので三基のミサイルを剝き出しで爆弾倉に収納し、空中発射します」

「三発同時に？」

「はい。とはいってもばらばらに放出するわけではなく、三基は結束器につながっています。Tu95から放出されるとまず結束器が炸薬《さくやく》で破砕され、その後、ミサイルに点火します」

大尉がクラコフに目を向けた。

「発射時点では母機のレーダーデータを基に目標の座標を把握し、中間は慣性航法、最終的には自らレーダーを作動させて突っこみます。投下されて、ばらばらになった三基はそれぞれ任意の一点まで飛び、その後、目標に向かいます」

「三方向から目標を攻撃するわけだ」

高度五メートルを音速の五倍か六倍で接近するミサイル——Tu95にとっては大型といえるが、敵から見れば、捉まえにくい小さな目標には違いない——を迎撃するのは容易ではない。

しかも左右いずれかの側面から攻撃した場合、有効な機関砲座は一つしかなく、一発目のミサイルを撃ち墜としても二発目はとうてい間に合わない。たとえ正面から攻撃し、両舷の機関砲座が対応しても三発目は目標に達する。

そもそも鈍重な重爆撃機が米空母から百二十キロの地点に到達できれば、の話だが。

「発射に際して一つ注意していただくことがあります。母機は低空で目標に接近できますが、発射時には迎え角三十度で急上昇し、ミサイルを上向きに放出していただかなくてはなりません」

「百二十キロの距離で敵艦のレーダーにさらされるわけか」

「そうなります」

大尉があまりに呆気《あっけ》なく、あっけらかんといったので至極簡単なことのように聞こえた。

「そのとき母機のレーダーで目標の位置を確定し、ミサイルに入力していただきますが、敵が発するレーダー波をミサイルが感知して目標座標を決めることもできます。三基のうち、二基は母機レーダーが捉えた座標を使い、一基は敵のレーダー波に乗ります」

またしても至極簡単なことのように聞こえる。ミサイルが乗る敵のレーダー波は照準用であり、母機、つまりクラコフの乗機は完全に敵に捕捉されていることになる。こちらもミサイルを発射するが、敵も撃ってくるわけだ。

「なるほど」

すべてがこちらの目論見《もくろみ》通りに運んだとして、空母から百二十キロの距離でミサイルを発射できたとすれば、敵艦隊は総力を挙げてクラコフ機を撃ち墜としにかかるだろう。否。鴉作戦に参加する八機のTu95は一機たりとも基地へは戻れない。

そんなことを考えている自分がふとおかしくなった。

米空母に対し、真っ向から攻撃をしかければ、アメリカとの間で戦争が始まる。二つの超大国が衝突すれば、両国国民だけでなく、世界中、もしくは地球そのものを消滅させかねない。両国が保有する核兵器だけで、現時点で地球五、六十個を消滅させられる。

リィサが口を開いた。

「目標への接近方法は君たちに任せる。至難の業だが、やり遂げてくれるものと信じている。それとここにあるのは君たちが訓練で使うためのミサイルだ。重量は実弾に合わせてあるが、弾頭は別の場所にある」

「どこに？」

「ソコル」

リィサが無表情に告げた。どこまでも澄んだ水色の瞳がお前は逃げられないと語っているように見えた。

八月三十一日ＵＴＣ　１０：３５、台湾海峡洋上、Ｔｕ95

Ｔｕ95／２２８号機――チャイカ６・１は高度一万メートルを針路〇三五、真対気速度時速七百五十キロで台湾の北方沖へ抜けようとしていた。時速七百五十キロはＴｕ95の標準的な巡航速度で、旋回、上昇、降下もせずに飛行している。右に明るく見えるのは台北《タイペイ》から基隆《キールン》までの人口集積地、左の中国大陸は福建《ふっけん》省と浙江《せっこう》省の境界付近で光源がほとんどなくすっかり闇に沈んでいる。

計器盤に視線を戻したクラコフはそろそろだなと思った。直後、航法士ゼレンスキーの声が耳元に聞こえた。

「カピタン、間もなく蜜柑《マンダーリン》です」

鴉作戦はいよいよ最終段階を迎えようとしていた。マンダーリンは出撃直前に配付された作戦要旨に記された第一降下点の暗号名である。

クラコフは酸素マスクを口元に押しあてて答えた。

「了解。ミーニン、編隊内周波数につないでくれ」

「はい、カピタン」

ヘッドフォンにざらざらとした音が聞こえたところで、クラコフは操縦舵輪の右把手上部にある送信ボタンを押した。

「ウートカ、チャイカ、全機。マンダーリン。くり返す。マンダーリン」

第一降下点では高度八千メートルまで降下するが、針路、速度はそのままを維持する。

〝マンダーリン、了解〟

ウートカ5・1の機長ボンネルが間髪を入れずに応答してくる。

つづいてウートカ5・2の機長、それからチャイカ6編隊の二番機ミハイロフ、三番機ポポヴィッチ、四番機ルーキンが了解した旨を送ってくる。送信ボタンを押す。

「チャイカ6・1、以上」

ラザーレフに目をやり、うなずいてみせるとエンジン音が低くなった。

穏やかな降下を感じながらクラコフはレーダー警戒装置の表示器に目を向けた。右から台湾、左から中華人民共和国の防空レーダーの電波を感知している。編隊はいずれの機も識別信号を出していないので、どちらのレーダースコープにも敵味方不明機として表示されているだろうが、六機が等間隔で一列に飛んでいるのだから正体はわかっているだろう。

サハリン・ソコル基地を離陸して以来、日本、中国、韓国、台湾、そして米軍のレーダーにさらされつづけている。南下から西進に転じ、南シナ海上空で空中給油機と会合、機首を反転させて台湾海峡に向かったこともすべてつかんでいるに違いない。

　直進しているかぎり中国、台湾が戦闘機を発進させることはない。第二降下点に差しかかる頃、まずは日本が戦闘機を上げてくる。米空母はまだ台風の下にあるはずで戦闘機を上げてくるのは難しいだろう。

　だが、手袋《ペルチャートキ》——第二降下点に到達すれば、敵が警戒レベルを上げることが予想された。針路こそほぼ真北に変針させ、日本と中国の防空識別圏の境界上を飛ぶことになるものの高度を五千メートルにまで下げ、さらにウートカ、チャイカの編隊は距離を取る。そして絨毯《カビョール》——第三降下点で東に変針、機首を敵空母に向け、三千メートルまで降下する。

　カビョール到達がすなわち攻撃開始だ。

　敵空母も黙ってはいられない。彼我の距離はまだ四百キロほどあるものの自艦に向かって高度を下げてくれば、これ以上はないほど明らかな敵対行為だ。しかもこのときチャイカ6の先導機はレーダーを作動させ、空母と護衛艦隊の位置、もっとも肝心な防空戦闘機の有無を確認する。マンダーリンを通過し、ペルチャートキを経てカビョールに到達するまで十五分ほどでしかない。

　台風がどれほど奴らを足止めしてくれるか……。

　その台風こそが鴉作戦の決行を促した。米空母が二隻、朝鮮半島に向かうというタイミングで二つの台風が日本の九州西岸に接近した。二つの台風はいずれも八月下旬に発生したのだが、先の一つはサイパン島の北西沖、あとの方は沖縄の南と発生地点は二千キロ以上離れており、しかも先の台風はいったんは朝鮮半島のはるか南を通過し、中国大陸にまで近づいていたのだが、九州西岸地区を北上したあとの台風に引っぱられ、Uターンしてきた。

台風は直径数百キロから千キロにもなる回転する巨大歯車のようなものだ。しかもこの歯車は気圧によって引力にも似た作用を及ぼし、接近しようとする。

軍の気象担当がどこまで予測していたか、クラコフには知りようもない。だが、結果的にアメリカ空母の行く手に立ちはだかり、クラコフたちにとってはこの上もない目隠しとなってくれた。

二つの台風がからみ合ったのは天の配剤としかいえない偶然をもたらした。最新の気象情報によれば、二隻目の空母カール・ヴィンソンの現在位置は二つ目の台風の西端にあった。つまりクラコフたちは台風が通過した直後に、いまだ台風の勢力下にある米空母——偉大なる標的に接近することができ、しかも敵は防空戦闘機を発進させられない可能性が高い。

子供の頃のように純粋、素朴な信仰を抱いていれば、人知を超えた存在に感謝を捧げていたに違いない。

今まで何千回となく脳裏でくり返してきた空母攻撃のシミュレーションを順を追ってたどっていく。当初の計画と違ったのは、ボンネル率いるウートカ5編隊が四機から二機に減じてしまったことだが、ウートカ5はあくまでも敵の目を引きつけ、攪乱することが目的なので計画の主柱に揺るぎはない。攻撃はチャイカ6編隊、その一号機であるクラコフたちが実行する。

リィサに試験用ミサイルを見せられてから三日後、クラコフたちは何度も訓練を重ねてきたゼイスコエ貯水池において試射を行った。あらかじめ聞かされてはいたが、最初に胴体下面で爆発音が起こったときにはあまりいい気持ちはしなかった。

通常、Ｔｕ95の爆弾倉扉は油圧で開くようになっていたが、鴉作戦では少しでも時間を短縮するため、ヒンジに仕掛けた爆薬で扉を吹き飛ばし、直後、三基が一体になったミサイルを放出する。試験では重量を実弾と同じように調整したミサイルを搭載して、高度三千メートルから急降下に入り、高度十メートルで水平飛行に移ったあと、試験開始ポイントで急上昇、爆弾倉扉を吹き飛ばし、ミサイルを放出、三基ともロケットモーターに点火するところまで行った。

ロケットモーターの固体燃料はわずかでしかなく、百メートルほどで貯水池に落下するようになっていた。テスト用ミサイルには浮き袋が内蔵されていて、着水後は水面に浮かぶようになっていた。回収して、再度テストに供するためである。

同時進行させていたのが闇の中での試験だ。電波高度計の表示だけを頼りにラザーレフがTu95を操り、高度十メートルにもっていくのだが、さすがに水面を目視するのとまったく同じというわけにはいかず、手前で引き起こし、降下から水平飛行への転移は多少ゆるやかなものとならざるを得なかった。それでも左席で電波高度計の表示と風防ガラス――目をやったところで闇があるばかりだったが――を交互に見つめ、ゼレンスキーが読みあげる高度、速度、機首方位を聞いているだけで肘かけの先端を強く握りしめていた。

ゼレンスキーの読み上げに改良を加えたのは、ラザーレフだ。五百メートルを割った後は二十五メートル刻みに高度だけを告げるようにした。煩雑さを避けるためだ。

テスト用ミサイルが来てからは、三基を搭載したまま、すべての飛行を行い、さまざまな条件下での飛行状況を確認した。尾部銃手をのぞくクラコフのチームが爆撃突入から投弾、避退までをくり返し、慣熟したところで試験飛行は第二段階、他機との連携に入った。

ペルチャートキ――第二降下点に達したところでラザーレフが減速、ボンネル率いるウートカ5の二機は離れていき、チャイカ6二、三、四番機が次々にクラコフ機を追いこしていく。チャイカ6編隊は二番機のミハイロフが先導し、その右後ろに三番機ポポヴィッチ、左後ろに四番機ルーキンがつく。クラコフ機は最後尾となった。

爆撃突入は四機編隊で行う。先導機が索敵を行い、探知した目標の状況をヴォーズドフ改データリンクシステムでクラコフ機に送り、受信した目標の座標を兵装担当士官スミルノフがミサイルに入力する。次いで、先導機の後方で二機は五百メートルにまで接近、その後並行して飛び、二機が最大出力で妨害電波を照射、敵レーダーを攪乱しながら交差する。胴体下部のアンテナを敵に向け、効果を上げるためだ。敵のレーダーには数千もの偽目標が映しだされ、その間にクラコフ機は急降下に入る。

第三降下点カビョールで高度三千メートルまで降下、東に機首を向け、二百五十キロ——敵空母まで百五十キロ——進んで、爆撃突入する計画だった。

クラコフ機が高度十メートル——あくまでも予定であり、台風の影響で海面が荒れていれば、さらに高く飛ぶ必要がある——を目標に向かい、ミサイルの射程である百二十キロまで接近、上昇して投弾するのが最終段階になる。

ミサイルを発射したあとは回避行動に入る。敵の艦対空ミサイルの射程はせいぜい五十キロ前後なので逃げ切れるだろうが、もし、敵が艦載機を上げてくれば、チャイカ6だけでなく、ウートカ5までも全機が捕捉され、撃墜されるのは必至だ。初弾を放っている以上、敵には正当に撃ち返す権利が生じている。

空母は巨大な蜂の巣だ。しかも近づいて叩くまでもなく、はるか手前から攻撃態勢に入った凶暴な蜂が飛びまわることになる。第三降下点に達し、妨害行動と急降下に入れば、敵が防空戦闘機を上げてくるのは間違いない。

頼みの綱は台風だ。

レーダー警戒装置に新たなシグナルが現れた。右前方からレーダー波を照射されている。日本のレーダーだろう。台湾のすぐ東側は日本の領空、領海であり、点在する島には防空レーダーが設置されている。

日本空軍は沖縄にも基地を持つが、配備されているのはアメリカ製のF－104戦闘機だ。超音速機だが、航続距離が短く、台湾近辺に臨む領空西端まで飛来するのは不可能だ。沖縄には米空軍、海軍、海兵隊の航空基地もある。しかし、直上にでも敵味方識別不明機が近づかないかぎり上がっては来ない。

しかも現在の針路——真北から三十五度東寄り——を取っているかぎり日本の防空識別圏に入ることはなかった。

ただし、第三降下点になると話は別だ。日本の防空識別圏に入っている。だが、あまり心配はしていなかった。日本空軍は、こちらが撃たないかぎり撃ってくることはない。どれほど馬鹿でかい銃をぶら下げていようと撃つ根性のない保安官は怖くない。

ゼレンスキーが第三降下点到達を知らせてきて、クラコフは腹に力をこめた。無線機の送信ボタンを押した。

「ウートカ、チャイカ全機、カビョール、くり返すカビョール」

二つの編隊に分かれた六機のTu95の機長が了解の返事を送ってくる。はるか前方を飛ぶミハイロフ機の主翼が右に傾くのがわかった。まだ航空灯を点けているが、このあと作戦開始高度千五百メートルまで降下したときには全機が照明を消し、闇に同化する。

クラコフは鼻をつく悪臭を感じてふり返った。赤く濁った目をしたタラカノフが座席の背に左手をかけ、前方をのぞきこんでいる。

ぶら下げた右手にはマカロフ拳銃が握られていた。

4

UTC 11：00、長崎県五島列島西方沖、カール・ヴィンソン
重々しい轟《とどろ》きが腹に響き、テンプルは後ろをふり返った。透明な風防《キャノピー》越しに見える艦橋《アイランド》が雲中を照らす稲光に浮かびあがる。ヘルメット前額部のバイザーは夜間用のイエローに取り替えてあった。
昼間、南下していったソ連の爆撃機編隊が南シナ海で空中給油機《タンカー》と会合したあと、戻ってきていた。爆撃機編隊が台湾海峡を越え、さらに北上しているのが確認されたとき、テンプルとバロン、ソードとブロンコはそれぞれ割り振られたF－14に乗りこみ、コクピット待機を命じられたのである。

蒸気カタパルトに前輪をロックした上、機体各所と甲板を鎖で結ばれた二機の戦闘機は雨に打たれ、激しく揺れる母艦の上で大きな上下動をくり返していた。

「上がれるか」

テンプルは前に向きなおり、インターコムでバロンに訊いた。

「神のみぞ知る、かな。まあ、上がれるだろ。降りられないときはイワクニに行けばいい」

岩国の海兵隊基地には航空部隊も展開しており、九千フィート級の滑走路がある。カール・ヴィンソンの飛行甲板の二十倍も長く、台風の真ん中にあっても当然のことながら揺れることはない。

神という言葉を耳にして反射的に母の口癖が過った。

神様はイジワルなんだよ……。

テンプルが八歳のときだ。教室の中でクラスメートが何人か集まって、前日テレビで放送されたお笑い番組について話をしていた。テンプルも同じ番組を見て、大笑いしたので、話に加わろうと近づいた。

だけど誰もテンプルに話しかけようとしなかったし、目を向けようともしなかった。まるで自分が死んでしまって、そこに立っているのに、幽霊にでもなったように誰にも見えていないような不思議な感じがした。いつもというわけではなかったが、時おりそのようなことがあった。

『それっておかしいでしょ。変でしょ』

『仕方ないよ』

母がテンプルの目をまっすぐに見て、きっぱり、そしてあっさりいった。

テンプルは口を尖らせて訊きかえした。

『どうしてさ？』

『お前が黒人だから』

『それって、サベツってことじゃないの？　サベツしちゃダメだって先生がいつもいってるよ』

『そう』母はあっさりうなずいた。『サベツはダメ。だからサベツそのものをないことにしちゃう。サベツがないんだから、サベツする相手もいない。お前がいない』

母のいっていることがよくわからなかった。だが、母は辛抱強くつづけた。

『理由は二つある。一つはサベツはよくないことだけど、やめられない』

『どうして？　よくないことならやめればいいでしょ』

『やめられない』

『どうしてさ』

『皆がしてるから。皆を説得してサベツをなくすよりお前がいないってことにした方が簡単なの』

『もう一つは？』

『自分が仲間はずれにされるのが怖いから。サベツはよくない。お前と仲良くしたいって子はいるでしょ？　でも、今度はお前と仲良くする子が仲間はずれにされる。いないことにされる。それっていやでしょ？　怖いでしょ？』

　学校には何人か仲のいい友達はいた。そういった友達だけでいるときには、いっしょに遊んだり、テレビの話をしたりできたけど、教室やあまり仲のよくない連中がいるところではほかのみんなと同じになった。母がいうようにみんなと違うことを何より怖がっていた。

　いきなり母が両手を伸ばし、テンプルを強く抱きしめた。

『皆が皆友達じゃなくても生きていくのにそれほど困らない。さらにぶっちゃけちゃえば、友達なんて一人か二人でいいんだよ。誰とでも仲良くする必要なんかないんだ。一つだけ教えておいてあげる。世界中がお前の敵になっても、あたしだけはお前の味方だ。何があってもね。それだけ憶えておけばいい』

　柔らかなおっぱいの中から聞こえる母の声はくぐもっていた。テンプルは目を閉じた。母の内側から自分の中へ温かな勇気が流れこんできた。たしかに母さえ味方なら世界中を敵に回しても戦える気がした。

その母が死んだ。交通事故だった。テンプルが中学二年生になった年のことだ。

母の葬儀には、テンプルのクラスメートが校長と担任教師に引率されてやって来た。父の仕事仲間も何人か参列した。母の親戚、知り合い、友達は誰も来なかった。

母こそ、そこにいないものにされていたのだ。

葬儀のあと、父が本国《メインランド》に行くといったときも了解した。たぶんメインランドに帰るではなく、行くといったからだろう。幼い頃から父とは英語で話していたので、言葉にはとくに困らなかった。母は死ぬまであまり英語が喋れなかった。

一つだけ難儀したのは、英語で会話していると英語で考え、日本語で話しかけられるとたんに頭の中では日本語でものを考えるようになる。ごくたまにだが、英語と日本語の間でうまく変換できない単語にぶち当たった。そんなとき自分がどっちの言語で考えているのかわからずあやふやな気持ちになった。

アメリカに行ってから同じ年齢の子供が通う学校に編入され、高校、大学と進んだ。海軍航空部隊に入りたいと思うようになったのは、教会に通うようになってからだ。父は宗教にこだわる方ではなかったが、信仰心は篤《あつ》かった。教会に通うようになったのは、近くに仏教のお寺がなかったからでしかない。

父子で通ったのはプロテスタントの教会だったのに黒人の牧師《パスター》は皆から修道士《モンク》と呼ばれ、自称もしていた。理由を訊ねると海軍航空隊のコールサインだという。

『海軍の連中はバカばっかりでね。旧教と新教の区別がつかなかったんだ』

モンクはF－4のRIOをしており、ベトナム戦争で百二十六回出撃している。高校時代からメガネをかけるようになっていたテンプルだが、目が悪くてもRIOにはなれると教えてくれたのがモンクだ。

モンクの言葉がテンプルの進路を決めた。

『ヘルメット被って、酸素マスク着けて、バイザーを下げちまえば、黒も白もない。皆、虫《バグ》になるんだ。簡単に叩きつぶせるバグに、な』

海軍航空隊は気に入った。肌の色も経歴も関係なく、できる奴とできない奴のふた通りしかなく、どちらもバグ――モンク流にいえば――でしかなかった。戦闘飛行中の極度の緊張と、降りてから脳が溶けるまで酔っ払って大騒ぎするというギャップも魅力的だった。

人間とは厄介な存在だ。死が鼻先に突きつけられないと、生きていることを実感できない。

トムキャットでのフライトはつねに死を、つまりは生きていることを心底堪能《たんのう》させてくれた。

テンプルにとっては生まれて初めて見つけた居場所であり、海軍飛行士《ネイヴァル・エヴィエイター》であることが即ち存在証明《アイデンティティ》となった。いついかなるときも海軍を、RIOである自分を裏切らないことを誓い、実践してきた。一つだけ残念だったのは、白の第一種正装を母に見せられなかったことだ。

ふいに周囲が明るくなった。今度は雷光ではなく、アイランドに取りつけた照明が一斉に灯ったのだ。

甲板要員がばらばらと駆けよってくる。

UTC　11：40、長崎県五島列島西方沖、Tu95

Tu95が東に回頭している間、座席の右肩をつかむタラカノフの右手は指の関節が真っ白になるほど力がこもっていた。やがて九十度変針を終え、高度五千メートルから三千メートルへ降下に入る。

クラコフは目を上げた。

「何か御用ですか、中佐」

見下ろすタラカノフの目を見て戦慄する。うつろでガラス玉のように見えた。

「私も貯水池での訓練に参加している」

「ええ」クラコフはタラカノフを睨みつけたまま、答えた。「たった一度だけ」

ラザーレフがTu95を急降下させたとたん、叫びだし、急降下から復帰して水平飛行に移ったあとも喚《わめ》きつづけていた。

タラカノフは表情を変えずにうなずいた。

「一度で充分だ。私の任務は本作戦を確実に実施させる点にある。失敗は許されない。私も、君も……、その点は変わりないと思うが」

クラコフは何ともいわなかった。タラカノフの声は深い酔いのために濁り、吐息がたまらなく臭かった。

「失敗は許されない」

もう一度くり返したあと、タラカノフが色の悪い舌で唇を嘗めた。てらてらと濡れた分厚い唇が吐き気を催させる。

「本作戦の主眼は米空母を核ミサイルで攻撃する点にある」

「攻撃し、撃沈することです」

「はっ」タラカノフが吐きすてた。「撃沈するだと？　そんなことが可能だと思っているのか」

「かなり困難ではありますが、決して不可能ではありません。そのために我々は万全を期してまいりました」

「今までは晴れわたった貯水池の上で飛んできただけだ。だが、今は違う。目の前には台風がある」

直後、まるでタラカノフの言葉を裏付けるようにＴｕ95がどんと突き上げられた。タラカノフの座席をつかむ手に力がこもり、唇を結んだ。漏れそうになる悲鳴を堪えたのかも知れない。あるいは反吐《へど》を……。

「仰せの通りです、中佐。我々は嵐の中を突っ切って作戦を遂行しなくてはなりません。これからもっとも厳しく、肝ともいうべき段階に入ります。席に戻り、しっかりとシートベルトを締めて……」

「黙れ」

タラカノフが絶叫した直後、今度はぐいと機首を押しさげられた。視界の隅でラザーレフの動きを捉えているが、操縦舵輪を引いている。下降気流につかまったのだ。一方、タラカノフは金切り声を張りあげ、しゃがみ込んだ。

クラコフは前に向きなおり、操縦舵輪に手をかけようとしたが、一瞬早く下降気流から脱したようで機首が水平に戻っていた。高度は四千メートルを切っている。

タラカノフが立ちあがる気配がしたが、無視した。速度、高度、旋回計の指針はどれも目まぐるしく動いている。高度を維持するのにラザーレフが苦闘しているのは変わらない。ラザーレフだけでなく、前を行く三機も同じような状況下にあるだろう。

「ただちにミサイルを発射しろ」

タラカノフの言葉にクラコフは弾かれたように顔を上げた。

「まだ射程外です。逆に目標である空母を護衛している戦艦の対空ミサイルの射程に入ろうとしている。極めて危険な……」

「すぐに発射しろ。命令だ。我々の任務はアメリカの空母に向けてミサイルを撃ちこむことだ」

「中佐、我々の……」

クラコフは絶句した。タラカノフが拳銃をラザーレフの頭に向け、親指で安全装置のレバーを下げた。

「命令だ、クラコフ。我々の任務には失敗は許されない。お前があの無謀な急降下を実施するというのなら私はこの男を撃つ。この男がいなければ、あんな飛び方は誰にもできない」

タラカノフの拳銃がラザーレフの頭に押しあてられ、人差し指が引き金にかかった。

ＵＴＣ　１１：４０、長崎県五島列島西方、カール・ヴィンソン
カタパルトに載せられているF－14は長距離邀撃任務のため、胴体下に半分埋めこんだ長射程――最大八十海里先の敵を撃破できる――AIM－54フェニックスミサイル四発、中射程――十八海里――セミアクティブレーダーホーミングミサイルAIM－7E〝スパロー〟二発、自機防衛用として赤外線追尾式のAIM－9L〝サイドワインダー〟二発に九百発を装填した二十ミリ機関砲を装備していた。燃料を満載し、機体総重

量はほぼ上限の七万二千ポンドになる。

まもなく台風の暴風圏から出そうだと予想されているものの、いまだ飛行甲板が大きく上下するカール・ヴィンソンから発艦するのは大きなリスクがともなう。だが、ソ連の爆撃機編隊が接近している以上、持てる力を最大に発揮する必要があった。

機体の右側にいるカタパルト兵員がホワイトボードを掲げる。７２０００と書かれているのを確かめ、右の親指を突き上げた。サムアップは了解、異常なしなどのハンドサインだ。飛行甲板にあって飛行士と甲板要員のコミュニケーションはすべてハンドサインで行われる。二チャンネルある無線は管制室と飛行隊との通信にあてていた。無線ではひっきりなしに敵味方識別不明機——昼間そばを通過していったソ連爆撃機の編隊に違いなかったが、防空戦闘機が視認するまでは不明機《ボギー》のままだ。

機体の下をのぞきこんでいた機付長が操縦席を見上げ、サムアップを見せる。機体を甲板とつないでいた鎖が解かれ、機体下に誰もいないという意味だ。テンプルも親指を突き上げた。

飛行甲板の一層下では武器を装備したF－14が複数準備されているが、甲板上に上げるのにリフトを使わなくてはならない。まだ波が打ち寄せているので両舷にあるリフトの扉を開くのは難しかった。まずは緊急発進待機に就いている二機で対処しなくてはならない。

カール・ヴィンソンの前部甲板には二基のスチームカタパルトが備えられ、テンプルがバロンとともに乗りこむF－14は右舷カタパルトにあった。右舷、左舷の順で射出される。

ヘルメットに内蔵されたヘッドフォンからバロンの声が聞こえた。

「主翼を開く」

後席のテンプルは素早く左右を見渡し、機体の両側に人影がないのを確認する。

「人影《クリア》なし」

「了解」

背後から重い機械音が響き、主翼が前方にせり出した。F－14は可変後退翼を持ち、速度、重量に合わせ、二十度から六十八度の間で開いたり、閉じたりできた。速度が小さいときには両翼は開き、高速になるにつれ、すぼまっていく。空中戦などで激しく機動するときにはオンボードコンピューターが適切な主翼形態にするが、前席操縦員が手動で角度を変えることもできた。

バロンが告げてきた。

「主翼角二十度《アングル・ツー・ゼロ》、自動可変モード《オートマチック》、左右主翼とも正常《ツー・グリーン》」

テンプルはニーボードのチェックリストに指をあてた。離艦前にチェックしなくてはならないチェック項目の最後の七項目にかかった。すでに何百回と離艦しているが、必ずチェックリストに指をあてながら確認を行った。テンプルが項目を読み上げ、バロンが確認して答える恰好で燃料、主翼位置、異常の有無を確認していく。

前方、右側に立ったカタパルト士官《キャット・オフィサー》、通称シューターが右手を突き上げ、五本《ゾーン・ファイブ》の指を開いた。バロンがスロットルレバーを前進させ、アフターバーナーを最大出力に入れる。

そしてつぶやくような声が聞こえた。

「父《ファーザー》と、子《サン》と、精霊《ホーリースピリット》の……」

テンプルは素早く左右の主翼を見た。エンジン出力を最大にセットしたあと、最後にパイロットは操縦桿を前後、左右に倒し、次にぐるりと回して動翼が支障なく動くことを確認する。

「アーメン」

祈りの言葉とともにラダーペダルを踏みこみ、方向舵《ラダー》が右、左に切れるのを確かめたテンプルは声を吹きこんだ。

「異常なし《OK》」

「OK」

バロンが右に目をやり、シューターに敬礼する。発進準備が整ったという合図だ。

そのときカール・ヴィンソンの艦首が持ちあがりはじめた。シューターが右足を前に出し、躰を低くして右手で前方を指す。

艦首のせり上がりが停まった。シューターが右手を下ろし、甲板に触れた直後、蒸気カタパルトが作動し、F－14は嵐の夜に蹴りだされた。

午後八時十分（UTC　11：40）、宮崎県・新田原基地

新田原基地のアラートパッドにベルが鳴りひびいた刹那、本庄はリクライニングチェアから飛びだし、真っ先に鉄扉のドアノブに取りつき、格納庫に駆けこんだ。
沖縄西方を警戒する宮古島《みやこじま》、久米島《くめじま》、沖永良部島《おきのえらぶじま》、九州西方の下甑島《しもこしきじま》の各レーダーサイトが識別不明の六機編隊を捕捉し、次々に情報をリレーしていたので心の準備はできていた。そして長崎県五島列島の一つ、福江島《ふくえじま》のレーダー覆域《ふくいき》に入った直後、東に機首を向け、スクランブルが下令されたのである。
四分半後、二機のF－4は西方空域を目指し、滑走路を飛びたっていった。

UTC　11：42、長崎県五島列島西方沖、Tu95

パン――。
銃声は軽く、間が抜けていたが、Tu95の狭いコクピット内では鋭く響いた。鼻を突く硝煙にクラコフは戦慄した。

第六章　突入《ラン・イン》

UTC　11：43、長崎県五島列島西方沖、Tu95

Tu95の操縦室に銃声が響きわたり、硝煙の強い匂いが広がった直後、タラカノフが両膝を落とし、そのまま前へ倒れた。顔面を床に強打する。鼻の潰れる、グシャッという音がはっきり聞きとれた。

クラコフは顔をしかめたが、タラカノフはすでに何も感じなかっただろう。首筋の上が爆《は》ぜ、赤黒い血が脈動しながら溢《あふ》れだしている。

クラコフは目を上げた。航空機関士と無線士の座席の間に立ったゼレンスキーがマカロフ拳銃をまだタラカノフに向けている。

機内には銃器が保管されていて、その中にはマカロフ拳銃もある。だが、銃器庫の鍵はクラコフのポケットにあった。搭乗員が銃器を携行する場合には飛行隊長、そして機長の許可を必要とする。タラカノフが拳銃のホルスターを着けていたのは見たが、KGBは空軍の指揮下にはなく、クラコフにはどうすることもできなかった。

銃器庫の鍵がいまだクラコフのポケットにある以上、拳銃はゼレンスキーが持ちこんだに違いなく、もちろん許可していない。だが、拳銃など基地の中ではごろごろしている。雑嚢に放りこんであったとしても誰も気づかないだろう。

「お前……」

いいかけたクラコフをさえぎるようにゼレンスキーが訊いた。

「お怪我《けが》はありませんか、カピタン」

「あ、ああ……」

クラコフは何とかうなずいた。ゼレンスキーがラザーレフに目をやる。

「中尉も？」

「大丈夫だ」

ラザーレフは前を向いたまま、素っ気なく答えた。

「タラカノフ中佐がバッグから拳銃を取りだして、前方に向かうのを見たんです。それで心配になって、様子を見に来ました」ゼレンスキーがクラコフを見て、口角を上げた。

「来てよかった」

ゼレンスキーが屈託のない笑顔を見せる。照れくさそうに結婚の報告をしたときとまるで変わらない。ちぐはぐな感じにクラコフは背筋が冷たくなるのを感じた。

「もう銃は必要ないだろう」

おもねっているような響きに自己嫌悪が湧いてくる。

どうして銃を渡せといえないのか……。

「そうですね」

ゼレンスキーがうなずき、銃口を下げてスライドの左側にある安全装置のレバーを押しあげた。撃鉄が落ちる。安全装置をかけると引き起こされていた撃鉄が中途まで落ちるようになっていた。何度も訓練を受けているが、薬室に弾丸が入ったまま、撃鉄が降りるといい気分はしない。ゼレンスキーは右腰につけた深緑色をしたキャンバス地のホルスターに拳銃を収め、銃把にバンドをかけて固定した。革製の制式ホルスターと違って拳銃全体を包む蓋はなく、銃把が剝き出しになっていた。

ずいぶん慣れた手つきだな、とクラコフは思った。拳銃を携行するのは将校にかぎられ、訓練も受ける。ゼレンスキーは二十代後半の軍曹で、少なくとも空軍では訓練を受けたことはないはずだ。

ぼんのくぼに撃ちこまれた銃弾は脳を破壊しているに違いない。撃った直後、タラカノフの頭を突き抜けた弾丸が操縦席のどこかで跳ね返る鋭い金属音はなかった。おそらく頭蓋骨の内側に停弾しているのだろう。

ゼレンスキーが足下にあった小さなレバーを引きあげた。Ｔｕ95の操縦室通路には木製のベルトコンベヤが設けられている。左右操縦席のすぐ後ろから出入口のハッチまでせいぜい三メートルほどしかない。操縦室内で死傷者が出た際に使用するもので、ゼレンスキーが引いたレバーでロックを外す。

ゼレンスキーはタラカノフの両脚を引っぱって造作もなく運んでいく。デコボコの木製ベルトの上でタラカノフの頭が上下し、何度も顔面を打ちつけた。

相変わらずＴｕ95は揺れていたが、すでに高度三千メートルで水平飛行に移っている。そうした中ゼレンスキーは何とかタラカノフを反転させ、両脚を大きく開いて抱きおこそうとした。

「クソッ、デブが」

ゼレンスキーが罵る。

クラコフはふと気づいた。左操縦席から身を乗りだし、後ろを見ている自分以外、誰一人としてゼレンスキーを見ようとも手を貸そうともしない。それぞれのコンソールに向かい、まるで何ごともなかったような様子なのだ。

ぐったりしたタラカノフを抱え、予備座席に座らせてシートベルトで固定したゼレンスキーは航法士席に戻った。座席ベルトの留め具を外し、立ちあがろうとしたクラコフにラザーレフが声をかけてくる。

「カピタン、間もなく作戦決行です」

目をやる。ラザーレフの表情はいつものように少し眠そうで落ちつき払っていた。

「わかってる」

クラコフは尻を浮かせ、タラカノフの手から落ちた拳銃を拾いあげて座りなおした。弾倉を抜き、スライドを下げ、薬室に送りこまれていた弾丸も抜いた。銃と弾倉、弾丸をまとめて地図入れに放りこみ、蓋を閉じると前に向きなおって座席ベルトを留め直した。

ヘッドフォンに先導機を駆るミハイロフの声が聞こえる。

〝三分前〟

クラコフは酸素マスクを口元にあて、ヘッドギアに固定する。無線機は編隊内周波数にセットされたままだ。送信ボタンを押して声を吹きこんだ。

「三分前、チャイカ6・1」

送信ボタンから指を離してつづけた。

「ゲルト？」

「エンジン、プロペラ、異常なし」

「ミーニン？」

「無線機、異常なし。外部からの連絡事項なし」

司令部からの中止命令はないということだ。

「スミルノフ？」

「兵装関係、異常なし。目標位置、取得済み……」

先行しているウートカ５・１――ボンネル機が把握した敵空母艦隊の位置をデータリンクで受けとっている。クラコフ機は自機のレーダーを作動させることなく――レーダー波を発するのは自分の位置を電波に乗せて宣伝しているようなものでもある――把握できる。ちらりとレーダー警戒装置に目をやった。前方からの強いレーダー波にさらされていた。こちらがレーダーを作動させるまでもなく、台風の下にあっても敵空母艦隊は六機のＴｕ95を捕捉しているということにほかならない。

つづいてスミルノフが厳かに告げた。

「弾頭、起動します」

報告であると同時にクラコフに承認を求めている。爆撃突進に入り、急降下が始まれば、今以上に機体の動揺は激しくなる。すべての攻撃準備は突入の前に済ませておく必要があった。

すでにタラカノフが大演説をぶっている以上、搭乗員の誰もがミサイルには核弾頭が取りつけられていることを知っている。しかし、スミルノフはあえて核とは口にしなかった。

弾頭の起動とは、最終安全装置の解除を意味する。それ以上でもそれ以下でもない。クラコフもこれまでくり返してきた訓練と同じように受けた。

「核弾頭起動、了解。起動せよ」

答えたあと、クラコフは酸素マスクの内側で上唇を嘗めた。計器盤中央、最上部に取りつけられた三つのランプが赤く灯る。核弾頭は三基、いずれも無事に起動した。

わずかにためらい、声を圧しだした。

「ゼレンスキー？」

「現在地、目標まで二百六十キロ。作戦開始まであと一分……、五十秒……、四十秒……」

つい先ほどタラカノフを射殺したとは思えない落ちついた声でゼレンスキーが秒数を告げる。

クラコフは視線を下げ、つややかな前部風防から前方を見つめた。闇の中、巨大な光球がほんの一瞬鈍く光り、すぐに闇に戻る。光球はそこここに現れては消え、また現れた。

嵐は東へ去りつつある。

ふと思った。雲中の雷光が作る光球と核弾頭が爆発したときに生ずる火球のどちらが大きいのか――。

ゼレンスキーの読み上げはつづいた。貯水池の上を飛んでいるときと声の調子は変わらない。

「二十秒……十秒、九、八、七、六、五、四、三……」

ゼレンスキーが沈黙し、クラコフは胸の内でカウントダウンを引き継ぐ。

二……、一……。

送信ボタンを押した。作戦開始を告げる暗号は決まっていた。

「ヴェローナ、ヴェローナ、ヴェローナ」

左前方の三番機ポポヴィッチが右旋回に入り、左前方の四番機ルーキンが高度を下げながら左に機体を傾ける。ラザーレフが機首を下げ、スミルノフが妨害電波を発生させる。敵のレーダーを撹乱する装置はチャイカ、ウートカ両編隊六機が同時にスイッチを入れる。敵のレーダーにはスクリーン一杯に無数の星が現れているはずだ。

何年もの間、極東軍管区空軍重爆撃機部隊は日本の周辺を飛び、アメリカと日本のレーダーと通信の情報を拾い集めてきた。その結果に基づいてすべてのレーダーを欺瞞するよう想定されるあらゆる周波数帯に対し、最大出力で妨害電波をぶつける。

しかし、敵にしても手をこまねいているわけではない。周波数、出力、電波の形態をさまざまに変え、Ｔｕ95を捉まえにくる。いずれ捕捉されるのは間違いない。それまでに稼げる時間はせいぜい一分か二分、どれほどうまくいっても三分は無理だ。あるいはまるで効果はないかも知れずクラコフ機の行動は丸見えという可能性もあった。

機体が右に傾いていく。傾斜計の指針は右端の45に張りつき——主翼の傾きが四十五度になったのではなく、計器の表示がそこまでしかないだけだ——、旋回傾斜計の球は左端に寄っていた。

クラコフの脳裏では、小さなTu95が大きく右へ傾き、同じく右へ滑りながら落ちていた。

あとはラザーレフの感覚だけが頼りだ。機首が下を向いたことで、台風の中で明滅する光球も消え、一面、べったりとした闇になった。黒い海面。目には見えないが、自由落下の法則を超えて、つまりはクラコフの生理を超えて急速に近づいているに違いなかった。

クラコフは頭上のスイッチパネルに手を伸ばし、すべての航空灯を切った。闇に溶け込むためである。高度計の指針が3を切り、2へ近づいていく。

長崎県五島列島西方沖、F-14

カール・ヴィンソンの飛行甲板を百六十ノットで飛びだしたF-14はノーズ、メイン、三本の降着装置《ランディングギア》をたくし込み、アフターバーナー全開で加速、またたく間に四百ノットに達した。

前席のバロンが緩やかな左上昇旋回——台風の端まで来ていた母艦は向かい風に艦首を立て、北北東に針路を取っていた——に入れたとき、テンプルのヘッドフォンに邀撃管制官——コールサイン、ブーマー——の声が響いた。

〝ブルーナイツ１０９《ワン・オー・ナイナ》、発艦中止《アボート》〟

青き騎士《ブルーナイツ》たちが第一一一飛行隊のコールサインであり、１０９はブロンコ、ソード組に付与されたナンバーだ。テンプルは計器盤の上にあるハンドルを右手でつかみ、上体をひねって左後方を見た。たった今、自分たちが飛びたったばかりの右舷前方カタパルトのレールからはまだ蒸気が立ちのぼっており、左舷前方カタパルトにあった二番機に数人の甲板員が駆けよっていた。

「何があった？」

アフターバーナーを切ったバロンが訊いてくる。

「わからん。ここから見るかぎり炎は見えない」

ブーマーが呼びかけてくる。

〝ブルーナイツ１１７《ワン・ワン・セブン》、ブーマー〟

「ブーマー、１１７」

間髪を入れずテンプルは応答した。無線交信は後席員の仕事だ。

〝109はカタパルトの不具合でアボートした。だが、強風圏は抜けつつあるのでエレベーターが使用可能になっている。十五分以内に後続機《バックアップ》を上げる〟

「117、了解」

答えながらもテンプルは計器盤中央コンソール下段にある丸い戦術情報表示器《タクティカル・インフオメーション・ディスプレイ》──TIDに目をやり、酸素マスクの内側で口元を歪《ゆが》めた。

搭載する火器管制システムAUG－9《オウグ・ナイン》は、母艦とF－14、あるいはF－14同士を結ぶデータリンクCに対応している世界で唯一の機器だ。

黒地のTIDにはグリーン一色でさまざまなシンボルマークが表示されていた。目標輝点《ターゲット・ブリップ》は北に二つ、十海里南に四つ、合計六個あった。TIDはF－14の機首がどちらを向いているかにかかわらずつねに北を真上にして表示される。空母打撃群を構成し、カール・ヴィンソンをぐるりと取り囲む巡洋艦、駆逐艦のレーダー情報を母艦の邀撃管制が統合して送ってきているので、右側中央にカール・ヴィンソン、その左上にテンプルたちのF－14も映っていた。

天空から見下ろす神の視点だ。

目標である六個の円から左に向かって髭が伸び、針路と速度が一目でわかるようになっていた。同じように自機のシンボルマークからも右に向かって髭が伸びている。目標よりやや長いのは機速が勝っていることを示していた。

ブーマーがつづけた。

〝南の四機《サウス・フオア》、それが貴機の目標《ザッツ・ユア・ボギー》だ。方位２６１《ツー・シックス・ワン》、距離九十八マイル《ナインティ・エイト・マイルズ》、高度九千八百フィート《エンジエル・ゼロ・ナイナ・エイト》、八百七ノットで接近中《エイトハンドレッド・セブン・ノッツ・クロージャー》〝

ＴＩＤの左にある高度計、姿勢指示器、機首方位計を素早く見渡す。Ｆ－14は高度七千フィートを西に向かって飛んでいる。離艦したときの嵐が嘘《うそ》のように空は晴れわたり、南東方向にある月の光が一面を蒼《あお》く染めている。緊急発進したのでなければ、息を嚥むほど美しく、壮大な光景だった。

だが、耳障りなレーダー警報がつや消しだった。識別不明機のレーダーに捉えられている。つまり相手もカール・ヴィンソンから戦闘機が飛びたったのはわかっている。ひょっとしたら二機目を探しているかも知れない。戦闘機の最低行動単位は二機編隊《エレメント》なのだ。

「了　解《アファーマティブ》」

テンプルは指示を復唱しながらＴＩＤを見つめ、片方の眉を上げた。十五分でバックアップを上げるといったが、目標と遭遇するまで七分しかない。

「あと二分もすれば、フェニックスの射程に入る。四発積んでるから一度に片づけられるぜ」

〝ダメだ《ネガティブ》、１１７〝

即刻返事が来た。狭苦しいＣＩＣには、レーダースコープを見つめる邀撃管制官ブーマーの後ろに艦長、第一一飛行隊の隊長が立っているだろう。

相手に攻撃されるまで反撃は許されない——火の消えた葉巻を振りまわしながら怒鳴りまくるつるっ禿《ぱげ》の艦長が浮かぶ。一発目を撃つ権利はつねに悪魔の手先である敵にある。了解という返事代わりに無線機のスイッチを二度動かし、ジッパーコマンドを送った。

ちらりと目を上げ、ＴＩＤの上にあるレーダーディスプレイをちらりと見やった。機上レーダーＡＵＧ－９はいつでも目標を捉えられる待機状態《スタンバイモード》のままだ。メーカーの仕様書通りに働けば、ＡＵＧ－９は百海里以上遠方にある敵機を同時に二十四個追尾し、そのうち六個にロックオンできる。彼我《ひが》の距離が八十海里になれば、フェニックスミサイルを発射して同時に六機を撃破できる。

もっとも今は四発しか積んでいない。

ミサイルにしろ、機関砲《ガン》にしろ、敵機を木《こ》っ端微塵《ぱみじん》に吹き飛ばす必要はない。機体のどこかに数インチの穴があいただけで航空機は飛行が難しくなる。撃墜まで行かなくとも作戦を中止させれば、目的は達成できる。四発撃って、南側を飛ぶ四個の目標に誘導され、近くまでいって爆発すれば、引き返すだろう。

あくまでもメーカーの能書き通りにすべてがうまく働けば、の話だ。ミサイルの命中率は最高で五分五分《フィフティ・フィフティ》、たいていはそれ以下だ。今、四発撃ってもすべて明後日《あさって》の方向に飛んでいくか、機体から離れたとたん、真っ逆さまに落ちていく可能性もあった。

そのとき、TID全体に星が散った。すべて偽信号、目標が電子妨害《ジャミング》を仕掛けてきたのだ。テンプルは即刻AUG－9を起ち上げ、スタンバイから索敵《サーチ》に切り替えたが、こちらはまるで雪降る夜のように上から下へブリップがゆっくりと流れていく。

「バロン、ジャミングされた」

「対抗できそうか」

「ああ、造作もない。一、二分もあれば、な」

ジャミングするにしても艦隊各艦が装備しているレーダーはそれぞれ周波数が違う。すべてに対して適合する周波数で妨害電波を浴びせることなど不可能なのだ。ジャミングは明らかな敵対行動であり、艦隊は全力で対抗措置を講ずる。レーダーの波長、周波数を細かく変えていくのだ。

「クソッ、それじゃ奴らとすれ違っちまうぜ」

「しっかり見張っててくれ、運転手」

「了解、ママ。デートには最高のいい月夜だ」

ふと閃いたテンプルは計器盤の右下に取りつけてあるライトを自分の膝に向け、ニーボードを照らした。

「飛行隊の無線をモニターしててくれ」

「了解。何かあったのか」

「ちょっとな。うまくいくかどうかわからんが、セカンドチャンネルの周波数を切り替えてみる」

ニーボードに取りつけてあるノートを繰ったテンプルは目指すページを見つけて指をあてた。

うまく行くかな……。

長崎県五島列島西方沖、F－4
二点間の最短距離は直線になる。だが、その二点間に台風があれば、直線というわけにはいかない。気象情報によれば、出戻りの台風十二号は幾分勢力を弱めているので四万フィートまで上昇すれば、雲上《オントップ》を行ける。しかし、スクランブルの対象となった識別不明機の高度が一万フィートと判定され、可能な限り迅速な対処が要求されている以上、同じ高度を進むしかなかった。
スクランブルを下令され、新田原基地を離陸した本庄たち二機のファントム——エピック編隊は、まず西北西に針路を取って長崎県五島列島の南を抜け、西端の福江島を過ぎた辺りで北西方向に旋回するよう命じられた。

距離にすれば、七、八海里ほど延びる程度に過ぎなかったが、問題は反時計回りに風が吹く台風周辺を飛ぶので、飛行中ずっと向かい風を受ける点にあった。対領空侵犯措置に間に合わせようとすれば、当然、燃料消費量は増える。

一つだけ本庄たちに都合がよかったのは、台風一過で大気が澄み渡っている。低空に雲海が広がっているのが見えるのは、左後ろにのぼっている月のおかげだ。満月に近く、蒼い光を投げかけている。夜間飛行でも晴れていて、月が出ていれば、視界は開ける。

北上してきた識別不明機の六機編隊が東シナ海洋上に設定された日本の防空識別圏内に入り、東進して、福江島西方百海里にまで迫っていた。現在、エピック編隊を誘導しているのが当の第十五警戒群福江島レーダーサイトに陣取る地上要撃管制官《GCIO》——コールサイン、フィーバー——だ。

くだんの編隊は昼間、日本海を南下していったものと同一だ。南シナ海に抜け、空中給油を行ったのも米軍が監視しており、台湾海峡に差しかかってからは航空自衛隊のレーダーサイトが捕捉しつづけている。

本庄は燃料計を一瞥した。残燃料は一万四千ポンド、新田原基地から上がって、高度一万フィートをミリタリーパワー近くでエンジンを回しながら突き進んできたので、ほぼ予想通りだ。ソ連機が防空識別圏の西端を北上しているというだけなら燃料消費量は半分で済んだだろう。

福江島レーダーからの情報によれば、六機のベアは福江島の西方百八十海里ほどで二機と四機に分かれ、その後東――日本領空――に向かって変針した。本庄たちは南側の四機に接近している。同高度であり、台風が去った直後なので風は残っていたが、視界はすっきりしていた。

ベア編隊まで二十海里ほどに近づいた頃から右前方にちらちらと光が見えはじめた。ソ連は国際民間航空機関《ICAO》に加盟しておらず国際航空法のすべてに従っているわけでもなかったが、夜間の編隊飛行となれば、互いの位置を視認する必要がある。もっともベアが編隊を組む場合、狭くて五海里――九キロ強の間隔をとっている。大型機となれば、僚機がふいに動いても迅速に反応できない。

先導機が東進し、五海里後方に二機――二海里の間隔をおいて左右に並んでいる――、さらに五海里後方に一機と合計十海里におよぶ長い編隊を組んでいる。本庄たち二機のF－4は南、ベア編隊から見れば右側から接近していた。

昼間のうちに視認し、ベア編隊であることは確認した上、写真撮影も済ませている。このため本庄はベア編隊の南側に五海里の間隔を空けて監視を行うことにした。五海里あれば、相手がいきなり動いても余裕をもって対処できるし、不審な動きをしても造作もなく追随できる。

本庄は無線機の送信スイッチを入れ、自機の二海里後方、二千フィートほど高い位置を飛ぶ編隊僚機《ウイングマン》の中田《テコ》を編隊内周波数で呼んだ。

「テコ、ジョー」

〃はい《ツー》〃

ウィングマンの返信は大半が単なる返事か了解を意味するツーか、否定《ネガティブ》だ。

「最後尾《ケツ》、見えるか」

編隊内周波数での交信は日本語が混じる。日本語を使うだけで外国に対して通信の秘匿性を高めるのと同時に意思疎通が迅速、簡明にはかれる。

〃ツー〃

「了解」

だが、ほどなくして中田が声をかけてきた。

〃ジョー、テコ。四番機が変です〃

「変って？」

〃高度下げたかなと思ったらいきなり航空灯《ライト》が消えて……、墜落するのかな〃

いやな感じがした。ふいに航空灯を消し、闇夜に溶け込もうとするのは敵対行為の始まりと警戒するのが戦闘機乗りの習性だ。送信ボタンを押した。

「四番機を追うぞ」

〃ツー〃

送信ボタンから指を離し、機内通話で後席の永友《DJ》にいった。

「四番機を捕捉《ロックオン》してくれ」

「はい……、おお、楽勝楽勝。捕まえました。真正面、五マイル、急降下してます」

急降下？――疑問を胸に抱きながらも正面に目を凝らした。月光を浴びる銀色の巨大な機体はくっきりと見えた。たしかにぐんぐんと高度を下げている。ひょっとしたら中田がいうように機体に何らかの不調が生じ、墜落しかかっているのかも知れない。

福江島レーダーに引きつづきベア編隊の監視を頼み、自分たちは不審な動きを見せた相手機を追うことを告げた。

何もいわなくとも中田が追随しているのはわかっている。

2

F－4

正面のレーダースコープには、下方に輝点《ブリップ》があった。ベア編隊の最後尾を飛んでいた一機だ。本庄は高度計に目をやった。すでに六千フィートを割っている。降下率五千フィート、一秒ごとに八十フィート以上――二十五メートルずつ下がっているのだから大型機としてはかなりの急降下といえる。

「何、考えてるんですかねぇ」

永友が半ば独り言のようにいう。

「わからんな。まだ台風が居座ってるってのに海に向かってまっしぐらだ」

自殺行為という言葉は嚥みこんだ。だが、そうとしか思えなかった。

Ｆ－４の機上レーダーＡＰＱ－１２０は最大五十海里先の目標を捕捉できるが、基本的には下方監視《ルックダウン》能力がないとされる。高い位置から低い目標に向かってレーダー波を照射しても地面や海面からの反射を拾ってしまい、レーダーディスプレイは擾乱《クラッター》で真っ白、その中に目標の輝点が紛れこんでしまうためだ。

だが、技量《うで》とセンスのいい後席員が操作すれば、目標を捕捉しつづけられるし、クラッターの中の目標を見分けられる。高度千フィートほどを飛行しながら船を見つけるときには、レーダーアンテナを操作するジョイスティックをしゃくり、船体のもっとも高い位置にあたるマストの先端を引っかけるようにして捉えることができる……、と本庄は先輩から教わったもののなかなかうまくできなかった。その点、永友は自分と違って技量もセンスもいい後席員だ。

ほぼ正面、一海里先を降下していく目標機が月の光で蒼く染まった雲海にすうっと沈んでいく。

本庄は無線機の送信スイッチを入れ、ウィングマンの中田を呼んだ。

「テコ、ジョー」

〝ツー〟

「雲に入る。お前はおれをレーダーでロックオンして二マイル後ろからついてこい。こっちはこのまま目標を追尾する」

〝ツー〟

ベアの意図をはかりかねていた。目指す先にはアメリカの空母があるのだろうが、単艦、丸腰でぼんやり浮かんでいるわけではなく、周囲には護衛にあたるミサイル巡洋艦、駆逐艦が展開している。射程内に入れば、たちまち撃ち墜とされるだろう。

それとも米空母艦隊相手に度胸試し《チキンレース》でも挑むつもりなのか。

意味がないし、危険に過ぎる。もし、どちらかが一発でも撃てば、戦争の引き金になりかねない。

『我々が勝利する方法はただ一つ、誰にだろうとピストルの弾一発撃たせないことだ』

今朝の全体ブリーフィングで飛行班長の戸沢がいったことが脳裏を過っていく。つづけて状況はかなり緊迫しているといったとき、隊長があからさまに顔をしかめ、その後戸沢を隊長室に呼んでいる。

ソ連の状況はかなり緊迫しているということなのだろうか――。

ソ連は春先に書記長が代わったが、品物が棚に並んでいない商店に長蛇の列を作るモスクワ市民の姿はくり返しテレビのニュースで見ている。戦争をやる余裕などどこにもないだろう。アメリカにしたところでここ数年、ソ連にちょっかいを出し、ソ連が自滅するのを待っているだけで、本気でやり合うつもりはない。実際、ソ連はかなり追い詰められていて、二年前、サハリン上空を横切ったからといって民間旅客機を戦闘機が撃墜するという前代未聞の大事件を引き起こしている。

その後、米ソ間では民間旅客機撃墜事件をめぐって罵り合っているようだが、それもたまにテレビで見るくらいで、事件を最初に聞いたときにはひどい話だとは思ったが、あまり気にすることはなかったし、そこから戦争が始まるとも考えなかった。

昼間、川上《ガミ》がいった。台風が来てて、二隻の米空母が日本海にあって朝鮮半島に向かっている。そこへベアの八機編隊が飛来した。そのあとで訊いてきた。

怖いか、と。

本庄は、いや、別にと答えた。強がっていたわけではなく、本当に怖いとは感じていなかったからだ。おれも、と川上はいったあと、本当は怖がるべきじゃないのかといった。ソ連の爆撃機が編隊を組んで我が国の防空識別圏を飛行している。ひょっとしたら大型爆弾でも抱えているのかも知れない。

さらに川上がつづけた。

『おれは飛んでる最中、手順《プロシジヤ》とそれがちゃんとできてるかって確認《チエツク》に追われてる』

川上だけではなく、本庄にしても、そのほかのパイロットにしても大同小異だろう。考えているのは次の手順のこと、訓練中操縦不能に陥ったり、機体に異変が起こったときには恐怖より先に対処方法がないかとあれこれ考えを巡らす。それこそ必死で。恐怖を感じるのは着陸してエンジンをカットしたあとだ。

恐怖より先に手順が浮かぶのは、日々積み重ねてきた訓練で躰のすみずみにまで染みこんだパイロットの習性としかいいようがない。

現に今もベアが目の前で急降下して、機首を日本に向けているからその意図を探ろうと追尾しているが、その先を考えてはいない。とりあえず追いかけ、視認し、あとは相手の出方を見て対処する。

もし、相手が撃ってきたらとは考えない。

川上の言葉がふたたび脳裏を過っていった。

『戦争って、おれたちが忙しくしている間に自動的に始まるんじゃないか。敵機に動きがあったとしても連中が何を考えてるかなんて、おれたちが考える暇はない』

送信スイッチを押した。

「テコ、ジョー」

「ツー」

「ちゃんとロックしてるか」

「ツー、大丈夫です」

耳元に聞こえる中田の声はいつもと変わらなかった。学生の機種転換課程をもつ第三〇一飛行隊の独自の都合により資格取得は遅れているが、経験は積んできている。目の前一面に雲が広がり、ところどころで発光していた。本庄は忙しく視線をさまよわせ、どこかに切れ目がないか探した。見当たらない。じっくり探している余裕もない。

「雲に入るぞ、ＤＪ？」

「大丈夫です」

です、がでぇすに聞こえた。こちらもいつもの永友だ。

世界中のあちこちで戦争が起こっている。ひょっとしたらいつもと変わりない時間の流れの中で気がついたら戦争が始まっている……、などと考えている間にＦ－４は雲中に飛び込み、いきなり右にひねられそうになった。渦巻きの外側にあって、洋上の水蒸気を巨大な真空掃除機が吸いあげている奔流にまともに突っこんだ恰好だ。

機体が傾く。本庄は両手で操縦桿を支え、水平を保とうとする。

唸り声が洩《も》れた。

Tu95

激しく揺れるＴｕ95の左操縦席で暗い前部風防を見つめていたクラコフは既視感《デジャブ》にと

られていた。

正確にいえば、デジャブではない。激しい雪が降っていたその夜、クラコフはウクラインカ基地の爆撃飛行隊指揮所にいて、夜間飛行訓練を終えて帰投してきた一機の着陸に気を揉んでいたのだから……。

視程は悪かった。滑走路がまるで視認できない状態でも着陸できるよう電波誘導用の施設が完備されてはいたが、乗り組んでいる正副操縦士たちはどちらも若く、副操縦士は部隊に配属されて初めての冬を迎えていた。

降りしきる雪を掻き分けるように着陸進入し、頭を左右に動かしながら何とか滑走路灯を透かし見ようとした経験はクラコフにもあった。だから当直士官が着陸しようとしているTu95と無線を通じて話しているのを聞いていれば、風防越しの景色、操縦席のみならず機内全体に充満する張りつめた空気までも実感できた。

当直士官の後ろに立ち、よけいな口出しをせずに交信を聞いているのは胃袋がよじれるものだが、上官——当時、クラコフは重爆撃機隊副長だった——があれこれ口を挟めば、当直士官だけでなく、二人の操縦士をも混乱させるだけなのはわかっていた。

何とか無事に着陸でき、搭乗員たちの打ち合わせが終わり、その後、機長の報告を当直士官とともに聞いて司令部を出たときには日付が変わろうとしていた。部隊の車で官舎まで帰る頃には風が出て、吹雪《ふぶき》になっていた。一つだけ幸いだったのは、着陸時の風が弱かった点である。視程ゼロ、猛吹雪の中を、電波誘導だけを頼りに降りてくるのは困難を極める。

帰宅したクラコフはそっと玄関ドアを開け、廊下を進んで開けっ放しになっている子供部屋をのぞいた。左右の壁に押しつけてあるベッドには二人の息子が寝ていた。長男は八歳、次男は五歳だった。

ふいに次男が目を開いた。薄暗がりの中に立つクラコフを見つめる。寝ぼけているのだろう。焦点は定まっていないようだ。ほどなく目を閉じた。長男に目をやると、こちらも目を開けていた。じっとクラコフを見つめる。小さくうなずいてみせるとふたたび目をつぶった。

背中に妻を感じた。優しい髪の匂いに自然と笑みが浮かんだ。

お父さんが帰ってきて、安心したの……。

息子たちのことか、自分のことなのかはいわなかった。

「カピタン」

緊張したラザーレフの声にクラコフは我に返った。ラザーレフが言葉を継ぐ。

「操縦舵輪を支えてください。傾斜はコントロールできるのですが、時々機首《アタマ》が強烈に押しさげられるんです。空気が重い」

「わかった」

クラコフは左右に動く操縦舵輪に手を添えた。左右の指の腹をあて、親指はかけない。空気が重いという言葉に緯度の差を思った。ゼイスコエ貯水池は北緯五十五度前後、現在位置は北緯三十二度くらい、気温も湿度も違い、台風に突入している以上、気圧も違う。左から強い風が吹きつけている。風はつねに変化し、ラザーレフが細かく補助翼を操作して水平を保とうとしている。

ヘッドフォンにはゼレンスキーが高度を読み上げる声が聞こえていた。

「二百……、百七十五……、百五十……」

すでに機首方位、機速は告げていない。

操縦舵輪が前方に引っぱられ、指の腹に重みを感じる。まるで機首を見えざる巨大な手で押さえつけられているようだ。握りこまないよう、引かないように気を配りつつ、操縦舵輪が前へ持って行かれるのには最大限抗った。

「百……、七十五……」

ゼレンスキーの声はつづいていた。

ふと操縦舵輪が軽くなった。見えざる手が力を緩めたのか、と思っていると指の腹と操縦舵輪の間にわずかに隙間ができる。両手を引いて、ふたたび触れ、その位置で支えた。ラザーレフが機首を引き起こしにかかっているのだ。貯水池での訓練より早いタイミングだった。

「五十……」

ゼレンスキーの読み上げが間延びし、五十メートルで停滞した。電波高度計の表示に目をやる。

０４８……、０４７……、０４５……。

明らかに降下率が落ちるにつれ、ゼレンスキーの高度読み上げが甲高くなった。

「三十……、三十……、三十……」

予定していた高度より二十メートル高い。機速は時速八百キロに達しようとしている。背後から大きな足音が近づいてきた。クラコフは座席の肩をつかまれるのを感じた。

「何やってるんですか」顔を突っこんだゼレンスキーが怒鳴る。「まだ、高いでしょ」

機体がぐいと右に傾き、ゼレンスキーが悲鳴を上げる。人工水平儀の水平線が傾き、機体を表すオレンジ色のシンボルマークが水平線の下に入りこむ。だが、機体の未来位置を示す黄色のマークは左上にあった。

ラザーレフはゼレンスキーに取り合おうともせずスロットルレバーを前方に押しだした。急降下の間、エンジン出力を絞ってあったのだ。

ラザーレフが機関士ゲルトにいった。

「出力、最大」

「出力、最大」

重いエンジン音が波打ちながら機内を満たす。クラコフの耳には嵐に逆らうTu95のあえぎのようにも聞こえた。

「計画より……」

ふたたびゼレンスキーがいいかけたとき、視界の左端が鈍く光るのを感じて、クラコフは声を張った。

「前、見ろ」

ゼレンスキーがはっとしたように顔を動かす。命じたクラコフでさえ、息を瞞む光景が眼前に広がっていた。

低く垂れこめた雲が果てしなくつづき、その内側でいくつもの雷光がたてつづけに閃いた。そのため雲全体が鈍く輝き、禍々《まがまが》しい凹凸がくっきり見えただけでなく、左に傾斜した海面をも照らしだした。

海は煮えたぎっていた。どす黒い海に白い網目が走り、いくつもの鋭い突起が突きでている。真正面の海面が盛りあがる。

「うわっ」

ゼレンスキーがふたたび悲鳴を上げる。キャアキャア、うるさい。ラザーレフがからくも左へ機体を傾け、何とか海面を躱《かわ》したが、うねりは巨大で、それこそ無数に立ち現れてはクラコフ機の行方に立ちふさがるように見えた。

耳元に尾部銃座にいるイワノフの声が響いた。

「カピタン」

「な、何だ？」

クラコフはようやく声を圧しだした。

「敵のレーダー波が動いてます。左から後ろの方へ」

レーダー警戒装置の表示器に目をやる。急降下中、右舷にレーダー波を浴びているのはわかっていた。おそらく日本空軍機だろう。たしかにイワノフのいう通り表示器の赤い輝点が右から右下へ移動している。日本空軍機がクラコフ機をレーダーに捉えたまま、後方へ回りこもうとしているのだろう。

「射程に入ったら撃っちゃってもいいですか」

思いを巡らせたのはわずかな間でしかなかった。日本空軍が先に撃ってくることはない。まだ日本領空に入ってもいないのだ。だが、目の前の嵐で手一杯だし、面倒はできるだけ排除しなくてはならない。

「許可する」

そこにスロコムスキーの声が聞こえてきた。

「今度はおれの番だ」

「馬鹿いうな。それに階級が上の者に向かってその口の利き方はなんだ」

ガキども、こんなときに座席の奪い合いか、頭に血が昇り、怒鳴りつけようとしたときイヤレシーバーを通して銃声が聞こえた。

嘘？

次いでスロコムスキーが異常なしと報告するときのような落ちついた口調でいった。

「イワノフ伍長はちょっとした事故に遭われましたので、後方見張りは自分がやります」

まさか……、何てことを……。

そのとき、またしても機首が強烈に押しさげられ、指の腹に圧力を感じたクラコフは操縦舵輪がそれ以上前方に持っていかれないよう支えた。

F－14

戦術データリンクに星が散らばっていたのは一分弱でしかなかったが、F－14の後席で、息を吹きかえした戦術情報表示器《TID》を見たテンプルは鼻を鳴らし、片眉を上げた。

六個あった識別不明機のシンボルが五個に減っている。南にあったシンボルが四つから三つに減っていた。五つのシンボルマークにはいずれも高度、速度、機首方位が数値で添えられていた。カール・ヴィンソンの西に進んだ巡洋艦か、駆逐艦のレーダーがすでに照準用レーダーでロックオンしているのだ。五つのシンボルマークは東から北、さらに西へと機首を巡らせている。Uターンの最中ということだ。

おそらく五機のベアがフルパワーでジャミングをかけている間に急降下し、地球の丸みによる死角に滑りこんだのだろう。あるいは墜落したか。一分弱の間に海面に向かって一万フィート降下するのはベアにはかなり危険を伴うはずだが、あえて実行したとすれば、明確で強い攻撃意図の表明にほかならない。

テンプルは無線の送信スイッチを押し、母艦の管制官を呼びだし、告げた。

「ブーマー、117。機影《エコー》が一つ消えてる」

〝待機《スタンバイ》せよ〟

スタンバイもクソもあるか、失探《ロスト》したんだろうが——罵声が咽元に引っかかる。

〝ロストしたようだ〟

ようだ、じゃないだろ——テンプルは胸の内で毒づく。

だが、ぐずぐずしている暇はなかった。テンプルは肚を決め、ふたたび送信スイッチを押した。

「隊長、そこにおられるんでしょ？」

沈黙。

ブーマーと第一一一飛行隊長、そして艦長が顔を見合わせている様子が目に浮かぶ。

〝１１７、隊長《ＣＯ》〟

「そちらのレーダーにも日本空軍のＦ－４が映ってるでしょう」

ＴＩＤには敵味方識別装置《ＩＦＦ》が応答している機影が二つあった。カール・ヴィンソンのＣＩＣからデータリンクを通じて送られてきている情報だ。

「連中はベアを見つけて追尾にかかっています」

〝どうしてそんなことがわかる〟

テンプルは臍下《せいか》に力をこめた。

「自分は日本空軍機の交信をモニターしてます。詳細はあとで報告しますが、私がアツギで生まれ、育ったことはご存じじゃないですか。バロンと私はＡＵＧ－９で連中を捕まえられます。連中の先にベアがいる。追いかけます」

〝ダメだ《ネガティブ》、１１７。バックアップを待て〟

「待ってる間に撃たれます」

隊長はもちろん艦長もすべて大文字の海軍飛行士《NAVAL AVIATOR》だ。すべて大文字で表示されるのは、海軍では操縦員を指した。特別な意味を持っているのだ。

イヤレシーバーからはざらついた雑音が聞こえるだけになったが、長くはかからなかった。隊長がいった。

〝捜索せよ〟

「117、了解」

答えながらもAUG－9はスタンバイモードにしたままにしておき、バロンに声をかけた。

「機首方位260《ヘディング・ツー・シックス・ゼロ》で高度二千《エンジェル・ゼロ・ツー》フィート、OK？」

「楽勝《ウォーク・イン・ザ・パーク》だよ、リーン」

F－14は左に機体を傾け、急降下に入る。

テンプルの目はTIDに映っている三機のベアの後方にある二つのシンボルマークを見ていた。どちらにもダイヤマークが付されている。敵味方識別装置《IFF》が正常に作動し、味方であることを示しているのだ。彼我の距離は八海里ほどだ。母艦から飛びたつことができたのは、テンプルたち一機だけでしかない。

ヘッドフォンにはチャンネル2で捉えた日本語の交信が流れている。

〝雲に入る。お前はおれをレーダーでロックオンして二マイル後ろからついてこい。こっちはこのまま目標を追尾する〟

〝ツー〟

艦隊がロストしたベアを航空自衛隊の戦闘機が捉えている。

「バロン、航空灯《ライト》を全部消してくれ」

「何だって？」

「大丈夫、すべておれに任せろ」

「了解」

AUG-9をスタンバイから稼働に切り替えた直後、F-14もまた雲海に突入した。

3

Tu95
大いなる《ミ リュディ》飛翔を果たせる《バリショーヴァ》我らこそ《バリョータ》
新しき《クヂエスニキ》時代の《ノヴィフ》魔術師だ《チュヂエス》
大鷲のごとく《オルリーノエ》空を翔ける《プリエ》飛行士だけが《ミャーピロティ》
蒼穹を《ホジャエヴァ》あまねく《シニフ》支配する《ニエビエス》

縛る《レチム》なき《ミ》世界を飛ぶ《ボヴォリノム》我らには《スヴエトゥ》
烈風に並ぶ《ヤスヴエチエルー》ことも《ダグナチ》易い《ネレフコ》
友よ、《ダサモイ》はるかな《ダリヨーコイ》惑星も《プラニエティ》
今や《ニエ》手を《タク》伸ばせば、《ウジドウルズヤ》届くのだ《ダリエコ》尾部銃座でがなり立てるスロコムスキーの調子っぱずれの歌がヘッドフォンにがんがん響き、クラコフは顔をしかめていた。ナチスドイツとの戦いに勝利したあとに作られたという古い空軍歌『大いなる飛翔《ひしょう》を果たす我ら』は一時大流行したが、今ではほとんど耳にしない。

聴覚神経をつまんでひねり上げる声にクラコフの苛立ちは募っていった。

ふとスロコムスキーの名がダニールであることを思いだした。次男と同じ名前だったからだ。愛称はダーニャ。初めての搭乗割りで顔を合わせたとき、人事考課表を見ながらスロコムスキーとそんな話をしたことがある。長男はルスラーン、ふだんはルーセニカと呼んだ。どちらも妻アンナがつけた名前だ。

ルーセニカ……、ダーニャ……、パパーシャ……。

クラコフと二人の息子は、意味もなく互いを呼びあってはくすくす笑った。また、名前を順に呼びあって笑う。少しずつ笑い声が大きくなり、息子たちが互いに肩を押し合う。それでも笑った。しまいには大きな声で笑いだし、腹筋が痛んで、息ができなくなる。クラコフは二人の息子の小さな躰を腕に抱いた。後ろでは台所に立ったマリアが夕食の支度をしていた。息子たちの髪と汗の匂いまで蘇ってくる。ごく当たり前に流れていた他愛もない時間が今となっては愛《いと》しい。

操縦舵輪から手を離したクラコフはゆっくりと酸素マスクを外し、革のヘッドギアの留め具も外して剝ぎ取った。短く刈った髪が汗に濡れていたことに気がつく。指で一度梳《す》いた。スロコムスキーのがなりたてる歌が聞こえなくなったことにほっとする。平べったくたたんだヘッドギアを地図ケースの上に置いた。

超低空を強風に揺さぶられながら飛びつづけるTu95を制御するのに必死で、ラザーレフにはちらりともクラコフに目を向ける余裕はなかった。

両肩の前にある座席ベルトの留め具も外し、立ちあがった。それでなくともクラコフはゼレンスキーより二十センチ以上背が高かったが、操縦席は通路から三十センチも高くなっている。

ゼレンスキーが後ずさった。さすがにラザーレフも何が起こっているのかわかっているだろうが、やはりふり返る余裕はないようだ。

操縦室後部の兵装担当士官スミルノフが声を張りあげる。

「攻撃開始まで三分」

Tu95は真対気《しんたいき》速度時速六百五十キロで飛行しつづけていた。機体がほんの少し傾いただけで長大な主翼端が盛りあがる波濤《はとう》に捉えられ、機首を海面に叩きつけられかねない。あと三分で急上昇し、爆弾倉のミサイルを投下、発射する。

クラコフは通路に足を下ろし、ミーニンが座る無線士席の天井の縁に手をついた。側面にはびっしりスイッチが並んでいるので触れないように気をつけなくてはならない。

ゼレンスキーが顎を上げ、目を剝いた。血の気の引いた顔は白っぽく、逆に白目の血管が浮きあがって目は赤かった。

「な、な、何だ……、何ですか、カピタン」

腰の拳銃に手を伸ばしていた。機体がぐらりと揺れ、ミーニンに向かって倒れそうになったのでクラコフはゼレンスキーの左腕を押さえた。反射的な動きに過ぎなかったのだろう。拳銃を抜き、クラコフの胸に突きつけた。

「手を離せ」

悲鳴のような命令にクラコフは落ちついてうなずき、手を離した。拳銃を見ようともせず、ゼレンスキーの目を見て、笑みを浮かべる。

「子供の頃、父親《アチエーツ》をパパーシャと呼んでたか。それともパパーシュカだった？」

「何の話だ」

ゼレンスキーの目は落ちつきなく左右に動いた。

「あわてるな。時間はたっぷりとある」クラコフはゼレンスキーの目をのぞいたまま、言葉を継いだ。「うちはパパーシャだ。私がそう呼んでたんじゃなく、私の息子たちが私をそう呼んだ……、パパーシャとね」

二人の息子の声が耳の底に響く。

「座れ、座るんだ、カピタン」

ゼレンスキーがクラコフの左胸に銃口を押しあて、強く突いた。しかし、クラコフはぴくりとも動かずゼレンスキーを見つめ、辛抱強くつづけた。

「パパーシャと呼ばれるのは、親父《おやじ》をそう呼ぶよりはるかに気分がいいぞ、ゼレンスキー。お前ももうじきそう呼ばれるんだろ？」

ゼレンスキーの唇が震えた。

クラコフは声を励ました。

「帰ろう。皆で生きて帰るんだ、ゼレンスキー。死ぬのは私ひとりだけでいい。すべての責めはカピタンである私が背負う」

そのとき操縦室最後尾の火器管制パネルに向きあっていたスミルノフが上体をひねり、ヘッドフォンに手を当てたまま怒鳴った。

「一分前」

ほとんど同時に機首がぐいと持ちあがり、ふり返っていたスミルノフがぎょっとしたように目を見開いた。ゼレンスキーが左足を後ろに引いて躰を支え、クラコフは爪先に力を込めると同時に左手を天井についた。

スミルノフが慌てて火器管制パネルに向きなおり、上部に並んだ真紅のセレクターノブに手を伸ばした。真紅のノブを一杯まで左に回すことで主兵装《マスターアーム》が選択される。

主兵装——爆弾倉に収められた三発の核弾頭付きミサイル〈オーニクス〉にほかなら

ない。あとは管制パネル中央のボタンを押しこむだけで自動的に爆弾倉を閉ざしている扉が火薬で吹き飛ばされ、連結されたオーニクスが機外に放りだされる。上昇するTu95の動きに連動し、いったん宙に放りあげられたオーニクスは連結器具が弾《はじ》け、空中で三本に分離してロケットモーターに点火する。

機内に禍々しい警報が響きわたった。敵空母艦隊を護衛する巡洋艦か駆逐艦のレーダーがクラコフ機を捕捉したのだろう。だが、敵の艦対空ミサイルの射程まではまだ距離がある。そのわずかな猶予の間にオーニクスを放りだし、急旋回を切って逃亡を図ることになっていた。

そのとき左足で踏みしめている床がすとんと沈んだ。

何？

機首に背を向けているクラコフの左足が沈むのは、右の主翼が下がったからだ。機体の傾きがさらに大きくなり、ゼレンスキーがふらつき、スミルノフが立ちあがってふり返り、副操縦士の名を叫んだ。

「ラザーレフ、貴様、何してる？」

F－14

トムキャットの後部座席は、前席より五インチ高くレイアウトされており、そのためバロンの頭上に突きでている射出座席上部越しに正面を見ることができた。数々あるF－14の美点の一つに挙げられていいとテンプルは思っている。

台風の縁で渦巻く雲の中に突っこみ、激しく揺さぶられながらもテンプルは計器盤の上に取りつけられたハンドルにしっかりつかまり、眼前に広がる暗く、おどろおどろしい光景に魅せられていた。

離艦して左旋回し、七千フィートまで上昇したときには台風の雲を抜け、月光に照らされて蒼く染まった雲海が見渡すかぎり広がっていた。航空自衛隊の戦闘機を追ってふたたび雲中に突入して雲底の下へ抜けだしたとき、光景は一変した。

頭上を覆って広がる雲は不気味な発光をくり返し、眼下の海は暗く、時おり鈍い雷光に照らされて無数の白波が寄せ、絶え間なくうごめいているのが見えた。月光に照らされた楽園から数十秒で不気味な地獄へ降りてきたようだ。

「おお、ドラクロアだ」

バロンが感嘆のつぶやきを漏らした。意味はわからなかったが、あっさりうなずいた。

「そうだな」

テンプルは正面のレーダーディスプレイに目を向け、表示されている状況をバロンに伝えた。

「左に二機、日本空軍《ジャパン・エアフォース》の戦闘機……、たぶんF－4」

「ファントムだって？　旧　型《オールドタイマー》じゃないか。とっくに退役じゃないのか」

「連中はまだ現役で使ってる。十時、やや高い位置に一機、たぶんその二マイルくらい先にもう一機。こっちはおれたちと同じ高度《レベル》だ。こいつが一番機《リーダー》だ。おれたちのターゲットは、さらに先……、ほぼ正面、四マイルだ。見えるか」

わずかに間があって、バロンが答えた。

「見えた」

「ターゲットは？」

「こっちの方がはっきりしている。でかいからだな。ベアだ。シルエットだけでもプロペラが回ってるのがわかる。間違いようがない」

両脚の間にあるジョイスティックを右手で握ったテンプルは親指でレーダー波の向きを上下させるホィールを動かし、ターゲットを二本のバーで挟んだところでトリガーを引いた。

ターゲットがフラッシュする。

「捕捉《ロックオン》」

レーダースコープにはターゲットまでの距離と方位、ターゲット自体の高度、針路、速度が表示される。テンプルは眉を上げた。

「連中、何考えてんだ？　百フィートで飛んでるぜ」

「見えてるよ。翼端が波にぶつかりそうだ。いっそ墜ちてくれりゃ、手っ取り早いし、こっちもすっきりするんだがな」

F－14はターゲットに対し、千フィート以上高く、速度で百ノット上回っていた。ターゲットまでの距離は八海里。短射程の赤外線《ヒート》ミサイルでも撃ち墜とせる距離だが、間に航空自衛隊のF－4が二機挟まっている以上、まだ撃つわけにはいかない。

すでにターゲットがベアであることはバロンが肉眼で確認している。しかし、シルエットという以上、国籍マークまでは見えていない。それに公海上にあり、ベアから攻撃を受けるか、明らかな敵対行為が確認できないかぎりこちらから反撃するわけにはいかない。

テンプルは左上方をちらりと見た。衝突防止用のフラッシュライトや編隊灯、航空灯をすべて点灯したF－4の二番機を追い抜いていく。二機の航空自衛隊機はターゲットと速度を合わせているようなのでF－14の優速は変わらない。

ふいに視界の右隅で赤いランプが灯り、耳元に不快な警報が響く。レーダー警報受信機《RWR》が作動したのだ。

「ロックされた」

バロンが淡々という。目の前の事実を告げているだけという調子だ。

「ああ」テンプルは酸素マスクの内側で唇を嘗めた。「連中がケツにつけてる銃座だろう。まだ一マイル半ある。こっちが先にあいつらを撃ち墜とせる。ウォーク・イン・ザ・パークだろ、バロン？」

銃弾こそ飛んできていないが、照準用レーダーでロックオンしてきたのだから明らかな敵対行為と見なすことができる。すでにテンプルもAUG－9でロックオンしているのでベアはいつでも反撃してくればいい。真後ろに向かって飛ぶミサイルでも積んでいれば、撃ってくるかも知れない。

そのときバロンが罵り、機体を右に傾けた。

「クソッ《フ＊＊ク》、何やってやがんだ、あの野郎」

F－4

何やってんだ、あいつ？――本庄は右前を飛ぶベアを見つめて胸の内でつぶやいた。視線の先には異様に低く飛ぶベアがあった。時おり閃く鈍い雷光に照らされ、銀色の長い主翼と白波が描く波紋が見える。まるで煮えたぎる鍋の上すれすれを、次々現れる泡を右に左に躱しているようだ。

全幅五十メートルを誇る長大な翼も一海里――一・八二五キロ先にあれば、指先に乗るミニチュアのようにしか見えない。そのミニチュアには七人か、八人、もしかするとそれ以上の人間が乗っているはずだが、現実味に乏しかった。

尾部には銃座がある。暗い中、尻から突きでた銃身を見分けることはできなかった。装塡された実弾には曳光弾が混ぜてあるだろう。飛行機が初めて戦争に投入された当初から射手が振りまわす旋回機関銃は搭載されていた。それ以前は搭乗員がピストルやライフルで撃ち合っていた。戦闘機の機首に載せた機関銃をプロペラ越しに正面に撃てるようになったのは、その後のことだ。進行方向と射線を一致させて、命中率は大きく向上する。当初は自分で自分のプロペラを撃ち飛ばし、墜落する間抜けな事例がいくつもあったらしい。そのうち銃口がプロペラの間に来るタイミングで発射する機構が開発され、ようやく実用的な武器になった。

動いている飛行機から動いている飛行機を狙って、動かせる機銃をふり向け、狙いをつけて引き金をひいても命中弾など得られるものではない。レーダーで照準し、コンピューターが機銃の動きを制御するようになった現在でもあまり変わらない。

曳光弾を混ぜてあるのは、虫除《むしよ》けスプレー程度の効果を期待してのことだ。大型機の銃座から機関砲を撃っても、高速で、しかも軽快に動きまわる戦闘機を撃つのは難しいが、それでも光を発しながら飛ぶ銃弾をばらまかれれば避《よ》ける。相手が撃ってくれば、正当防衛という天下御免の許可状を得られるわけで、ひらりと躱した戦闘機は撃ってきた相手に向かって射弾を送りこむ。

進行方向に向かって撃ったとしても戦闘機の動きによって弾道は変化するが、それでも機体に取りつけた機銃を横に向けて撃つよりははるかに制御しやすい。

　射程外だとしてもベアが後ろについた戦闘機——本庄のF－4をうるさいと思えば、撃ってくる可能性はあった。だが、真後ろにつけないより大きな理由があった。ベアの巨大プロペラ——二重反転方式で八組ある——が巻きおこす後流に巻きこまれないためだ。暴れ狂う空気の流れに飛びこんでしまえば、あっという間にコントロールを失い、墜落する恐れがある。

　右前方を飛ぶベアを見ながら本庄は自問せざるを得なかった。

　おれ、何をするつもりなんだ？

　スクランブルで上がったF－4は機関砲弾六百発、赤外線追尾式ミサイル〈サイドワインダー〉二発を搭載している。だが、計器盤中央、左寄りにあるマスターアームスイッチは下がったままだ。機関砲にしろミサイルにしろ使用するためには、まずマスターアームスイッチを引っぱり、上げてオンにしなくてはならない。その上でサイドワインダーの弾頭に取りつけられている感知部《シーカー》をアルゴンガスで冷却し、目標が発する赤外線を感じ取れるようにする必要があった。

　いうなれば、実弾の入った銃を携行してはいるもののしっかり安全装置をかけ、ケースに収めてあるのと同じだ。

　ベアは防空識別圏を飛んでいたが、日本領空まではまだ七十マイルほどもある。つまり現時点ではベアを撃つ理由がそもそも存在しない。

そのとき前方を飛ぶベアがいきなり機首を持ちあげ、上昇に転じたかと思うと右に主翼を傾斜《バンク》させる。白波が翼端を引っかけそうになり、本庄は思わず声を上げた。

「げげっ」

直後、ウィングマン中田《テコ》の声が耳を打つ。

〝ジョー、右、トムキャット、航空灯《ノーライト》を消してる〟

トムキャット？

あれこれ考えている暇はない。とりあえず機体を右に六十度バンクさせ、操縦桿を引いて機首を上げながらスロットルレバーをミリタリーパワーまで前進させた。右のラダーペダルを踏みこんでロール・インし、頭をヘッドレストの右に出して後方を見やる。

目を剝いた。

立てつづけに閃いた雷光を背景に翼を開いたトムキャットのシルエットが浮かびあがり、突っこんでくる。

レーダー警報がやかましい。ＲＷＲの表示に目をやる余裕はない。だが、音が聞こえてくるのは前方――ベアからだ。

トムキャットの意図は明白だ。本庄機に並びかけ、ベアを撃つ。

誰にも一発も撃たせるな……、撃つな……。

そこに唯一、航空自衛隊の勝利がある。

トムキャットは本庄機より低い位置を抜けようとしている。そうはさせるか。トムキャットの進路をふさぐため、本庄は本能的に操縦桿を右に倒した。

ジョー――。

永友か、中田か、あるいは二人同時なのかはわからなかった。タックネームで呼びかけられた瞬間、理解した。

やっちまった。

アドバース・ヨーに入ったF－4の機首がいきなり左に振られ、ヘルメットが激しく風防の内側に打ちつけられる。

衝撃に首が胴にめり込み、意識が飛んだ。

Tu95

機体が大きく右に傾いたため、またしても倒れそうになったゼレンスキーにクラコフは手を差しかけた。だが、今度は左腕ではなく、拳銃を持った右手を握った。ゼレンスキーが引き金にかけた右手の人差し指に力を込める。関節が真っ白になったが、びくともしない。

祖父、父から受けついできた木こりの大きな手がゼレンスキーの右手を拳銃ごとすっぽり包み、太い親指が撃鉄を押さえつけている。

ダブルアクションのマカロフは引き金をひいて撃鉄を起こさないかぎり発射できない。

クラコフは声を張り、操縦室の全員に聞こえるようにいった。

「帰ろう。皆で……」

左舷の無線士ミーニンが引き攣《つ》った顔を上げ、震える声で告げた。

「カピタン、尾部銃座が……」

4

F－4
「またやったんですか」

F－4前席のキャノピーを見上げて呆《あき》れて首を振る機付長に本庄は両手を合わせた。

「申し訳ない」

降機したばかりでGスーツ、ハーネス、サバイバルベストは身に着けたままで曲げた左肘にヘルメットバッグを提げている。機付長が見上げるキャノピーの左側、真ん中より少し後ろにグレーの線がついていた。幅は一センチほど、長さは七、八センチある。ヘルメットの塗料だ。

空戦機動戦《ACM》の訓練中、機体を右に九十度傾斜《バンク》させ、操縦桿を思いきり引いて急旋回を切った。左上方から突進してきた相手機を躱すためだったが、くだんの相手——川上《ガミ》が本庄の機動の内側に切れこんできたのを見ようと左上方に頭を振った。そのときGで左に振られた頭をキャノピーの内側にぶつけ、ヘルメットが擦《こす》りつけられたのである。

川上がどのような機動をして本庄の内側に入りこんできたのか見当もつかなかったが、ヘルメットの前額部についたバイザーカバーにじりじりと近づき、陰に入っていった。

直後、川上の声が耳を打った。

〝短射程《フォックス》ミサイル発射《・ツー》〟

真後ろについた川上が本庄を赤外線追尾式ミサイルで撃ったというコールだ。

本庄はたびたびキャノピーの内側にヘルメットを擦りつけていた。理由はわかっている。F－4の射出座席とラダーペダルはパイロットの体格に合わせて調整《アジャスト》できるようになっている。本庄は座席をもっとも高い位置まで上げ、ラダーペダルをもっとも手前にセットしていた。

座席を高くすれば、首や腰にかかる負担が大きくなり、頸椎捻挫《けいついねんざ》の危険があったが、後方の視野が広がる。座席を上げればラダーペダルが遠くなるので手前に持ってくるのだが、必ずしも目一杯近づける必要はなかった。だが、いざというときに思いきり踏んで方向舵をより大きく使いたかった。

座席を上げれば、ヘルメットと風防の間隔は狭くなり、ラダーペダルを手前に持ってくれば、まっすぐ飛んでいるときにはわずかながら膝を曲げたままにしておかなければならなかったが、肝心なのは機動戦や対領空侵犯措置行動のとき、視野を広げ、思い切った機動ができることと思い定めていた。

そもそもアメリカで設計されたF－4の操縦席は大柄なパイロット――はっきりいって胴長――に合わせてあるため、アメリカ人に比べて小柄な日本人が最適なポジションを選ぶのには苦労する。中には座席を低くしたまま、操縦席の左右の縁からヘルメットの上部がのぞいているだけというパイロットもいた。

着陸するときに滑走路が見えてるのかとよけいな心配をしたくなる。

F－4は開発段階ではレーダーを搭載していなかった。機体設計がほぼ完了した段階でレーダーを収めるため、機首が延長された。さらに空軍型では、空母のエレベーターサイズという制限がなくなったため、より大型の電子機器を搭載できるよう機首が伸ばされている。着陸進入時には、機首上げ姿勢で接近していくのだが、当然持ちあがった機首が前をふさぐ。本庄は着地点《タッチダウンポイント》をしっかり視認しながら降りていけるが、座席が低く、潜りこんだように見えるパイロットの視野は機首でふさがれているだろう。

両手を合わせ、申し訳ないと機付長を拝むように詫《わ》びながら、あとで五十本の箱入り缶コーヒーを整備小隊に持っていかなきゃと思っているとき、はっと目を開いた。

真っ先に目に飛びこんできたのは速度計だ。内蔵された小さなライトが照らす文字盤の上で指針がじりじりと反時計回りに動いている。針先は百五十ノットを過ぎ、さらに左へ動いていった。半ば無意識のうちに左手に握りこんだスロットルレバーを前進させようとした。だが、びくともしない。前にも、左にも動かない。

F－4でアフターバーナーに点火する際には、スロットルレバーをミリタリーパワーまで押しこみ、さらに左の隔壁側に移して前へ出さなくてはならなかった。目をやった。左手は計器盤を突きそうなほど前に出ている。とっくにアフターバーナーは最大出力に入れてあるのだ。

点いてないのか。

燃料計の中にある四角いデジタル表示窓を見る。燃料総量を数字で示していて、凄まじい勢いで数字が減じていた。燃料が出ているのは間違いないが、排気温度計、燃料流量計を見てもアフターバーナーに点火しているのかはわからない。どちらのセンサーもアフターバーナー区画より前方に取りつけられている。

実はアフターバーナーが着火しているか否かは体感でしか感知できない。離陸時のようにゼロから加速していくのであれば、加速感があるが、四百ノットも出ていれば、多少速度が加わったところで実感するのは難しい。

はっとして、自分を叱る。

姿勢を見ろ。

たとえば極端な機首上げになっていれば、エンジンがフルパワーを絞りだしていてもじりじりと速度が落ちていく。

息が詰まった。計器がすべて滲んでしまっている。姿勢指示器《ADI》は高速回転し、灰色一色だ。まばたきをくり返したが、何もかもはっきりと読めない。心臓の鼓動が激しい。左胸だけでなく、首筋、耳の後ろにも脈動を感じ、両腕、両脚ともしびれてしまっている。

声を出そうとしたが、舌がふくれあがって口中を塞いでいる。

何だ？　何が起こってるんだ？

目を上げた。風防の外は暗黒で何も見えず、ヘッドフォンからは何も聞こえてこない。背後で回るエンジンの排気音は音というより重い震動となって尻に響いてくる。わかっているのはただ一つ、ベアを追って雲を抜け、低空まで降りたことだ。とりあえず海に突っこまないよう機首を上げなくては……。

操縦桿を引こうとしたが、びくともしない。

またじりっと速度計の指針が動いた。目をやって愕然《がくぜん》とする。百四十ノット。F-4は百四十八ノットで失速する。

失速……、墜落……、その先は……。

そのとき、右足の爪先辺りから聞こえた。

赤ん坊の泣き声だ。

操縦桿に目を向けた。グリーンの耐火手袋が握っている。その先から赤ん坊の泣き声が聞こえてくる。

直感した。

我が子だ。

操縦桿を握った右手を突きだした。せめて赤ん坊を抱きあげたかった。小さな命、懸命に泣きつづける命に手を差しのべただけだ。

ふいに目の焦点が合い、ＡＤＩがくっきりと見えた。灰色一色に見えていたのは、表示盤が高速回転していたからではなく、機首がほとんど真上を向いていたからだ。右下の迎え角計《AOA》の針がすっと下がり、ＡＤＩの水平のラインが次々上がって、やがて黒い表示になった。水平線が左に傾いている。慎重に操縦桿を右へ倒し、機体を水平にする。機速が一気に跳ねあがり、三百ノットを超え、さらに上昇する。

耳元に永友の声が聞こえた。

「ジョー、アフターバーナー《A/B》、切って」

左手を後ろに引いた。

聴覚も戻った。永友の声につづいて聞こえてきたのは、荒い自分の息だった。ほどなくF－4は月光に照らされた雲海の上に飛びだした。

燃料計に目をやって、思わず声が出た。

「五千五百？　燃料漏れてるのか」

「ずいぶん長い間A／B入れっぱなしでしたからね」永友の声は落ちついている。

「新田原《にゆうた》基地まで帰るにはちょっとしんどそうですね」

使ったのは八千ポンドってところだな──本庄はさっと暗算した。

アフターバーナーを全開にしていれば、二発のエンジンで毎分千六百ポンドの燃料を消費する。八千ポンド消費するには五分……、たしかにずいぶん長い。

「築城だな」

福江島東方まで進出してきているので新田原基地より福岡県の築城基地の方が五、六十海里ほど近い。まずは高度をとって、あとはエンジンをアイドルポジションまで絞り、徐々に降下して重力を利用しながら飛行距離を延ばすのが最善策だ。本庄は無線機の送信スイッチを入れ、ウィングマンを呼んだ。

「テコ、ジョー」

〝ツー〟

「三万五千まで上がって、築城に向かう」

〝ツー〟

優秀なウィングマンはよけいな口を利かない。そして中田《テコ》は優れたパイロットだった。

Tu95
左側の操縦席に戻ったクラコフは革のヘッドギアを被った。ヘッドフォンから声が流れてくる。

「カピタン？」

クラコフは目を見開いた。間違いないとは思いながらも確認せずにはいられなかった。

「イワノフか」

「はい」

「お前、スロコムスキーに……」

「ええ」イワノフがさえぎるように答える。「撃たれました。あの野郎、雑嚢に拳銃を隠し持ってました」

「お前、大丈夫なのか」

「弾は当たったんですが、小っちゃなマカロフでしたから……」

クラコフは思わず天を仰いだ。今宵《こよい》三挺目《ちょうめ》のマカロフだ。

イワノフがつづける。

「飛行服やらハーネスやらで勢いを殺《そ》がれたんですね。脇腹を少し抉《えぐ》られましたけど、大した傷じゃありません」

「スロコムスキーはどうした？」

「急旋回したじゃないですか。そのときに座席から放りだされて隔壁に頭打ったんです。間抜けな奴め。ちゃんと座席ベルトを留めてなかったんです」

「頭を打ったって？」

「生きてはいます。動くと面倒なんでアルミテープで手首と足首をぐるぐる巻きにしておきました。ガチャガチャうるさいんで猿ぐつわもしときました」

「アルミテープって？」

「尾部銃座じゃ、必需品です。こいつは頑丈だけどおんぼろなんで、隔壁に亀裂が入ることがあって、とりあえずアルミテープで塞ぐんですよ。こいつは万能ですね。ついでにおれの腹の傷にも貼りつけておきました」

　右席でラザーレフが圧し殺した笑いを漏らしている。

　右翼を大きく下げたTｕ95はそのまま右に旋回し、西に機首を向け、水平飛行に戻ってから徐々に高度を上げつつあった。

「それで出血は止まったのか」

「ほとんど血は出てません。弾は浅く脇腹を削っただけですから」

「スロコムスキーが窒息しないようにみててやってくれないか」

「了解です、カピタン」

クラコフは口元を覆っていた酸素マスクを外し、ラザーレフの横顔に目を向けた。

「ありがとう」

「あなたがカピタン、それだけのことです」

「一つ、訊きたいんだが」

「何でしょう？」

ラザーレフが見返してくる。相変わらずくたびれた、冴《さ》えない中年男の貌だ。

「敵機が後ろに回ってきていた。それも単機じゃない。状況を把握していたか」

ラザーレフが穏やかに頬笑む。

「立て直すのに精一杯でした」

「了解」クラコフもようやく笑みを浮かべることができた。「さて、計画通り我々もウクラインカに帰ろう。長い一日だった。皆、家族に会いたいだろ」

「そうですね」

自分で口にしておきながら家族という言葉に胸底がひりひりするのを感じた。攻撃を中止し、基地へ戻るのだから搭乗員はいずれも無罪放免とはならないだろう。だが、命をかけても搭乗員を守りきるつもりだ。

ずいぶん軽い命だなという皮肉な思いが脳裏を過っていく。

クラコフは後方をふり返った。ゲルト、ミーニン、スミルノフ、そしてゼレンスキーはそれぞれの担当部署に就き、背中を見せている。

前に向きなおった。

二人の息子と妻には二度と会えないだろう。息苦しさはあったが、後ろめたさはなくなっていた。それでいい。真っ暗な前面風防を見つめて、胸の内につぶやく。

いや、搭乗員《こいつ》らも、私の、大切な家族だ。

たった一つで全員を救えるならば、おれの命も軽くはない。

F－14

あのとき、バロンは撃っただろうか、とテンプルは思った。

シルエットではあったが、ベアが機首を上げるのをバロンもテンプルも視認している。直後、尾部銃座にロックオンされ、レーダー警報が鳴った。そのとき、翼下に吊ったサイドワインダー弾頭部の赤外線シーカーは完璧に冷却されており、目標を捉えたことを表すトーンは耳障りなほど大きくなっていた。

バロンは間違いなく撃っていた。

間抜けなF－4さえ目の前に飛びこんでこなければ……。

テンプルはニーボードのノートに視線を落とした。そこには小さな手書き文字で記したアルファベットと数字が並んでいる。航空自衛隊の各飛行隊が使用している内部交信用の周波数一覧だ。新田原基地《NYUTABARU A.B.》と記され、わきに数字が書きこんである。

今、F－14は岩国の海兵隊基地に向かっている。カール・ヴィンソンは台風を完全に抜けたもののうねりが収まらず飛行甲板が常時二十フィート以上上下しているため、岩国に向かうこととなった。

岩国の海兵隊には戦闘機部隊が置かれており、なぜか航空自衛隊と相性がよかった。ひょっとしたらF－4という同じ機種を運用している部隊同士だったからかも知れない。すでに海兵隊の攻撃飛行隊ではF－4から垂直離着陸戦闘機AV－8BハリアーⅡに機種転換されているが、相変わらず航空自衛隊とは共同訓練に励んでいるらしい。距離が近いこともあって九州にある二つの部隊、築城基地の第三〇四飛行隊、新田原基地の第三〇一飛行隊との訓練がとりわけ多かった。厳しい空戦機動訓練を行うためには、安全のため、互いの部隊内通信周波数を教え、モニターするようにしていた。

ニーボードのノートに書いてある周波数は、ある海兵隊のパイロットを通じて手に入れたものだ。海軍に入るよりはるか昔、小学生の頃からの知り合いで同じ時期にアツギにいた。もっとも向こうは父親が海軍パイロットだったので基地内の学校に通っていたが、市内の小学校との共同課外学習で知り合った。

同い年、父親が黒人で母親が日本人という共通点もあった。お互い何となく感じるものがあったのだろう。友達になるのは難しくなかった。

イワクニに配属されてもいたが、交換将校として航空自衛隊で一年間勤務していたこともある。部隊内の周波数を記したメモはそのときに作成したものだ。日本語の混じる交信内容は海兵隊、海軍の飛行士には理解できなかったが、テンプルには問題なかった。母艦が横須賀に寄港した際、わざわざイワクニからテンプルを訪ねて来てくれた。将校クラブで飲んでいるとき、何かの役に立つかも知れないといってカウンターの上を滑らせてきた。

ノートを閉じる。

「リーン、左前方《イレブン・オクロック》、少し上《リトル・ハイ》」

バロンにいわれ、目をやった。月夜に浮かぶ二機のシルエットが見てとれた。バロンが右に旋回し、低い位置から接近する。今やはっきりとF－4であることがわかった。胴体下ではフラッシュライトが瞬き、右舷を表すグリーン、左舷のレッドも見分けられる。目の前にグリーンライトがあるということは東に向かっているのだろう。

テンプルたちが低空を飛ぶペアを追いかけている間にあとの五機は針路を北に取って遠ざかっていた。目の前のF－4はその編隊に対処するため、対馬周辺まで行った帰りだろう。おそらく築城基地の第三〇四飛行隊所属機だ。

バロンがエンジンの出力を上げた。

「おい、何するつもりだ？」

テンプルの問いにバロンがさらりと答える。

「同盟軍機《マイ・フレンド》にちょっと挨拶」

上昇し、ゆるく編隊を組んだ二機のＦ－４のリーダーに並びかけたバロンが左手を挙げる。Ｆ－４のパイロットが頭を動かすのが見える。

バロンのことだからただの挨拶で終わるわけがない。

直後、Ｆ－14が機首を上げ、横転、背面飛行に入る。月光で青く染まった雲海が天蓋となる。

やれやれ、ザ・バロン——口元に笑みを浮かべたテンプルの脳裏を母の面差しが過っていく。

神様はイジワルなんだよ……。

口癖じみたひと言をいったあと、母がつづけたことがあった。

『シクハックっていうでしょ』

『わからない、何？』

『四　苦　八　苦《フォー・ペインズ・アンド・エイト・ペインズ》』

英語に言い換えたつもりだったろうが、意味は相変わらずわからなかった。だが、黙って聞いていた。

『フォー・ペインズの方は、生、老、病、死のこと。この世に生まれてきたことの苦しみをお前に背負わせちゃったかも知れない……、ごめんね』

母はつづけた。

『でも、もっと苦しいのは心寄せてくれる人、お前が心寄せられる人がいないこと、独りぼっちってことだよ』

天地が逆さまになったF－14の後部座席でテンプルは母に語りかけていた。

大丈夫だよ、母ちゃん、おれはちょっと脳の足りないバグになって、前にはもうちょっと脳の足りない、たまに手がつけられないほど熱くなるバグがもう一匹いる。海軍航空部隊はバグでいっぱいだけど、仲間を見捨てないんだ……。

そしておれは母ちゃんに会えた。世界中でたった一人のおれの味方。生まれてきた苦痛なんかあるもんか。

胸の底が温かくなった。

被せていったものの、F－4は一瞬早く高度を下げ、右に開いてF－14の後方に回りこんでくる。バロンが愉快そうに笑い、いった。

「クソッ、こいつ、案外うまいぞ」

「燃料が少ないことを忘れるな」

テンプルはやんわりと注意した。

場所は福岡県の北方沖、玄界灘《げんかいなだ》上空だが、まっすぐ飛んでいけば、岩国にたどり着ける。アフターバーナーさえ使わなければ、燃料切れの心配はない。

5

F－4、福岡県・築城基地
正面にちらちら瞬いているのは築城基地の滑走路灯だ。本庄はちらりと燃料計に目をやる。残燃料はついに千ポンドを切った。

福江島の東方沖で洋上にあって残り五千五百ポンドと知ったとき、すぐに築城基地への着陸を決断した。築城、新田原のどちらにも直行できたとして、新田原基地の方が五十海里ほど遠い。

本庄はとりあえず三万五千フィートにまで上昇することをウィングマンの中田に告げ、上昇を開始した。三万五千フィートで水平飛行に移ったときには五島列島の東端まで達しており、築城基地まで百海里ほどになっていた。上昇するのに四千ポンドの燃料を使った。

スロットルレバーをアイドルポジションまで引き、あとは高度を速度に変換しながらゆっくりと降下してきた。長崎県、佐賀県を越え、福岡県中部の炭鉱で栄えた山々の上を次第に高度を下げながら進んできた。

幸いだったのは、山側から海へ向かう滑走路07《ランウエイ・ゼロ・セブン》にまっすぐ降りるストレート・インをリクエストし、認められた点だ。天候次第によって、いったん海に出て百八十度旋回、洋上から西方の山に向かって着陸進入しなくてはならない場合もある。

残燃料を示す燃料計の半円形の帯がまた短くなる。八百ポンド、両エンジンに四百ポンドずつ残っている。マニュアルによれば、エンジン一本あたり三百ポンドを切るといつ燃焼停止《フレームアウト》してもおかしくないとされている。

「築城は今日一日雨だったようです」

永友がいう。

「かなり強かったようか」

「しょぼしょぼだったみたいですけど、まだランウェイは濡れてるそうです」

「築城だしな」

本庄は答えた。築城基地の滑走路は新田原基地に比べて千フィート、三百メートルほど短い。おまけに濡れていれば、滑りやすい。

「それじゃ、どーんと行かなきゃな」

「二階から飛び降りるつもりで」

「懐かしいね」

着陸点が迫ってくる。ちらりと進入角指示灯《PAPI》に目をやる。四つ並んだ灯火の内、左二つが白、右二つが赤――進入角適正、機速百二十五ノット、すでにギア、フラップは降ろしてある。機首は五度上向き。地面が近づくと機首が吸いこまれるように下がるのを操縦桿を右の中指、薬指の腹で支え、トリムタブをクリックする。右手が勝手に動いていた。

滑走路端、そしてシマウマ模様《スレッシュホールド》を越え、タッチダウン。多少強めでも着陸点が先に延びないことを優先させる。ノーズギアがつき、ブレーキを踏み、制動傘《シュート・ディプロイ》を開く。水しぶきで前が見えないほどではなかった。

そのとき右エンジンの燃料流量計、回転計、排気温度計の指針がそろって反時計回りに動く。燃料が切れ、フレームアウトしたのだ。すでにタッチダウンしているのでまったく影響はない。左エンジンもいつ止まってもおかしくなかったが、できれば、駐機場に入り、定位置につくまで自力走行したかった。後ろではウィングマンの中田機が着陸態勢に入っている。

管制塔の指示に従い、駐機場に入った。整備隊員が手招きするのに合わせ、そろそろと前進していく。両腕を広げたところで停止。エンジンをシャットダウンしようと手を伸ばしたとき、左エンジンもフレームアウトした。それでも左右のスロットルレバーのフィンガーリフトを持ちあげ、シャットダウンポジションに持っていく。

キャノピーを上げたとき、滑走路上にJ79エンジンの轟音が響きわたった。目を向ける。中田機が無事に着陸し、機尾からするすると制動傘が伸び、大きく開いた。

スイッチを切り、ひと渡り点検したとき、操縦席の縁にラダーがかけられ、整備隊員が上ってきた。

「お疲れさまです」

「ありがとう。世話になる」

整備隊員がにっこり頬笑んでうなずいた。

「ようこそ築城へ」

ラダーを降り、コンクリートを踏みしめ、長かったぁと思った刹那、膝の力が抜けた。あとから降りてきた永友が腕を取ってくれる。

「大丈夫ッスか」

「ああ、サンキュー、DJ」

本庄は機体を見上げた。

ノーズナンバー333が雨に濡れている。

終　章　兵《つわもの》どもが夢のあと

令和二年（二〇二〇）十一月九日午後一時、茨城県・百里基地

ノーズナンバー333のF－4が機付長の合図に従ってゆっくりと動きだした。

さっきまで大はしゃぎして声が嗄《か》れるほど嬌声《きょうせい》をあげていた八歳の大輝《ひろき》と五歳の花《か》代《よ》が声を噤み、本庄の両わきにぴたりと張りついた。ほんのちょっとスロットルレバーを押しただけで、J79ターボジェットエンジン二基は重く、おどろおどろしい轟音をそばに立つ者の腹に響かせる。

採り入れた空気を圧縮し、燃料を混ぜ、そのまま燃焼室で点火したあと、排気として噴出するため、ストレートジェットとも呼ばれ、より大口径のファンで取りこんだ空気の一部を排気とし、残りを燃焼室の周りに高速で流すターボファンエンジンと区別される。ターボファンエンジンの方が燃料効率がよく、より大きなパワーを発揮できた。

ターボファンに比べれば、古めかしく、効率が悪くて愚直、いわば要領が悪いストレートジェットは、F－4ファントムと、その搭乗員《ライダー》によく似合った。

しがみつく二人の孫の頭を抱き、本庄はかたわらに立つ二人の女性——妻由美子と、一人娘の里美《さとみ》——をふり返った。

こんな偶然って、あるのか。

そう思わずにいられなかった。333号機に乗りこみ、新田原基地からスクランブルで上がったあの夜、熊本市内の病院で生まれたのが里美だ。子宮筋腫によって胎児が圧迫され、母子ともに命の危険があった。二つの命を同時に救ってくれた女医の名前をもらって、娘につけた。産後、由美子は子宮の摘出手術を受けなくてはならず二度と子供は産めなくなったが、里美が無事に生まれ、すくすく育ってくれただけで夫婦は幸せだった。

孫二人の温《ぬく》もりを腰の両側に感じながら本庄は駐機場に視線を戻した。

令和二年十一月中旬、かつてF‐4に乗っていた航空自衛隊OBが招かれ、飛行を見学する日が設けられた。定年退職後、妻、娘とともに熊本市内に移り住んだ本庄は、この日、熊本から上京、埼玉県にある里美の自宅——熊本市内の家で親子三人が暮らしたのは一年足らずでしかなかった——に一泊したあと、今朝早く家を出て、茨城県の百里基地までやって来た。

第三〇一飛行隊は、F‐4を運用する最後の部隊となり、所属する二十七機もあとひと月ほどで全機退役し、飛行隊は青森県三沢基地に移動し、最新鋭機F‐35の部隊になる。

「うるさいねぇ」

花代が本庄の腰に抱きついたまま声を張りあげる。里美が腰をかがめ、二人の子供に告げた。

「あの飛行機はね、昔、お祖父ちゃんが乗ってたんだよ」

とたんに二人の孫が本庄を見上げる。どうにも照れくさく、孫たちに目をやることができなかった。

全機退役前にF－4に関わったOBとその家族に日の丸をつけたファントムが飛ぶ姿を見せようと企画されたのがこの日のイベントで、三十人ほどが格納庫前に立っていた。今日はパイロットたちの含有率が高い一日になっているようで、見覚えのある顔もあったが、すっかり歳をとって昔日の面影が見当たらない顔もあり、本庄は目礼したり、戸惑ったりしていた。

「ひょっとしてジョージじゃないですか」

声をかけられ、ふり返る。不織布マスクを着けた男が目を見開いている。だが、マスクをしているので人相がはっきりとわからない。もっとも参加者全員がマスク着用を義務づけられている。

驚かされたのは、その男のスタイルだ。ベージュのチェック柄のダブル・ジャケット、同系色のズボン、白のダボシャツに毛糸の腹巻きをして首にはお守り袋をぶらさげ、裸足に雪駄《せった》履きでソフト帽を被っている。国民的といわれたあの映画の主人公そのものの恰好だ。男が帽子を取った。見事に禿げあがっている。

「お久しぶりです」

「はあ、どうも」

相手がわからず要領を得ない返事をすると男がマスクを下げた。三十五年という時間が一瞬にして氷解する。

「DJ」

「そうです。DJ永友です」

胸の内でつぶやく。そう、永友だった。常日ごろからタックネームで呼びあっているうちに姓名を忘れてしまうことはよくあった。並んで立つ夫人らしい女性が一礼したので頭を下げた。永友が大輝と花代に目を向ける。

「お孫さんですか」

「そう」

孫たちが挨拶し、永友が嬉しそうに挨拶を返したあと、本庄に視線を戻した。

「今やジョーもお祖父ちゃんですか。かくゆうDJも、先月孫が生まれまして、めでたくディー爺《じい》になりましたが」

「そいつはおめでとう」

「ありがとうございます」永友が駐機場を出て行く333号機に目を向けた。「あれでしたねぇ」

「そう……」本庄は目を細め、空気採り入れ前方の整流板《インテイクベーン》に書かれている文字を見た。「何だよ、あれ。寅《とら》3って」

次いで永友をじろじろ見る。

「その恰好はあれにちなんだのか」

「ジョーも来ると聞きましてね。ひょっとしたらあの飛行機が見られるかと思いましてね。それで敬意を表して正装でまいりました」

永友が本庄に目を向けた。

「私は新田原のあと、那覇に行きまして、第三〇二《さん・まる・に》飛行隊勤務になったんですよ」

第三〇二飛行隊は、奇しくもあの年——昭和六十年十一月、千歳基地から那覇基地へ移動になっている。

永友がつづける。

「平成も半ばくらいになってからですけど。そのとき333号機は那覇にあったんです。F−4はどれも年とってましたけど、あいつはいろいろ不具合が多くてですね、トリプル・スリーじゃなくトラブル・スリー」

「それで寅3か、なるほど」

「F－4は癖がありましたけど、いい飛行機でしたよね。職人魂がくすぐられました。憶えてます？　学生が初めて二番機で編隊離陸するとき」

「そうだったね」

「初編隊離陸となると皆オペレーションで見学して、爆笑してましたよね。これ、必見でしたもの」

永友が両手の指を伸ばし、手の甲を上にして顔の前に差しだす。右手の方が少し前に出ている。一番機だ。少し後ろの左手が二番機。左手を上下させる。

F－4は機体を上下させる縦方向の動きに安定を欠いた。よくいえば機敏に動けるのだが、離陸直後には水平に飛ばすだけでも苦労する。ゆえに慣れないパイロットが何とかリーダーに合わせて飛ぼうとすると上に行ったり、あわてて修正して下に潜りこんだり、とにかく波打ってしまうのだ。パイロットたちが指揮所の窓から見て大笑いするのは、たいてい同じ苦労をしてきたからでもあった。

F－4は癖が強い。

駐機場を出て、滑走路に向かうF－4／333号機が機首を左に振り、排気口をこちらに向けた。ふわりと航空燃料の匂いが押しよせてくる。十年前に定年退職してからしばらくぶりに嗅いだ。懐かしかった。ひたすら懐かしかった。

「臭《くちゃ》い」

鼻をつまんだ花代の頭を、本庄は優しく撫でた。

「おお」

ふいに嘆声をあげた永友に目をやる。後ろを見ていた。視線を追うと、そこにはサングラスをかけた男が日に焼けた顔に笑みを浮かべていた。


二〇二〇年十一月九日午前七時、ロシア・サンクトペテルブルク
すっかり年寄りだな――革張りのソファに浅く腰かけたクラコフは胸の内でつぶやいた。手の甲には細かいしわがより、黄褐色の、張りのない薄い皮膚を透かして青い血管がのたくっているのが見える。

六十七にもなれば、無理もない。まさか自分がこの年齢まで生きながらえるとは思ってもみなかった。

一九八五年八月三十一日の深夜、ウクラインカの基地に着陸し、駐機場まで移動してエンジンを切ったときには、あと数日の命と覚悟していた。

現在、クラコフはモスクワ市内の高級アパートでひとり暮らしをしている。退役空軍中佐の肩書きでEUとの通商に携わるシンクタンクで働いていた。

次男は同じモスクワ市内で貿易会社を営み――社屋も倉庫もなく、数人の男女が終日

パソコンに向かっていて貿易が成り立つというシステムが理解できなかったが——、長男はクラコフの生まれ故郷に近いノヴゴロド州の州都で森林資源を統括する役所で働いていた。長男は結婚して三人の子供がいる。次男は独身だが、ヘルシンキ在住のガールフレンドがいた。

妻アンナは二年前、脳梗塞で亡くなった。夕食の支度をしている最中に倒れ、救急搬送されたものの意識を取りもどすことなく翌未明に逝った。

次男はヘルシンキに行っており、長男は急ぎモスクワに向かったが、間に合わなかった。クラコフは一人、ベッドサイドに寄り添い、アンナの手を両手で包み、その手が冷たくなるまでさすっていた。結婚して四十年以上になる。アンナは何もいわなかったが、一晩中思い出を語り合った気がした。

作戦を成功させられなかったにもかかわらず空軍にいられたのは、一九八〇年代から九〇年代にかけてソ連が崩壊したことが大きい。いや、一九八五年八月にはすでにソ連の政治体制は崩壊していたのかも知れない。作戦から六年後、一九九一年十二月下旬、ソヴィエト社会主義共和国連邦は消滅している。

クラコフはウクラインカに展開する重爆撃機部隊勤務をつづけ、自ら操縦して飛ぶこともあった。ソ連崩壊後は銀色の機体に描かれた赤い星をあり合わせの白ペンキで塗りつぶして飛んだ。一度の飛行でペンキがところどころ剝がれ、みすぼらしい姿を晒《さら》しているのがいかにも惨めだった。

モスクワへの転勤を命じられたのは一九九五年、ウクライインカ基地とTu95に後ろ髪引かれながらも異動命令に従った。そしてモスクワでアンナと二人の息子と再会し、以来、彼らが住んでいたアパートで同居することとなった。長男、次男と独立してアパートを出て行き、アンナがいなくなったあとも同じアパートに住みつづけている。

五十歳でソ連空軍を退役、その後、現在の勤め先であるシンクタンクに移った。以来、十七年にわたって勤めてきたが、アンナを失ってから重い疲労を感じるようになった。辞意の根幹には疲れがあった。

なかなか受けいれてもらえなかったものが先週になって急転直下、退職を認める代わりその前にサンクトペテルブルクへの出張を命じられた。断る理由はない。かつてレニングラードと呼ばれていた時代に大学に通って以来、四十数年ぶりの訪問になる。古都だけに景観はほとんど変わっていないはずで、久しぶりに街並みを見物しながら歩いてみるのも一興だと思った。

おかしな出張ではあった。まず面会する相手が何者なのかを教えられなかったことだ。ただし非常に忙しい人物なので面会時間は十五分しかなく、しかも午前六時には面会する場所へ行かなくてはならないといわれた。

航空券のつづりには、前日の午後六時にモスクワ・ブヌコヴォ空港を出発する便と当日の正午にはサンクトペテルブルク・プルコヴォ空港を発《た》つ便のチケットが入っていたのである。ホテルも予約してあるという。

前日の夕方サンクトペテルブルクに飛び、一泊して、早朝面会して、正午には帰途につくという何ともあわただしい出張で、のんびり散策は諦めざるをえなかった。自腹を切って帰りの航空券を買うという申し出もやたら秘密めかした社命ゆえ遠慮した。

プルコヴォ空港には迎えだという女性が来ていた。クラコフの顔写真を事前に渡されていたのかも知れないが、周囲から頭一つ飛びだしているので、どこを歩いていても目についただろう。車で十分ほどのところにある派手なデザインのホテルへ連れてこられた。サンクトペテルブルクにはまるで似合わない建物だが、毎年国際的な経済フォーラムが開かれている会場であることは知っていた。

車中では夕食は好きにしていい——自腹で何でも食えという意味だ——が、翌朝午前五時半には部屋に迎えに行くので朝食をとるならその前に済ませておくようにといわれた。女性は車から降りず、ホテルのフロントで名前を告げると予約してある部屋に通された。

翌朝、午前四時から営業しているホテル内のカフェで朝食をとり、午前五時半に昨日と同じ女性がやって来て、最上階のスイートルームに案内された。その間、会話らしい会話はない。ソファで待つようにいわれて、かれこれ一時間が経過している。相手がどこの誰か見当もつかなかったが、待たせるより待つ方が気が楽だった。

背後でドアの開く音がしてクラコフは立ちあがった。ふり返って、息を嚥む。ドアが開いてつかつかと入ってきたのは、金髪で澄んだ湖水を思わせる水色の瞳をした小柄な男だ。目の前まで来た相手に気圧されながらクラコフは何とか声を圧しだした。

「ウラジ……」

ロシアでの尊称は名前に父称を添えて呼ぶ。だが、相手はさっと手を上げてクラコフを制した。

「狐《リイサ》で結構。私も鴉《ヴエローナ》と呼ばせてもらう。その暗号名が我々の関係をもっとも端的に表している。だろ?」

百里基地
「班長」
思わず口をついたひと言に本庄はあわてた。機動飛行するF－4を目の当たりにしているうちに頭の中がすっかり三十五年前にリセットされていたのかも知れない。当時、飛行班長だった戸沢はその後別の飛行隊で隊長となり、その後も航空総隊、全国の航空団で重職を歴任し、航空団副司令まで務めている。
「あ……、いや……」

しどろもどろの本庄を見て、戸沢が苦笑しかけたとき、女の子が駆けよってきた。

「じいじ、マスクしなきゃ、ダメでしょ」

小学校の二、三年生くらいか。手にした布製マスクを差しだしている。

「お、すまんすまん」

「じいじは私がついてないとダメなんだから」

「そうだな」

マスクを受けとった戸沢が着け、ふり返る。吹きだしてしまった。白地に可愛らしい虎のイラストがいくつもプリントされている。オニトラも丸くなったものだ。女の子は本庄にぺこりと頭を下げたあと、少し離れたところで待つ母親のところへ駆けもどっていった。

「戸沢さんじゃないですか。いやぁ、お久しぶりです」

別のグループと談笑していた永友が戻ってきた。

「おお、DJ、久しぶりだな。相変わらず一人仮装大会してやがるな」

「一人で大会は無理です」

「いや、DJならできる」

「戸沢さんには負けますよ。もう古稀《こき》でしょ」

「とっくだ」

戸沢は、飛行隊のエンブレムをべたべた貼ったオリーブグリーンのＭＡ－１を羽織り、ブルージーンを穿《は》いていた。ＭＡ－１は米空軍のジャンパーだが、エンブレムはすべて航空自衛隊のもので３０１、３０２、３０６とスコードロンナンバーが並ぶ。そのほかにもＦ－４や各飛行隊を象徴するマスコットキャラのワッペンが貼られていた。

少し離れたところでひとかたまりになっている一団を見て、永友がはっと目を開く。

「ジャック、ビックも来ちょる。ちょっと失礼して、挨拶ばしてきます」

離れていく永友の後ろ姿は左手にぶら下げた革製トランクも含め、国民的映画の主役そのものだ。たしかに一人仮装大会といえそうだ。

戸沢が本庄の背後を見やる。

「ジョーも家族と？」

「はい」本庄はふり返った。「かみさんに娘、孫が二人です」

「娘さんって、あの日の？」

「そうです。今年、三十五になりました」

「ひゃあ」戸沢が眉を上げた。「あの日から三十五年か。もうそんなになるんかね。さすがについ昨日とはいわないが、二、三年くらい前って感じだ」

「そうですね」

Ｆ－４で飛んだ日々はあまりに強烈で、楽しいこと、苦しいこと、悲しいこと、いろいろ詰めこまれていた。六十五歳になった今でも本庄にとっては人生の一ページどころか、八割方を占めているような気がする。

　戸沢がしみじみという。

「パイロットになりたくて必死に勉強して、航空学《こうがく》生に受かって、やれやれと思ったらその先の方がよっぽど大変だった」

　プロペラ機から始まり、ジェット練習機の課程に進み、機動、編隊飛行、編隊での戦闘を叩《たた》きこまれ、ようやく実戦機にたどり着く。どの課程も必死だったが、すべての課程を無事修了し、戦術戦闘飛行隊《TAC》——本庄の場合は第三〇一飛行隊——に配属されてからがいよいよ本番となった。

　前後席の二人で運用するF－4ではまず後席員となり、その後、前席に転換、ウィングマンとして飛び、やがて二機編隊長の資格を取得してようやく一人前とみなされる。何より後席員時代からアラート任務に就き、実弾を積んで敵味方識別不明機と大空で対《たい》峙《じ》する緊張感、そして経験は別次元のものだ。

　無我夢中、命がけの時間という点で、ホットスクランブル以上のものはない。

「なあ、ジョー、あのときベアを追いかけて雲に入ったろ」

「おかげで死にかけました」

「どうしてあんな無茶をした？　ベアは領空侵犯しそうな位置にもなかったし、万が一アメちゃんの空母がどうかされても我々には何とも手の出しようはなかった」

戸沢が本庄に目を向けてくる。本庄は首をかしげた。

「あのとき、あのシチュエーションで、あの場所にいたのが自分だった。逃げるわけにはいかないと思ったんじゃないですかね」

「お前だけじゃなかったろ。後席にはＤＪが乗ってたし、ウィングマンもいた。奥さんも、奥さんのお腹《なか》には子供もいただろ。家族がいたのは、皆同じだ」

「そうですね」本庄はあっさり認めた。「思慮が浅かったかも知れません。でも、考えている間に戦争が始まっちゃいます」

一発も撃つな、撃たせるなといったのは目の前にいる戸沢だ。

「確かになぁ。目の前でベアが降下していったら、とりあえず追っかけるわな。猪突猛《ちよとつもう》進《しん》がおれたちの身上ではあった」

陸海空自衛隊を揶揄する四文字熟語がある。陸上は用意周到・動脈硬化、海上は伝統墨守・唯我独尊、そして航空自衛隊が猪突猛進・支離滅裂だ。現役の頃も当たっているとは思わなかったし、今となっては自衛隊そのものの雰囲気、体質が大きく様変わりしている。

「もう一度、同じ状況になったら、やっぱりお前はベアを追いかけたか」

即答できず口元を歪めて首をかしげた。戸沢が笑って本庄の腕をぽんと叩く。

「まあ、いい。昔々のお話だ。そうそう、もう七、八年前だったか、あの夜、カール・ヴィンソンに乗ってたっていうトムキャットのＲＩＯに会ったよ。黒人だったけど、やたら日本語がうまくてな。聞けば、母親が日本人で、ガキの頃は厚木に住んでたそうだ。名刺にはテラヤマとあった」

「日系人なんですか」

「お袋さんの旧姓だそうだ。日本人の子に生まれたことを誇りにしているといってたよ。おれは定年退官して、エンジンメーカーに再就職したんだが、向こうも海軍を出たあと、電子機器《アビオニクス》のメーカーで働いていて、日本を担当していた。それで母親の旧姓を名刺に刷りこんでいたんだろうな。カタカナだった。それに奴さんはクリスマスカードじゃなく、年賀状を寄越すんだぜ。今でもやり取りしてるよ」

雷光を浴びて眼前に浮かびあがったトムキャットの姿が脳裏を過っていった。

「最初は何かのパーティーで会ったんだけど、おれがＦ－４乗りだと誰かから聞いて、向こうから近づいてきたんだ。年賀状には毎年家族といっしょの写真が印刷してあってな。奥さんは、やっぱり日本人だって」

ほどなく百里基地渉外班の隊員が出てきて、いったん暖かいところに入って、離陸していったＦ－４が戻ってくるのをお待ちくださいと声をかけた。

十一月の茨城の風は思いのほか冷たい。

サンクトペテルブルク

　リィサが向かいのソファに腰を下ろし、促されてクラコフもふたたび座った。

　落ちつかない気分になった。作戦に失敗しながら生きのびることができた理由を今改めて知った。目の前にいる男が助けてくれたに違いない。ソ連、ロシアで生きのびていくためには真の実力者の後ろ盾がもっとも重要である。

　リィサは肘かけにおいた手を軽く握り、顎のわきにあててクラコフをじっと見返した。背中に汗が浮かんだ。何とか声を圧しだした。

「作戦が失敗したにもかかわらず今日まで長らえることができました。何とお礼を申しあげていいか……」

「あのときミサイルを発射していたら、どうなっていたと考える？」

　わずかにためらったが、思った通りをいうことにした。

「アメリカとの間に核戦争が始まっていたと思います」

「そして全人類が滅亡……、相互確証破壊か。君は相変わらず大きくて純朴な木こりのようだ」

　大学の喫煙場所で声をかけてくれたシーンを鮮やかに思いだした。

　リィサがずばりといった。

「そうはならなかった。万が一、君たちがミサイルを発射しても明後日の方向に飛んでいって自爆しただけだ。もちろん核弾頭など積んでいない」

ぽかんとして、口をあんぐり開けていた。

リィサがソファの背もたれに躰をあずけ、足を組んだ。

「こちらは君の専門だが、当時の我が国航空機の航法システムはまったくお粗末なものだった。違うか」

「ええ……、はい」

「あのときミサイルについてどのような説明を受けていた？」

「三発の内、一発は母機……、我々のＴｕ95が目標に向けて照射するレーダー波の反射をたどって飛ぶタイプと、あとの二発は目標が我々を攻撃するために照準するレーダー波をたどる対レーダーミサイルだといわれました」

「ミサイルにはあらかじめ自機の位置が入力されていたんだね？」

「はい」

「そのデータは？」

「母機の航法システムから……」

言葉が途切れてしまった。当時、Ｔｕ95はじめ大型爆撃機は世界中に設置されている電波標識の信号を受信して自機の位置を割りだしていた。慣性航法装置も搭載してはいたが、精度は必ずしも高くない。

リィサがあとを引き取る。

「そもそも君たちは自分たちの位置さえ、正確に把握していたとはいいがたい。そのデータをミサイルに入力したとしてもちゃんと誘導される保証はなかった。対レーダーミサイルはそれなりの性能を示していたが、さて、君たちの機を捕捉していたのは目標たるアメリカの空母だったろうか」

クラコフは目を伏せ、首を振った。

「おそらく前衛に出ていた巡洋艦か駆逐艦だったでしょう」

敵の照準用レーダー波をたどることができたとしてもミサイルは空母以外の軍艦に誘導されていたことになる。

「それでもかまわなかった。アメリカの軍艦がソ連の爆撃機を撃墜するなら同じことだった」リィサがクラコフの目をのぞきこむようにして付けくわえた。「君たちは餌《プリマンカ》に過ぎなかった。アメリカが撃てば、こちらは反撃する正当性を得られる。作戦の一ヵ月以上前から我が方の攻撃型潜水艦があの海域に潜伏していた。君たちが撃墜されれば、即刻反撃する計画でね。発射管には核魚雷が装塡されていた」

「どうやって……」

潜水艦に知らせるのかと訊き返そうとして思いだした。ボンネルが率いたウートカ5

編隊の二番機は海軍仕様のＴｕ95だった。潜水艦との通信用に長いアンテナ線をくり出すポッドを胴体下に装備しているとラザーレフがいい、クラコフは員数合わせに駆り出したのだろうと答えた。その海軍仕様機こそクラコフ機が撃墜されれば、同時に潜水艦に信号を送ったに違いない。

リィサがわずかに肩をすくめる。

「間抜けな話だが、君たちが爆撃突入した直後、我が方の潜水艦はピンを受けた。それもとりわけ強力な一発をね」

ピンとは潜水艦が搭載している能動型《アクティブ》探査システムが発する探針音の俗称だ。自ら音を発すれば敵に位置を知られるため、ふだんは受動型《パッシブ》システム、つまりは聴音装置を使用する。ピンにはもう一つの意味があった。攻撃側が潜伏しているこちらの位置を知り、いつでも撃沈可能というメッセージだ。

ソ連の潜水艦は一ヵ月も前から作戦海域に潜伏していたが、アメリカ海軍はとっくにその位置を把握していた。

「我が方の潜水艦が発射管を開いた時点でアメリカの潜水艦は撃ってきただろう」リィサが足を組みかえる。「そもそもはクリュチコフだ。当時、ＫＧＢの第一総局長をしていた。憶えているだろ、あの男」

「ええ」

「ユーリ・ウラジーミロヴィチの腹心でもあり、心酔していたのは間違いない。そして何より確信していたのは、ミハイル・セルゲーエヴィチがソ連を消滅させるという点だ。そして真っ先に血祭りにあげられるのがＫＧＢ」

ユーリ・ウラジーミロヴィチはアンドロポフ元ソ連共産党書記長、ミハイル・セルゲーエヴィチはゴルバチョフ元大統領を指す。クリュチコフは鴉作戦の六年後、一九九一年八月にクーデターを画策し、ゴルバチョフを軟禁したグループの一員だった。

「クリュチコフのやったことは、どれも杜撰《ずさん》で間抜けだった」リィサが吐きすてる。「だが、アメリカの核戦争はすべての終わりだ。先のないクリュチコフにとってはどうでもいいことだったんだろう。ソ連が、そして自分の名誉が守られるためなら地球の一個や二個消滅したところでかまわなかった。奴に名誉？　そんなものはありはしない。しかし、いずれにせよ地球が蒸発するのはちょっと困る。だから私はヴェローナには信用できる男が就任するように画策した。純朴で大きな木こりは追いつめられれば、家族を思うだろう、とね」

ひと息入れたリィサがつづけた。

「さて、その後ミハイル・セルゲーエヴィチは何をしたか。湾岸戦争のとき、同盟国だったイラクを切って多国籍軍に参加した。なぜか。単純にカネが必要だった。だから跪《ひざまず》いてサッチャーのハイヒールを嘗めるような真似をした。当時のカネで六百億ドルが必要だった。だからあえて多国籍軍に軍を送ったわけだ。結果はどうだったか。イギリスもアメリカもカネなんか寄越さなかった。ソ連が崩壊するのを見ていただけだ。西ドイツのコールだけが何とか五十億ドルかきあつめてた。それが限界だった。なぜコールだったか、わかるか」

「いえ」

「ナチスドイツだ。第一次世界大戦で各国はドイツに賠償金を要求した。とても払いきれるような額ではなかったし、戦争でいためつけられた国は全国民が飢えるほどに追いつめられた。そこに登場したのがヒトラーだ。西ドイツだけが、そして自身ヒトラーユーゲントの一員だったコールだけがソ連崩壊の本当の危険性を嗅ぎとっていた。その頃、私は隣国にいて、つぶさに観察していたよ」

リィサは一九八五年から九〇年まで東ドイツのKGBドレスデン支局に勤務していた。

「そしてこの街がまだレニングラードと呼ばれていた頃に私は戻ってきた。我々が学生時代を暮らした歴史ある古都に。ひどい時期だった。九〇年代の前半は生活必需品どころか食糧さえなかった。この街で餓死者が出るほど追いつめられていた。だが、モスクワは混乱のさなか、どこも助けてはくれなかった。私は副市長になって、まずは食糧を手に入れようとしたんだ。売れるものといえば、原油くらいしかなかった。だから長年にわたって市から便宜供与されていた商社の連中に、中央の目を逃れて原油を西側に売って食糧を調達するよう命じた。結果はどうだったか」

クラコフはただ首を振った。

「連中は西側に原油を持ちだして売った。売上げは自分たちのポケットに入れ、わずかばかり手に入れた食糧はモスクワに持っていった。人を動かすのに必要なのは、現在進行形の保証か恫喝《どうかつ》だと学んだよ。過去の恩義など何の効力もない。私は即刻この街に巣くう裏社会の連中とコンタクトを取り、恥知らずどもを脅し上げた。誰かを従わせたいのなら必要なのは今、この瞬間の脅しと将来にわたる保証だ。跪いてヒールを嘗めてもダメ、義理人情に訴えてもダメ、せいぜいお悔やみの言葉と安っぽい花が送られてくるに過ぎない」

リィサが下唇を突きだし、両手を広げて見せた。

「世の中、そんなものだ。しかし、私にはまだ使命《ミッシエ》が残っている」

組んでいた足を下ろし、身を乗りだした。

「離れていった共和国を連れもどし、連邦を復活させなくてはならない」

「そんなことが可能でしょうか」

「ああ」

「カネですか」

リィサがくり広げてきた資源外交によって潤沢な資金が流れこんできているのは事実だ。

「もちろんカネは重要だ。広大な母なるロシアに住む人々の誰をも飢えさせてはならない。凍えさせてはならない。そのためにカネは不可欠だ。口当たりのいいことを並べてるだけで相手が飢えていてもそっぽを向いて、にやにやしている連中が何をいおうと、私は気にしない。まずカネだ。だが、それ以上に人を、ひいては国を引きつけるのは、かの人物は自分を理解してくれているという思いだ。連邦にはいくつもの国があり、いろいろな人たちが住んでいる。彼らを理解するには、歴史に学ばなければならない。人を知るとは、その人がどこから来て、どこへ行くのかを正しく認識することにほかならない。歴史を蔑《ないがし》ろにしているアメリカや、歴史を嘘で塗りかためている日本が頼りとするのはカネだけでしかない」

ふたたびソファに背をあずけたリィサの表情が厳しくなる。

「今度はアメリカが消滅する番だ。歴史はくり返す、だ。アメリカが潰れていくとき、ただでは済まないだろう。瀕死《ひんし》の淵《ふち》にあるほど悪あがきする連中だ。それに中国が出しゃばってこようとしている。その中で私はこの国を生きのびさせなくてはならない。そのために母なるロシアにかつての強大な力を取りもどさせなくてはならない。あと十年かかるか、二十年か。だから今しばらく私は大統領でいなくてはならない。世間の間抜けどもが何をいおうと、奴らは国民の口に食い物を入れてはくれないんだ。そして君の出番だ」

「私の？」クラコフは目をしばたたき、次いで首を振った。「私に何ができるというんです？　よぼよぼの老兵に過ぎません」

「昔、私の柔道コーチをしていた日本人がある言葉を教えてくれた。受けた恩は石に刻め、と」

「さっきとおっしゃってることが逆のような気がします」

　リィサはほんの少し前、現在の脅しと未来の保証だけが効力を持つのであって、過去の恩義は何ら意味がないといったばかりではないか。

「そう、たしかにそれが世間だ。しかし、中には恩義を石に刻む人間がいる。そういう人間こそ信頼に値する」

　きゅっと咽元を締めあげられた気がした。脳裏をアンナの面差しが過っていく。クラコフは目を上げ、リィサを見た。

　だが、クラコフの視線の先にはおだやかに頰笑み、うなずいているアンナがいた。いつでも、いつまでもあなたの味方だといって――。

「私はもう年寄りです。あなたのお役に立てるのは若い連中ですよ」

百里基地

家族ごとに分かれ、指定された場所か駐車場の車で一時間ほどを過ごし——新型コロナウイルスの影響で久しぶりに会ったかつての仲間との昔話も制限された——、訓練飛行を終えたF－4が戻ってくると知らされ、本庄たちOBと家族はふたたび格納庫の前に行って出迎えることになった。暖かな車内や建物から出てくると関東平野の寒風が身に染みる。そうした中、腰の左右にしがみついている孫たちの体温が何とも温かく、心地よかった。

轟音が徐々に近づいてくる。老眼は進んでいるが、遠くを見ることはできた。十海里以上先を飛ぶF－4を見分けるのは視力ではなく、要領でもある。

永友が夫人とともにかたわらに立ち、本庄のすぐ後ろには由美子と里美がいる。

あの日、無事に帰ってこられたから今日があるとしみじみ思った。致命的なミス、やってはならない禁じ手をやらかしたにしては運がよかった。あのときに聞こえた赤ん坊の鳴き声は幻聴かも知れないが、本庄は今でも里美が呼び戻してくれたと信じている。

あのとき——三十五年前の八月三十一日夜、低空飛行するベアを追尾している最中にF－14が後方から迫ってきたときに自分が何をしたか、本庄ははっきり憶えていたし、今でも夢に見て恐怖のあまり目を覚ますことさえあった。

ベアに速度を合わせて飛んでいて、ウィングマン中田に右後ろからF－14が迫っていると知らされた。戦闘機乗りは座席に座ったまま、後ろをふり返るより機体を動かすとの方が多い。より広く視野が確保できるからだが、機体が自分の躰と一体になっているためでもある。

本庄はF－4をラダーロールで右に傾け、さらに操縦桿を引いて機首を上げようとした。次いでふり返った刹那、そこに灯火を消したF－14が急速に迫ってくるのを見た。おそらく速度差は百ノット以上あったのではないか。換算すれば、時速二百キロに近い。あるいはそれ以上であったかも知れない。

F－4を右にバンクさせ、機首上げ姿勢となっていた。本庄はF－4のルールに従ってラダーペダルを使ってロールに入れていたのである。

だが、迫りくるトムキャットは本庄の下をすり抜けようとしていた。その先にはベアが飛んでいる。

撃たせてはならない。

あのとき、本庄の脳裏にあったのはその一点だけだ。それで迫りくるF－14の前方にF－4を割りこませようと操縦桿を右に倒した。だが、機首上げ姿勢にあったため、右のスポイラーは効かず、左インナーウィングのエルロンがぐいと下がって空気抵抗となって本庄の意図とは逆に機首が振られた。

画《え》に描いたようなアドバース・ヨーというほかはない。

F-4はコントロールを失い、左に横転して雲の中に入ってしまった。右後方を見ていた本庄はF-4の動きについていけずヘルメットをキャノピーにぶつけ、一瞬、意識が遠のいた。その間雲に飛びこんで、視界を閉ざされ、上下感覚を失う空間識失調《バーティゴ》に陥ってしまったのである。

なぜ、そんな操作をやらかして、自分だけでなく、永友の命まで危うくしてしまったのか。

しかし、今ならはっきりとわかる。

下手だったからだ。

三十ちょいだったあのときは、精一杯背伸びをしていて、等身大の自分をまっすぐに見ることができなかった。自分が大したことのない奴だと認めてしまうのが怖かった。本庄は自分を過大に評価しがちだったが、それは理想といいながらも幻想に過ぎなかった。あるがままの自分を受けいれなければ、謙虚にはなれない。その後に努力、精進が来る。

自分を認めてやれるのは、自分だけでしかない。ようやく気がついたときには四十になろうとしていたが、遅すぎるとは思わなかった。以来、肩の力が抜け、息をするのがずいぶんと楽になった。

結局、ファントムライダーでいられたのは七年ほどだ。翌年の四月、辞令が出て教育集団に転じた。以後、定年するまで芦屋《あしや》、浜松《はままつ》、静浜《しずはま》の各基地で教官を務め、戦術戦闘飛行隊《TAC》に戻ることは二度となかった。永友、あの日ウィングマンを務めた中田は五十歳近くまで第一線でF－4に乗っていた。

滑走路上わきに進入してきた先頭のF－4が左にバンクし、旋回した。テレビで見るのと実際に目の当たりにするのではまるで次元が違う。とくに初めて目にすると信じられない光景に映る。

「うわぁ」

大輝が喚声《かんせい》を上げ、腰にすがりついてきた花代を抱きあげた。小さな尻が右腕の内側にすっぽりと収まった。本庄が花代を抱きあげたときには二番機が目の前で左旋回に入った。花代がF－4を指さした。

「あれ、じいじが運転してたの？」

「そうだよ」

「しゅごい」

「しゅごいね」

本庄は花代を揺すりあげた。目の前でF－4が機動するたび、大輝がはしゃいで大声を発し、花代が笑った。三番機のノーズナンバーが見てとれた。

３３３――。

もう一度、同じ状況になったらベアを追いかけるかと戸沢は訊いた。口には出さなかったが、答えは決まっている。

もちろん、もう一度、やる。たぶん……。

あのとき、おれはジョーだったのだから。

昭和四十七年八月、茨城県の航空自衛隊百里基地において臨時F－4EJ飛行隊が編制され、日本におけるファントムの運用が始まった。翌四十八年十月、臨時飛行隊は第三〇一飛行隊として新編される。

第三〇一飛行隊は、防空任務と同時にファントムパイロットの養成を行うマザースコードロンとしての役目も担った。同隊は昭和六十年三月、宮崎県の新田原基地に移動している。

その後、昭和四十九年に第三〇二飛行隊、昭和五十一年に第三〇三飛行隊、昭和五十二年に第三〇四飛行隊、昭和五十三年に第三〇五飛行隊、昭和五十六年に第三〇六飛行隊が創隊され、また昭和四十七年には第五〇一飛行隊が偵察型のRF－4Eを運用するようになったため、七個飛行隊でファントムを運用するに至った。

昭和六十年以降、主力戦闘機の座をF－15イーグルに譲り、三〇三、三〇四、三〇五、三〇六各飛行隊がF－4からF－15に機種変更したが、第三〇一、三〇二の二個飛行隊は二十一世紀となってもファントムを擁し、我が国の防空を担いつづけた。

　平成二十九年十二月、青森県三沢基地において臨時F－35A飛行隊が発足、翌三十年一月には第一号機を受け入れた。平成三十一年三月、第三〇二飛行隊は三沢に移動、ファントムからF－35Aへの機種変更を行った。

　令和二年十二月、第三〇一飛行隊がファントムのラストフライトを終え、三沢に移動した。ファントムは臨時飛行隊から数えて四十八年間にわたって日本の空を守りつづけた。調達機数は偵察型をふくめ、百五十四機に達する。

　なお、本作に登場した333号機は、第三〇二飛行隊所属のまま、平成三十年四月に最後のフライトを行っていることをお断りしておく。

巻末対談　田口幹人 × 宇田川拓也

数年にわたりラブコールを送り続け、「ゼロ・シリーズ」復刊と本作誕生のきっかけを作ってくださった二人に、作品について語っていただきました。

田口　『ゼロと呼ばれた男』が二〇一七年に復刊されたとき、長年、復刊を願ってきた僕らが巻末で対談をさせていただいたわけですが、あれから四年、ついに「ゼロ・シリーズ」の新作が出るということで、ありがたいことに、また呼んでいただきました。
宇田川　単行本が刊行されたのは一九九三年ですから、四半世紀以上の時を超えて、ゼロの続編といいますか、シリーズの流れを汲む新作が出た。本当に嬉《うれ》しいですし、感慨深いものがあります。僕は鳴海さんが江戸川乱歩賞を受賞されたデビュー作『ナイト・ダンサー』の単行本を持っているんですよ。長年、鳴海さんの航空小説を愛読してきた身としては、これは、いよいよ退役するF-4ファントム（以下ファントム）への思いの丈をすべて詰め込んだ小説だなと。そう思って、この新作を読みました。
田口　戦闘機の中の様子も含めて、鳴海さんは、実際に乗ってきたかのように描写されますよね。その緻密さに、今回も驚かされました。

宇田川　そうですよね。ファントムをはじめとする戦闘機とそれを操るパイロットをこれほど緻密に、真に迫る形で活字にした作家はほかにいないと思います。
田口　最後に付記されているように、実際に、昨年末（二〇二〇年十二月）でファントムは退役しています。今回の小説では一九八五年と、新型コロナウイルスが感染拡大している二〇二〇年が終章で描かれますが、最初、なぜ「１９８５」なのだろうと、何かあったかなと考えながら読み始めたんです。で、そうか、一九八三年に大韓航空機の撃墜事件があって、そこからつながる物語なんだなと納得しました。
宇田川　いきなりザ・ブルーハーツの『１９８５』から始まるので、お！　っと。
田口　そう！　曲を知らなくて、思わずYouTubeで聴きました。読み進めていくと、ブルーハーツの歌詞が、小説に書かれている戦争に対する考え方につながっていくんですよね。つまり、戦争がいかに日常生活の延長線上にあるものか。
宇田川　はい。本文に〈戦争は自動的に始まる。日常生活の連続線上で……〉と出てきます。
田口　たった一発の銃撃が戦争につながってしまうかもしれない緊張感が、今回の作品にはみなぎっていましたね。
宇田川　だからこそ、〈我々の勝利とはただ一つ、誰にだろうとピストルの弾《たま》一発撃たせないことだ〉という飛行班長のセリフが刺さるわけです。航空自衛隊の自衛官は先制攻撃できないから先に撃ってはいけないけれど、撃たれてもいけない。ゆえに「撃たせない」が勝利なんです。
田口　今回、米ソ両軍と航空自衛隊が日本海上で交錯し、スクランブル（緊急発進）がかかり続けている。四百ページを超える大作ですが、一気に読まざるを得ませんでした。
宇田川　僕も一気読みでした。冷戦下の、米ソという対立軸があった時代だからこそ展開できた、めちゃくちゃ面白い物語だなと。往年の冒険小説のような熱さがあります。
田口　本当ですね。面白いと同時に、ソ連の怖さをあらためて感じるというか。さらに怖いのは、この小説の設定が、現代の米中関係に置き換えられそうなところです。今、実際に、自衛隊のスクランブルが増えているといいますよね。一歩間違えると、これ、現実になるんじゃないかという危機感も覚えました。
宇田川　わかります。一九八五年が舞台でありながら、令和の物語にもなっています。過去を振り返る物語ではないんですよね。
田口　はい。今の世の中に対するメッセージを受け取りながら読みました。そして緊迫したシーンが続くからこそ、たまに差し挟まれる自衛官たちの人間的なやりとりが印象に残ります。僕が付箋を貼ったのは、〈壁に耳あり、障子にメアリーさんの子羊というだろ〉という、上官のおやじギャグ（笑）。
宇田川　和みました。スプーンを落としたときの金属音を、緊急発進のベルと勘違いして、駆け出して行った若いパイロットのエピソードもありましたよね。そういう場面に自衛官たちの素顔が垣間見《かいまみ》えて、リアルさを感じるんです。『原子力空母「信濃《しなの》」』シリーズのあとがきだったと思いますが、パイロットの人たちが集まる飲み屋なんかに足を運んで話を聞いたりする、と鳴海さんが書かれているのを読んだことがあります。長年のそうした取材の結晶なのだろうと思います。
田口　「ゼロ・シリーズ」ですから、ジークこと那須野治朗《なすのじろう》がどこまで、どうやって出てくるのか……。それもすごく気になっていて。
宇田川　もちろんそうですよね。期待していました。
田口　読み終えて、このくらいしか出てこないのが、かえってよかったなと僕は思っているんです。
宇田川　わかります。伝説の人（レジェンド）として、少しだけ出てくるのが。
田口　そう。そうじゃないと、ほかの登場人物が脇に寄せられてしまったかもしれないから。「ゼロ・シリーズ」というと、那須野という天才パイロットの物語だったわけですが、今作はジョー（本庄智《ほんじようさとし》）とクラコフ、二人の言ってみれば凡人の物語が大きな軸になっています。一人のヒーローではなく、複数の普通の人たちがそれぞれ葛藤を抱えながら闘う物語。その点に現代性を感じるし、那須野の物語とはまた違った航空小説を読ませてもらったという、大きな充実感がありますね。

宇田川　戦闘機の中や操縦シーンのディテールとともに、人間物語も鳴海作品の読みどころのひとつだと思います。二人はなぜ戦闘機乗りになったのか、それからクラコフの抱えている過去ですね。鳴海さんは人物描写においても細部を積み重ねていって、血の通った人間を作り上げている。

田口　ジョーとクラコフに加え、アメリカ軍にいる日系のテンプルも存在感がありましたよね。

宇田川　はい。出番の多寡はあっても、一人ひとりに見せ場があり、記憶に残るセリフが出てきます。副操縦士のラザーレフはじめ、プロ集団が何を考え、どれほど冷静な行動をとるのかがよくわかる一方で、上司と部下の関係は、僕たちとあまり変わらなかったりもする。戦闘機というものすごいものに乗っている彼らではあるけれど、会社勤めをしている僕ら読者と重なる部分があるんですよね。

田口　だから僕たちも仕事に打ち込まなければいけないと思うし、緊張感をもって働かなければいけないと教えられますよね。

それから先ほど現代性という話をしましたが、今回の作品では、国のために闘っている彼らが、最後、「家族」のもとに戻っていくところまでが描かれるんですよね。クラコフはＴｕ95の乗組員を家族だとも言います。そういうところがすごくいいなあと。

宇田川　いいですよね。ジョーたちが歳《とし》を重ねて、ファントムの最後を家族とともに見守るラストは、何とも言えない温かい気持ちになりました。と同時に僕は、最後の熱い二行も大好きなんです。俺は戦闘機乗りだというジョーの誇り。読み終えて、登場するすべての戦闘機乗りがレジェンドだと感じられました。国が違っても時代が違っても、命を懸けて国の空を守る人すべてがレジェンドなのではないかと。

田口　そう思いますね。そう思えるのはやはり、戦闘機乗りという、憧れや関心はあってもなかなか身近で知ることのない人たちの活躍を、鳴海さんが小説という形で書いてくれたことにあると思うんです。

一九八三年の大韓航空機の撃墜事件もそうですし、それから冒頭に出てくる二つの台風も、調べてみると実際に発生していたんですよね。「藤原の効果」って、僕、知らなかったんですけど。

宇田川　僕もです。鳴海さんは史実の合間にフィクションを挟んで、物語を紡ぎ出していくんですよね。ソ連側に、ミハイル・ゴルバチョフ氏や、他にも実在の人物を彷彿《ほうふつ》させる人が出てきたりもします。だからリアリティはものすごくあるんだけれど、リアルに引っ張られすぎていない。結果、エンターテインメントとしての面白さが抜群です。

田口　小説だからこそ伝わるメッセージがあることを、今回、あらためて感じました。もっと読みたいので、「ゼロ・シリーズ」はこの小説で最後じゃないって思いたい。

宇田川　ファントムの物語は一区切りだったとしても、戦闘機乗りの物語はこれからも書いてくださるだろうと、ファンの欲目で思っています。

田口　この作品には、僕たちを合体させたような名前のキャラクターが出てきますね。

宇田川　はい。那須野の後席に乗る田川幹也《たがわみきや》。にやりとしました（笑）。

田口　その田川が〈ジークは何を見たのかな〉とつぶやく場面が印象に残っています。先ほども言いましたが、この『レジェンド・ゼロ１９８５』はシリーズの流れを汲む作品とはいえ、単独でも楽しめる小説になっています。ただ、この作品から「ゼロ・シリーズ」に入った読者は、ぜひ『ゼロと呼ばれた男』に戻って、今度はジークが見たもの――那須野の物語を目撃してほしいです。

宇田川　本当にそうですね。この作品はシリーズの最新刊ではあるけれど、入り口にもなると思います。もちろん『原子力空母「信濃」』シリーズや『ファントム無頼列伝』などを読んできた鳴海さんの航空小説ファンも楽しめるだろうと。間口の広い傑作が生まれました。

田口　多くの読者に読んでいただきたいですね。

（たぐち・みきと　書店人、楽天ブックスネットワーク勤務／
うだがわ・たくや　書店員、ときわ書房本店勤務）

（構成・砂田明子）

本書は、集英社文庫のために書き下ろされた作品です。

本文デザイン／成見紀子

JASRAC 出 2103282-101

集英社文庫

レジェンド・ゼロ1985《いちきゅうはちご》

2021年5月25日　第1刷　　定価はカバーに表示してあります。

著　者　鳴海《なるみ》　章《しょう》

発行者　徳永　真

発行所　株式会社　集英社
東京都千代田区一ツ橋2-5-10　〒101-8050
電話　【編集部】03-3230-6095
【読者係】03-3230-6080
【販売部】03-3230-6393(書店専用)

印　刷　中央精版印刷株式会社　株式会社美松堂

製　本　中央精版印刷株式会社

フォーマットデザイン　アリヤマデザインストア　　マークデザイン　居山浩二

ISBN978-4-08-744253-3 C0193